人世间自在独行

梁漱溟——著

梁培宽　梁培恕　辑录

中国文史出版社

图书在版编目（CIP）数据

人世间自在独行 / 梁漱溟著；梁培宽，梁培恕辑录
. — 北京：中国文史出版社，2021.11
ISBN 978-7-5205-3181-8

Ⅰ. ①人… Ⅱ. ①梁… ②梁… ③梁… Ⅲ. ①散文集
—中国—现代 Ⅳ. ①I267

中国版本图书馆CIP数据核字（2021）第187210号

责任编辑：张春霞

出版发行：**中国文史出版社**
社　　址：北京市海淀区西八里庄路69号院　邮编：100142
电　　话：010-81136606　81136602　81136603（发行部）
传　　真：010-81136655
印　　装：廊坊市海涛印刷有限公司
经　　销：全国新华书店
开　　本：710mm × 1010mm　1/16
印　　张：19.25　　字数：312千字
版　　次：2022年2月第1版
印　　次：2022年2月第1次印刷
定　　价：59.80元

目　录

■ 第二辑　成长的路上，独自前行

第六辑　寄语与思亲

第一辑

我的自学小史

序言

我想我的一生正是一自学的极好实例。若将我自幼修学，以至在这某些学问上“无师自通”的经过，叙述出来给青年朋友，未始无益。于是着手来写《我的自学小史》。

学问必经自己求得来者，方才切实有受用。反之，未曾自求者就不切实，就不会受用。

俗语有“学来的曲儿唱不得”一句话，便是说：随着师傅一板一眼地模仿着唱，不中听的。必须将所唱曲调吸收融会在自家生命中，而后自由自在地唱出来，才中听。学问和艺术是一理；知识技能未到融于自家生命而打成一片地步，知非真知，能非真能。真不真，全看是不是自己求得的。一分自求，一分真得；十分自求，十分真得。“自学”这话，并非为少数未得师承的人而说；一切有师傅教导的人，亦都非自学不可。不过比较地说，没有师承者好像“自学”意味更多就是了。

像我这样，以一个中学生而后来任大学讲席者，固然多半出于自学。还有我们所熟识的大学教授，虽受过大学专门教育，而以兴趣转移及机缘凑巧，却不在其所学本行上发挥，偏喜任教其他学科者，多有其人；当然亦都是出于自学。即便是大多数始终不离其本学门的学者，亦没有人只守着当初学来那一些，而不是得力于自己进修的。我们相信，任何一个人的学问成就，都是出于自学。学校教育不过给学生开一个端，使他更容易自学而已。青年于此，不可不勉。

此外我愿指出的是，我虽自幼不断地学习以至于今，然却不着重在书册上，而宁在我所处时代环境一切见闻。我还不是为学问而学问者，而大抵为了解决生活中亲切实际的问题而求知。因此在我的自学小史上，正映出了五十年来之社会变动、时代问题。倘若以我的自述为中心线索，而写出中国最近五十年变迁，可能是很生动亲切的一部好史料。现在当然不是这样写，但仍然可以让青年朋友得知许多过去事实，而了然于今天他所处社会的一些背景。

我生在这样一个家庭

距今五十年前，我生于北京。那是清光绪十九年癸巳，西历1893年，亦即甲午中日大战前一年。甲午之战是中国近百年史中最大关节，所有种种剧烈变动皆由此起来。而我的大半生，恰好是从那一次中日大战到这一次中日大战度过的。

我家原是桂林城内人。但从祖父离开桂林，父亲和我们一辈便都生长在北京了。母亲亦是生在北方的；而外祖张家则是云南大理人，自从外祖父离开云南后，没有回去过。祖母又是贵州毕节刘家的。在中国说：南方人和北方人不论气质上或习俗上都颇有些不同的。因此，由南方人来看我们，则每当成我们是北方人；而在当地北方人看我们，又以为是来自南方的了。我一家人，兼有南北两种气息，而富于一种中间性。

从种族血统上说，我们本是元朝宗室。中间经过明清两代五百余年，不但旁人不晓得我们是蒙古族，即便自家不由谱系上查明亦不晓得了。在几百年和汉族婚姻之后的我们，融合不同的两种血统，似亦具一中间性。

从社会阶级成分上说，曾祖、祖父、父亲三代都是从前所谓举人或进士出身而做官的。外祖父亦是进士而做官的。祖母、母亲都读过不少书，能为诗文。这是所谓“书香人家”或“世宦之家”。但曾祖父做外官（对京官而言）卸任，无钱而有债。祖父来还债，债未清而身故。那时我父亲只七八岁，靠祖母开蒙馆教几个小学生度日，真是寒苦之极。父亲稍长到十九岁，便在“义学”中教书，依然寒苦生活，世宦习气于此打落干净；市井琐碎，民间疾苦，倒亲身尝历的；四十岁方入仕途，又总未得意，景况没有舒展过。因此在生活习惯上意识上，并未曾将我们后辈限于某一阶级中。

父母生我们兄妹四人。我有一个大哥，两个妹妹。大哥留学日本明治大学商科毕业。两妹亦于清朝最末一年毕业于“京师女子初级师范学堂”。我们的教育费，常常是变卖母亲妆奁而支付的。

像这样一个多方面荟萃交融的家庭，住居于全国政治文化中心的北京，自无偏僻固陋之患，又遭逢这样一个变动剧烈的时代，见闻既多，是很便于自学的。

我的父亲

遂成我之自学的，完全是我父亲。所以必要叙明我父亲之为人和他对我的教育。

吾父是一秉性笃实的人，而不是一天资高明的人。他做学问没有过人的才思；他做事情更不以才略见长。他与母亲一样天生的忠厚；只他用心周匝细密，又磨炼于寒苦生活之中，好像比别人能干许多。他心里相当精明，但很少见之于行事。他最不可及处，是意趣超俗，不肯随俗流转，而有一腔热肠，一身侠骨。

因其非天资高明的人，所以思想不超脱。因其秉性笃实而用心精细，所以遇事认真。因为有豪侠气，所以行为只是端正，而并不拘谨。他最看重事功，而不免忽视学问。前人所说“不耻恶衣恶食，而耻匹夫匹妇不被其泽”的话，正好点出我父一副心肠。——我最初的思想和做人，受父亲影响，亦就是这么一路（尚侠、认真、不超脱）。

父亲对我完全是宽放的。小时候，只记得大哥挨过打，这亦是很少的事。我则在整个记忆中，一次亦没有过。但我似乎并不是不“该打”的孩子。我是既呆笨，又执拗的。他亦很少正言厉色地教训过我们。我受父亲影响，并不是受了许多教训，而毋宁说是受一些暗示。我在父亲面前，完全不感到一种精神上的压迫。他从未以端凝严肃的神气对儿童或少年人。我很早入学堂，所以亦没有从父亲受读。

十岁前后（七八岁至十二三岁）所受父亲的教育，大多是下列三项：一是讲戏，父亲平日喜看京戏，即以戏中故事情节讲给儿女听。一是携同出街，购买日用品，或办一些零碎事；其意概在练习经理事务，懂得社会人情。一是关于卫生或其他的许多嘱咐；总要儿童知道如何照料自己身体。例如：正当出汗之时，不要脱衣服；待汗稍止，气稍定再脱去。不要坐在当风地方，如窗口、门口、过道等处。太热或太冷的汤水不要喝，太燥太腻的食物不可多吃。光线不足，不要看书。诸如此类之嘱告或指点，极其多，并且随时随地不放松。

还记得九岁时，有一次我自己积蓄的一小串钱（那时所用铜钱有小孔，例以麻线贯串之），忽然不见。各处寻问，并向人吵闹，终不可得。隔一天，父亲于庭前桃树枝上发现之，心知是我自家遗忘，并不责斥，亦不喊我来看。他却在纸条上写了一段文字，大略说：

一小儿在桃树下玩耍，偶将一小串钱挂于树枝而忘之。到处向人寻问，吵闹不休。次日，其父亲打扫庭院，见钱悬树上，乃指示之。小儿始自知其糊涂云云。

写后交与我看，亦不做声。我看了，马上醒悟跑去一探即得，不禁自怀惭意。——即此事亦见先父所给我教育之一斑。

到十四岁以后，我胸中渐渐自有思想见解，或发于言论，或见之行事。先父认为好的，便明示或暗示鼓励，他不同意的，让我晓得他不同意而止，却从不干涉。十七八九岁时，有些关系颇大之事，他仍然不加干涉，而听我去。就在他不干涉之中，成就了我的自学。那些事例，待后面即可叙述到。

一个瘠弱而又呆笨的孩子

我自幼瘠瘦多病，气力微弱；未到天寒，手足已然不温。亲长皆觉得，此儿怕不会长命的。五六岁时，每患头晕目眩，一时天旋地转，坐立不稳，必须安卧始得；七八岁后，虽亦跳掷玩耍，总不如人家活泼勇健。在小学里读书，一次盘杠子跌下地来，用药方才复苏，以后更不敢轻试。在中学时，常常看着同学打球踢球，而不能参加。人家打罢踢罢了，我方敢一个人来试一试。又因为爱用思想，神情颜色皆不像一个少年。同学给我一个外号“小老哥”——广东人呼小孩原如此的；但北京人说来，则是嘲笑话了。

却不料后来，年纪长大，我倒很少生病。三十以后，愈见坚实；寒暖饥饱，不以为意。素食至今满三十年，亦没有什么营养不足问题。每闻朋友同侪或患遗精，或患痔血，或胃病，或脚气病；在我一切都没有。若以体质精力来相较，反而为朋辈所不及。久别之友，十几年以至二十几年不相见者，每都说我现在还同以前一个样子，不见改变，因而人多称赞我有修养。其实，我亦不知道我有什么修养。不过平生嗜欲最淡，一切无所好。同时，在生活习惯上，比较旁人多自知注意一点罢了。

小时候，我不但瘠弱，并且很呆笨的。约莫六岁了，自己还不会穿裤子。因裤上有带条，要从背后系引到前面来，打一结扣，而我不会。一次早起，母亲隔屋喊我，为何还不起床。我大声气愤地说：妹妹不给我穿裤子呀！招引得家里人都笑了。原来天天要妹妹替我打这结扣才行。

十岁前后，在小学里的课业成绩，比一些同学都较差。虽不是极劣，总是中等以下。到十四岁入中学，我的智力乃见发达，课业成绩间有在前三名者。大体说来，我只是平常资质，没有过人之才。在学校时，不算特别勤学；出学校后，亦未用过苦功。只平素心理上，自己总有对自己的一种要求，不肯让一天光阴随便马虎过去。

经过两度家塾、四个小学

我于六岁开始读书，是经一位孟老师在家里教的。那时课儿童，入手多是《三字经》《百家姓》，取其容易上口成诵。接着就要读四书五经了。我在《三字经》之后，即读《地球韵言》，而没有读四书。《地球韵言》一书，现在恐已无处可寻得。内容多是一些欧罗巴、亚细亚、太平洋、大西洋之类，作于何人，我亦记不得了。

说起来好似一件奇特事，就是我对于四书五经至今没有诵读过，只看过而已。这在同我一般年纪的人是很少的。不读四书，而读《地球韵言》，当然是出于我父亲的意思。他是距今四十五年前，不主张儿童读经的人。这在当时自是一破例的事。为何能如此呢？大约由父亲平素关心国家大局，而中国当那些年间恰是外侮日逼。例如：

清咸丰十年（西历1860年）英法联军陷天津，清帝避走热河。

清光绪十年（西历1884年）中法之战，安南（今越南）被法国占去。

又光绪十二年（西历1886年）缅甸被英国侵占。

又光绪二十年（西历1894年）中日之战，朝鲜被日本占去。

又光绪二十一年（西历1895年）台湾割让给日本。

又光绪二十三年（西历1897年）德国占胶州湾（青岛）。

又光绪二十四年（西历1898年）俄国强索旅顺、大连。

在这一串事实之下，父亲心里激动很大。因此他很早倾向变法维新。在他的日记中有这样一段话：

……

却有一种为清流所鄙，正人所斥，洋务西学新出各书，断不可以不看。盖天下无久而不变之局，我只力求实事，不能避人讥讪也。（光绪十年四月初六日日记，论读书次第缓急）

到光绪二十四年，就是我开蒙读书这一年，正赶上光绪帝变法维新。停科举，废八股，皆他所极端赞成；不必读四书，似基于此。只惜当时北京尚无学校可入。而《地球韵言》则是便于儿童上口成诵，四字一句的韵文，其中略说世界大势，就认为很合用了。

次年我七岁，北京第一个“洋学堂”（当时市井人都如此称呼）出现，父亲便命我入学。这是一位福建陈先生创办的，名曰“中西小学堂”。现在看来，这名称似乎好笑。大约当时系因其既念中文，又念英文之故。可惜我从那幼小时便习英文而到现在亦没有学好。

八岁这一年，英文念不成了。这年闹“义和团”——后来被称为“拳匪”——专杀信“洋教”（基督教）或念洋书之人。我们只好将《英文初阶》、《英文进阶》（当时课本）一齐烧毁。后来因激起欧美日本八国联军入北京，清帝避走陕西，历史上称为“庚子之变”。

庚子之变后，新势力又抬头，学堂复兴。九岁，我入“南横街公立小学堂”读书。十岁，改入“蒙养学堂”，读到十一岁。十二岁十三岁，又改在家里读书，是联合几家亲戚的儿童，请一位奉天刘（讷）先生教的。十三岁下半年到十四岁上半年，又进入“江苏小学堂”——这是江苏旅居北京同乡会所办。

因此，我在小学时代前后经过两度家塾、四个小学。这种求学得不到安稳顺序前进，是与当时社会之不安、学制之无定有关系的。

从课外读物说到我的一位父执

我的自学，最得力于杂志报纸。许多专门书或重要典籍之阅读，常是从杂志报纸先引起兴趣和注意，然后方觅它来读的。即如中国的经书以至佛典，亦都是如此。其他如社会科学各门的书，更不待言。因为我所受学校教育，从上面说的小学及后面说的中学而止，而这些书典都是课程里没有的。同时我又从来不勉强自己去求学问，做学问家；所以非到引起兴趣和注意，我不去读它的。——我之好学是到真“好”才去“学”的，而对某方面学问之兴趣和注意，总是先借杂志报纸引起来。

我的自学，作始于小学时代。奇怪的是在那样新文化初初开荒时候，已有人为我准备了很好的课外读物。这是一种《启蒙画报》和一种《京话日报》。创办人是我的一位父执，而且是对于我关系深切的一位父执。他的事必须说一说。

他是彭翼仲（诒孙）先生，苏州人而长大在北京。祖上状元宰相，为苏州世家巨族。他为人豪侠勇敢，其慷爽尤为可爱。论体魄，论精神，俱不似苏州人，却能说苏州话。他是我的谱叔，因他与我父亲结为兄弟之交，而年纪小于我父。他又是我的姻丈，因我大哥是他的女婿，他的长女便是我的长嫂。他又是我的老师，因前说之“启蒙学堂”就是他主办的，我在那里从学于他。

他的脾气为人（豪侠勇敢）和环境机缘（家住江南、邻近上海，得与外面世界相通），就使他必然成为一个爱国志士，维新先锋。距今四十年前（1902年），他在当时全国首都——北京——创办了第一家报纸。严格讲，它是第二家。1901年先有《顺天时报》出版。但《顺天时报》完完全全为日本人所办。但就中国人自办者说，它是第一家，广东人朱淇所办《北京日报》为第二家。当时草创印刷厂，还是请来日本工人作工头的。“蒙养学堂”和报馆印刷厂都在一个大门里，内部亦相通。我们小学生常喜欢去看他们印刷排版。

彭公手创报纸，计共三种。我所受益的是《启蒙画报》；于北方社会影响最大的，乃是《京话日报》；使他自身得祸的，则是《中华报》。

《启蒙画报》最先出版。它是给十岁上下的儿童阅看的。内容主要是科学常识，如天文、地理、博物、格致（“格物致知”之省文，当时用为物理、化学之总名称）、算学等各门都有，其次是历史掌故、名人逸事，再则如《伊索寓言》一类的东西亦有；却少有今所谓“童话”者。全是白话文，全有图画（木板雕刻无彩色），而且每每将科学撰成小故事来说明。讲到天象，或以小儿不明白，问他的父母，父母如何解答来讲。讲到蚂蚁社会，或用两兄弟在草地上玩耍所见来讲。算学题以一个人做买卖来讲。诸如此类，儿童极其爱看。历史如讲太平天国，讲“平定”新疆等等。就是前二年的庚子变乱，亦作为历史，剖讲甚详。名人逸事如司马光、范仲淹很多古人的事，以至外国如拿破仑、华盛顿、大彼得、俾斯麦、西乡隆盛等等都有。那便是长篇连载的故事了。图画为永清刘炳堂先生（用烺）所绘。刘先生极有绘画天才，而不是旧日文人所讲究之一派。没有学过西洋画，而他自得西画写实之妙。所画西洋人尤为神肖，无须多笔细描而形象逼真。计出版首尾共有两年之久。我从那里面不但得了许多常识，并且启发我胸中很多道理，一直影响我到后来。我觉得近若干年所出儿童画报，都远不及它。

《启蒙画报》出版不久，就从日刊改成旬刊（每册三十多页），而别出一小型日报，就是《京话日报》，内容主要是新闻和论说。新闻以当地（北京）社会新闻占三分之二，还有三分之一是“紧要新闻”，包括国际国内重大事情。论说多半指陈社会病痛，或鼓吹一种社会运动，甚有推动力量，影响很大，绝无敷衍篇幅之作。它以社会一般人为对象，而不是给“上流社会”看的。因为是白话，所以我们儿童亦能看，只不过不如对《启蒙画报》之爱看。

当时风气未开，社会一般人都没有看报习惯。虽取价低廉，而一般人家总不乐增此一种开支。两报因此销数都不多。而报馆全部开支却不小。自那年（1902年）春天到年尾，从开办设备到经常费用，彭公家产已赔垫干净，并且负了许多债。年关到来，债主催逼，家中妇女怨谪，彭公忧煎之极，几乎上吊自缢。本来创办之初，我父亲实赞助其事，我家财物早已随着赔送在内；此时还只有我父亲援救他。后来从父亲日记和银钱折据上批注中，见出当时艰难情形和他们做事动机之纯洁伟大。——他们一心要开发民智，改良社会。这是由积年对社会腐败之不满，又加上庚子（1900年）亲见全国上下愚昧迷信不知世界大势，几乎招取亡国大祸，所激动的。

这事业屡次要倒闭，终经他们坚持下去，最后居然得到亨通，到第三年，报纸便发达起来了。然主要还是由于鼓吹几次运动，报纸乃随运动之扩大而发达。一次是东交民巷（各国使馆地界）一个外国兵，欺侮中国贫民，坐人力车不给钱，车夫索钱，反被打伤。《京话日报》一面在新闻栏详记其事，一面连日著论表示某国兵营如何要惩戒要赔偿才行，并且号召所有人力车夫联合起来，事情不了结，遇见某国兵就不给车子乘坐。事为某国军官所闻，派人来报馆查询，要那车夫前去质证。那车夫胆小不敢去，彭公即亲自送他去。某国军官居然惩戒兵丁而赔偿车夫。此事虽小，而街谈巷议，轰动全城，报纸销数随之陡增。另一次是美国禁止华工入境，并对在美华工苛待。《京话日报》就提倡抵制美货运动。我还记得我们小学生亦在通衢闹市散放传单，调查美货等等。此事在当时颇为新颖，人心殊见振奋，运动亦扩延数月之久。还有一次反对英属非洲虐待华工，似在这以前，还没有这次运动热烈。最大一次运动，是国民捐运动。这是由报纸著论，引起读者来函讨论，酝酿颇久而后发动的。大意是为庚子赔款四万万两，分年偿付，为期愈延久，本息累积愈大；迟早总是要国民负担，不如全体国民自动一次拿出来。以全国四万万人口计算，刚好每人出一两银子，就可以成功。这与后来民国初建时，南京留守黄克强（兴）先生所倡之“爱国捐”，大致相似。此时报纸销路已广，其言论主张已屡得社会拥护。再标出这大题目来，笼罩到每一个人身上，其影响之大真是空前。自车夫小贩、妇女儿童、工商百业以至文武大臣、皇室亲王，无不响应。后因彭公获罪，此事就消沉下去。然至辛亥革命时，在大清银行（今中国银行之前身）尚存有国民捐九十几万银两。计算捐钱的人数，要在几百万以上。

报纸的发达，确实可惊。不看报的北京人，几乎变得家家看报，而且发展到四乡了。北方各省各县，像奉天黑龙江（东）、陕西甘肃（西）那么远，都传播到。同时亦惊动了清廷。西太后和光绪帝都遣内侍传旨下来，要看这报。其所以这样发达，亦是有缘故的。因这报纸的主义不外一是维新，一是爱国；浅近明白正切合那时需要。社会上有些热心人士，自动帮忙，或多购报纸沿街张贴，或出资设立“阅报所”“讲报处”之类。还有被人呼为“醉郭”的一位老者，原以说书卖卜为生。他改行，专门讲报，作义务宣传员。其他类此之事不少。

《中华报》最后出版。这是将《启蒙画报》停了才出的。在版式上，不是单张的而是成册的。内容以论政为主，文体是文言文。这与《京话日报》以“大众”为对象的，当然不同了。似乎当年彭公原无革命意识，而此报由其妹婿杭辛斋先生（慎修，海宁人）主笔，他却算是革命党人。我当时学力不够看这个报，对它没有兴趣，所以现在不大能记得其言论主张如何。到光绪三十二年（1907年），《中华报》出版有一年半以上，《京话日报》则届第五年，清政府逮捕彭杭二公并封闭报馆。其实彭公被捕，此已是第二次，不过在我的自学史内不必叙他太多了。这次罪名，据巡警部（如今之内政部）上奏清廷，是“妄论朝政、附和匪党”。杭公定罪是递解回籍，交地方官严加管束；彭公是发配新疆，监禁十年。其内幕真情，是为袁世凯在其北洋营务处（如今之军法处）秘密诛杀党人，《中华报》予以揭出之故。

后来革命，民国成立，举行大赦，彭公才得从新疆回来。《京话日报》于是恢复出版。不料袁世凯帝制，彭公不肯附和，又被封闭。袁倒以后再出版。至民国十年，彭公病故，我因重视它的历史还接办一个时期。

自学的根本

在上边叙述了我的父亲，又叙述了我的一位父执，意在叙明我幼年之家庭环境和最切近之社会环境。关于这环境方面，以上只是扼要叙述，未能周详。例如我母亲之温厚明通，赞助我父亲和彭公的维新运动，并提倡女学，自己参加北京初创第一间女学校“女学传习所”担任教员等类事情都未及说到。然读者或亦不难想象得之。就从这环境中，给我种下了自学的根本：一片向上心。

一方面，父亲和彭公他们的人格感召，使我幼稚的心灵隐然萌露对社会对国家的责任感，而鄙视那种世俗谋衣食求利禄的“自了汉”生活。另一方面，在那维新前进的空气中，自具一种迈越世俗的见识主张，使我意识到世俗之人虽不必是坏人，但缺乏眼光见识那就是不行的；因此，一个人必须力争上游。所谓一片向上心，大抵在当时便是如此。

这种心理，可能有其偏弊；至少不免流露了一种高傲神情。若从好一方面来说，这里面固含蓄得一点正大之气和一点刚强之气。——我不敢说得多，但至少各有一点。我自省我终身受用者，似乎在此。

特别是自十三四岁开始，由于这向上心，我常有自课于自己的责任，不论何事，很少需要人督迫。并且有时某些事，觉得不合我意见，虽旁人要我做，我亦不做。十岁时爱看《启蒙画报》、《京话日报》，几乎成瘾，固然已算是自学，但真的自学，必从这里（向上心）说起。所谓自学应当就是一个人整个生命的向上自强，要紧在生活中有自觉。单是求知识，却不足以尽自学之事。在整个生命向上自强之中，包括了求知识。求知识发我们的智慧识见，但它并不是一种目的。

有智慧识见发出来，就是生命向上自强之效验，就是善学。假若求知识以致废寝忘食，身体精神不健全，甚至所知愈多头脑愈昏，就不得为善学。有人说“活到老，学到老”一句话，这观念最正确。这个“学”显然是自学，同时这个“学”显然就是在说一切做人做事而不止于求些知识。

自学最要紧是在生活中有自觉。读书不是第一件事；第一件事，却是照顾自己身体而如何善用它。——用它来做种种事情，读书则其一种。可惜这个道理，我只在今天乃说得出，当时亦不明白的。所以当时对自己身体照顾不够，例如：爱静中思维，而不注意身体应当活动；饮食、睡眠、工作三种时间没有好的分配调整；不免有少年斫丧身体之不良习惯（手淫）。所幸者，从向上心稍知自爱，还不是全然不照顾它。更因为有一点正大刚强之气，耳目心思向正面用去，下流毛病自然减少。我以一个孱弱多病的体质，到后来慢慢转强，很少生病，精力且每比旁人略优，其故似不外。

一、我虽讲不到修养，然于身体少斫丧少浪费；虽至今对于身体仍愧照顾不够，但似比普通人略知照顾。

二、胸中恒有一股清刚之气，使外面病邪好像无隙可乘。——反之，偶尔患病，细细想来总是先由自己生命失其清明刚劲、有所疏忽而致。

又如我自幼呆笨，几乎全部小学时期皆不如人；自十四岁虽变得好些，亦不怎样聪明。讲学问，又全无根底。乃后来亦居然滥侧学者之林，终幸未落于庸劣下愚，反倒受到社会的过奖过爱。此其故，要亦不外：

一、由于向上心，自知好学，虽没有用过苦功，亦从不偷懒。

二、环境好，机缘巧，总让我自主自动地去学，从没有被动地读过死书，或死读书。换句话说，无论旧教育（老式之书房教育），或新教育（欧美传来之学校教育），其毒害唯我受的最少。

总之，向上心是自学的根本，而今日我所有成就，皆由自学得来。古书《中庸》上有“虽愚必明，虽柔必强”两句话，恰好借用来说我个人的自学经过（原文第二句不指身体而言，第一句意义亦较专深，故只算借用）。

五年半的中学

我于十四岁那一年（一九〇六年）的夏天，考入“顺天中学堂”（地址在地安门外兵将局）。此虽不是北京最先成立的一间中学，却是与那最先成立的“五城中学堂”为兄弟者。“五城”指北京的城市；“顺天”指顺天府（京兆）。福建人陈璧，先为五城御史，创五城中学；后为顺天府尹，又设顺天中学。两个学堂的洋文总教习，同由王劭廉先生（天津人，与伍光建同留学英国海军）担任。汉文教习以福建人居多，例如五城以林纾（琴南）为主，我们则以一位跛腿陈先生（忘其名）为主。

当时学校初设，学科程度无一定标准。许多小学比今日中学程度还高，而那时的中学与大学似乎亦颇难分别。我的同班同学中竟有年纪长近一倍者——我十四岁，他二十七岁。有好多同学虽与我们年纪小的同班受课，其实可以为我们的老师而有余。他们诗赋、古文词、四六骈体文都作得很好，进而讲求到“选学”（《昭明文选》）。不过因为求出路（贡生、举人、进士）非经过学堂不可，有的机会凑巧得入大学，有的不巧就入中学了。

今日学术界知名之士，如张申府（崧年）、汤用彤（锡予）诸位，皆是我的老同学。论年级，他们尚稍后于我；论年龄，则我们三人皆相同。我在我那班级上是年龄最小的。

当时学堂里读书，大半集中于英算两门。学生的精力和时间，都用在这上边。年长诸同学，很感觉费力；但我于此，亦曾实行过自学。在我那班上有四个人，彼此很要好。一廖福申（慰慈，福建），二王毓芬（梅庄，北京），三姚万里

（伯鹏，广东），四就是我。我们四个都是年纪最小的——廖与王稍长一两岁。在廖大哥领导之下，我们曾结合起来自学。

这一结合，多出于廖大哥的好意。他看见年小同学爱玩耍不知用功，特来勉励我们。以那少年时代的天真，结合之初，颇具热情。我记得经过一阵很起劲的谈话以后，四个人同出去，到酒楼上吃螃蟹，大喝其酒。廖大哥提议彼此不用“大哥”“二哥”“三哥”那些俗气称谓相称，而主张以每个人的短处标出一字来，作为相呼之名，以资警惕。大家都赞成此议，就请他为我们一个个命名。他给王的名字，是“懦”；给姚的名字，是“暴”；而我的就是“傲”了。真的，这三个字都甚恰当。我是傲，不必说了。那王确亦懦弱有些妇人气；而姚则以赛跑跳高和足球擅长，原是一粗暴的体育大家。最后，他自名为“惰”。这却太谦了。他正是最勤学的一个呢！此大约因其所要求于自己的，总感觉不够之故；而从他自谦其惰，正可见出其勤来了。

那时每一班有一专任洋文教习，所有这一班的英文、数学、外国地理都由他以英文原本教授。这些位洋文教习，全是天津水师学堂出身，为王劭廉先生的门徒。我那一班是位吕先生（富永）。他们秉承王先生的规矩，教课认真，做事有军人风格。当然课程进行得并不慢，但我们自学的进度，总还是超过他所教的。如英文读本Carpenter's Reader（亚洲之一本），先生教到全书的一半时，廖已读完全书，我亦能读到三分之二；纳氏英文文法，先生教第二册未完，我与廖研究第三册了；代数、几何、三角各书，经先生开一个头，廖即能自学下去，无待于先生教了。我赶不上他那样快，但经他携带，总亦走在先生教的前边。廖对于习题一个个都做，其所做算草非常清楚整齐悦目；我便不行了，本子上很多涂改，行款不齐，字迹潦草，比他显得忙乱，而进度反在他之后。廖自是一天才，非平常人之所及。①然从当年那些经验上，使我相信没有不能自学的功课。

同时廖还注意国文方面之自学。他在一个学期内，将一部《御批通鉴辑览》圈点完毕。因其为洋版书（当时对于木版书外之铜印、铅印、石印各书均作此称），字小，而他每天都是在晚饭前划出一点时间来做的，天光不足，所以到圈点完工，眼睛变得近视了。这是他不晓得照顾身体，很可惜的。这里我与他不

---

①廖君后来经清华送出游美学铁路工程，曾任国内各大铁路工程师。——漱注

同。我是不注意国文方面的：国文讲义我照例不看；国文先生所讲，我照例不听。我另有我所用的功夫，如后面所述，而很少看中国旧书。但我国文作文成绩还不错，偶然亦被取为第一名。我总喜欢做翻案文章，不肯落俗套。有时能出奇制胜，有时亦多半失败。记得一位七十岁的王老师十分恼恨我。他在我作文卷后，严重地批着“好恶拂人之性，灾必逮夫身”的批语。而后来一位范先生偏赏识我。他给我的批语，却是“语不惊人死不休”。

十九岁那一年（一九一一年）冬天，我们毕业。前后共经五年半之久。本来没有五年半的中学制度，这是因为中间经过一度学制变更，使我们吃亏。

中学时期之自学

在上面好像已叙述到我在中学时之自学，如自学英文、数学等课，但我所谓自学尚不在此。我曾说了：

由于向上心，我常有自课于自己的责任，不论什么事很少要人督迫。……真的自学，必从这里说起。自学就是一个人整个生命的向上自强，要紧在生活中有自觉。

所以上节所述只是当年中学里面一些应付课业的情形，还没有当真说到我的自学。

真的自学，是由于向上心驱使我在两个问题上追求不已：一、人生问题；二、社会问题，亦可云中国问题。此两个问题互有关联之处，不能截然分开，但仍以分别言之为方便。从人生问题之追求，使我出入于西洋哲学、印度宗教、中国周秦宋明诸学派间，而被人看做是哲学家。从社会问题之追求，使我参加了中国革命，并至今投身社会运动。今届五十之年，总论过去精力，无非用在这两问题上面；今后当亦不出乎此。而说到我对此两问题如何追求，则在中学时期均已开其端。以下略述当年一些事实。

我很早就有我的人生思想。约十四岁光景，我胸中已有了一个价值标准，时时用以评判一切人和一切事。这就是凡事看它于人有没有好处和其好处的大小。假使于群于己都没有好处，就是一件要不得的事了。掉转来，若于群于己都有顶大好处，便是天下第一等事。以此衡量一切并解释一切，似乎无往不通。若思之偶有扞格窒碍，必辗转求所以自圆其说者。一旦豁然复有所得，便不禁手舞足蹈，顾盼自喜。此时于西洋之“乐利主义”、“最大多数幸福主义”、“实用主义”、“工具主义”等等，尚无所闻。却是不期而然，恰与西洋这些功利派思想相近。

这思想，显然是受先父的启发。先父虽读儒书，服膺孔孟，实际上其思想和为人却有极像墨家之处。他相信中国积弱全为念书人专务虚文，与事实隔得太远之所误，因此，平素最看不起做诗词做文章的人，而标出“务实”二字为讨论任何问题之一贯的主张。务实之“实”，自然不免要以“实用”、“实利”为其主要含义。而专讲实用实利之结果，当然流归到墨家思想。不论大事小事，这种意思在他一言一动之间到处流露贯彻。其大大影响到我，是不待言的。

不过我父只是有他的思想见解而止，他对于哲学并没有兴趣。我则自少年时便喜欢用深思。所以就由这里追究上去，究竟何谓“有好处”？那便是追究“利”和“害”到底何所指，必欲分析它，确定它。于是就引到苦乐问题上来，又追究到底何谓苦，何谓乐。对于苦乐的研究，是使我探入中国儒家印度佛家的钥匙，颇为重要。后来所作《究元决疑论》中，有论苦乐的一段尚可见一斑。而这一段话，却完全是十六七岁在中学时撰写的旧稿。在中学里，时时沉溺在思想中，亦时时记录其思想所得。这类积稿当时甚多，现在无存。

然在当时受中国问题的刺激，我对中国问题的热心似又远过于爱谈人生问题。这亦因当时在人生思想上，正以事功为尚之故。

当时——光绪末年宣统初年——正亦有当时的国难。当时的学生界，亦曾激于救国热潮而有自请练学生军的事，如“九一八”后各地学生之所为者。我记得我和同班同学雷国能兄，皆以热心这运动被推为代表，请求学堂监督给我们特聘军事教官，并发给枪支，于正课外加练军操，此是一例；其他像这类的事，当然很多。

1940年末中国民主同盟创建后，作者被推为常委，先后任《光明报》社长、民盟秘书长等职。

为了救国，自然注意政治而要求政治改造。像民主和法治等观念，以及英国式的议会制度、政党政治，早在卅五年前成为我的政治理想。后来所作《我们政治上第一个不通的路——欧洲近代民主政治的路》，其中诠释近代政治的话，还不出中学时那点心得。——的确，那时对于政治自以为是大有心得的。

自学资料及当年师友

无论在人生问题上或在中国问题上，我在当时已能取得住在北中国内地的人所可能有的最好自学资料。我拥有梁任公先生主编的《新民丛报》壬寅、癸卯、甲辰（1902—1904年）三整年六巨册和《新小说》（杂志月刊）全年一巨册（以上约共五六百万言）。——这都是从日本传递进来的。还有其他从日本传递进来的或上海出版的书报甚多。此为初时（1907年）之事。稍后（1910年后）更有立宪派之《国风报》（旬刊或半月刊，在日本印行），革命派之上海《民立报》（日报），按期陆续收阅。——这都是当时内地寻常一个中学生，所不能有的丰富资财。

《新民丛报》一开头有任公先生著的《新民说》，他自署即曰“中国之新民”。这是一面提示了新人生观，又一面指出中国社会应该如何改造的；恰恰关系到人生问题中国问题的双方，切合我的需要，得益甚大。任公先生同时在报上有许多介绍外国某家某家学说的著作，使我得以领会不少近代西洋思想。他还有关于古时周秦诸子以至近世明清大儒的许多论述，意趣新而笔调健，皆足以感发人。此外有《德育鉴》一书，以立志、省察、克己、涵养等分门别类，辑录先儒格言（以宋明为多），而任公自加按语跋识。我对于中国古人学问之最初接触，实资于此。虽然现在看来，这书是无足取的，然而在当年却给我的助益很大。这助益，是在生活上，不徒在思想上。

《新民丛报》除任公先生自作文章约占十分之二外，还有其他人如蒋观云先生（智由）等等的许多文章和国际国内时事记载等，约居十分之八，亦甚重要。

这些能助我系统地了解当日时局大势之过去背景。因其所记壬寅、癸卯、甲辰之事正在我读它时（1907—1909年）之前也。由于注意时局，所以每日报纸如当地之《北京日报》、《顺天时报》、《帝国日报》等，外埠之《申报》、《新闻报》、《时报》等，都是我每天必不可少的读物。谈起时局来，我都很清楚，不像普通一个中学生。

《国风报》上以谈国会制度、责任内阁制度、选举制度、预算制度等文章为多；其他如国库制度、审计制度，乃至银行货币等问题，亦常谈到。这是因为当时清廷筹备立宪，各省咨议局亦有联合请愿开国会的运动，各省督抚暨驻外使节在政治上亦有许多建议，而梁任公一派人隐然居于指导地位，即以《国风报》为其机关报。我当时对此运动亦颇热心，并且学习了近代国家法制上许多知识。

革命派的出版物，不如立宪派的容易得到手。然我终究亦得到一些。有《立宪派与革命派之论战》一厚册，是将梁任公和胡汉民（展堂）、汪精卫等争论中国应行革命共和抑行君主立宪的许多文章，搜集起来合印的；我反复读之甚熟。其他有些宣传品主于煽动排满感情的，我不喜读。

自学条件，书报资料固然重要，而朋友亦是重要的。在当时，我有两个朋友必须说一说。

一是郭人麟（一作仁林），字晓峰，河北乐亭县人。他年长于我二岁，而班级则次于我。他们一班，是学法文的；我们则学英文。因此虽为一校同学，朝夕相见，却无往来。郭君颜貌如好女子，见者无不惊其美艳，而气敛神肃，眉宇间若有沉忧；我则平素自以为是，亦复神情孤峭。彼此一直到第三年方始交谈。但经一度交谈之后，我思想上竟发生极大变化。

我那时自负要救国救世，建功立业，论胸襟气概似极其不凡；实则在人生思想上，是很浅陋的。对于人生许多较深问题，根本未曾理会到。对于古今哲人高明一些的思想，不但未加理会，并且拒绝理会之。盖受先父影响，抱一种狭隘功利见解，重事功而轻学问。具有实用价值的学问，还知注意；若文学，若哲学，则直认为误人骗人的东西而排斥它。对于人格修养的学问，感受《德育鉴》之启发，固然留意；但意念中却认为“要作大事必须有人格修养才行”，竟以人格修养作方法手段看了。似此偏激无当浅薄无根的思想，早应当被推翻。无如一般人多半连这点偏激浅薄思想亦没有。尽他们不同意我，乃至驳斥我，其力量却不足以动摇我之自信。恰遇郭君，天资绝高，思想超脱，虽年不过十八九而学问几如老宿。他于老、庄、易经、佛典皆有心得，而最喜欢谭嗣同的“仁学”。其思想高于我，其精神亦足以笼罩我。他的谈话，有时嗤笑我，使我惘然如失；有时顺应我要作大事业的心理而诱进我，使我心悦诚服。我崇拜之极，尊之为郭师，课暇就去请教，记录他的谈话订成一巨册，题曰“郭师语录”。一般同学多半讥笑我们，号之为“梁贤人、郭圣人”。

自与郭君接近后，我一向狭隘的功利见解为之打破，对哲学始知尊重，这在我的思想上，实为一绝大转进。那时还有一位同学陈子方，年纪较我们都大，班级亦在前，与郭君为至好。我亦因郭而亲近之。他的思想见解、精神气魄，在当时亦是高于我的，我亦同受其影响。现在两君都不在人世，陈故去约廿多年，知其人者甚少。郭与李大钊（守常）为乡亲，亦甚友好，曾在北大图书馆做事。张绍曾为国务总理时，曾一度引为国务院秘书。今故去亦有十年。

另一朋友是甄元熙，字亮甫，广东台山县人。他年纪约长我一二岁，与我为同班，却是末后插班进来的。本来陈与郭在中国问题上皆倾向革命，但非甚积极。甄君是（1910年）从广州上海来北京的，似先已与革命派有关系。我们彼此同是对时局积极的，不久成了很好的朋友。

但彼此政见不大相同。甄君当然是一革命派。我只热心政治改造，而不同情排满。在政治改造上，我又以英国式政治为理想，否认君主国体民主国体在政治改造上有什么等差不同。转而指责民主国，无论为法国式（内阁制），抑美国式（总统制），皆不如英国政治之善。——此即后来辛亥革命中，康有为所唱“虚君共和论”。在政治改造运动上，我认为可以用种种手段，而莫妙于俄国虚无党人的暗杀办法。这一面是很有效的，一面又破坏不大，免遭国际干涉。这些理论和主张，不待言是从立宪派得来的；然一点一滴皆经过我的往复思考，并非一种学舌。我和甄君时常以此作笔战，亦仿佛梁（任公）、汪（精卫）之所为；不过他们在海外是公开的，我们则不敢让人知道。

后来清廷一天一天失去人心，许多立宪派人皆转而为革命派，我亦是这样。中学毕业期近，武昌起义爆发，到处人心奋动，我们在学堂里更待不住。其时北京的、天津的和保定的学生界秘密互有联络，而头绪不一。适清廷释放汪精卫。汪一面倡和议，一面与李石曾、魏宸组、赵铁桥等暗中组织京津同盟会。甄君同我即参加其中，是为北方革命团体之最大者。所有刺良弼、刺袁世凯和在天津暴动的事，皆出于此一组织。

初入社会

按常例说，一个青年应当是由“求学”到“就业”；但在近几十年的中国青年，却每每是由“求学”而“革命”。我亦是其中之一个。我由学校出来，第一步踏入广大社会，不是就了某一项职业而是参加革命。现在回想起来，这不免是一种太危险的事！

因为青年是社会的未成熟分子，其所以要求学，原是学习着如何参加社会，为社会之一员，以继成熟分子之后。却不料其求了学来革命。革命乃是改造社会。试问参加它尚虞能力不足，又焉得有改造它的能力？他此时缺乏社会经验，对于社会只有虚见（书本上所得）和臆想，尚无认识。试问认识不足，又何从谈到怎样改造呢？这明明是不行的事！无奈中国革命不是社会内部自发的革命，缺乏如西洋那种第三阶级或第四阶级由历史孕育下来的革命主力。中国革命只是最先感受到世界潮流之新学分子对旧派之争，全靠海外和沿海一带传播进来的世界思潮，以激动起一些热血青年，所以天然就是一种学生革命。幼稚、错误、失败都是天然不可免的事，无可奈何。

以我而说，那年不过刚足十八岁，自己的见识和举动，今日回想是很幼稚的。自己所亲眼见的许多人许多事，似都亦不免以天下大事为儿戏。不过青年做事比较天真，动机比较纯洁，则为后来这二三十年的人心所不及。——这是后来的感想，事实不具述。

清帝不久退位，暗杀暴动一类的事，略可结束。同人等多半在天津办报，为公开之革命宣传。赵铁桥诸君所办者，名曰《民意报》，以甄亮甫为首的我们一班朋友，所办的报则名《民国报》。当时经费很充足，每日出三大张，规模之大为北方首创。总编辑为孙炳文浚明兄（四川叙府人，民国十六年国民党以清党为借口将其杀害于上海）；我亦充一名编辑，并且还做过外勤记者。今日所用漱溟二字，即是当时一笔名，而且出于孙先生所代拟。

新闻记者，似乎是社会上一项职业了。但其任务在指导社会，实亦非一个初入社会之青年学生所可胜任。现在想来，我还是觉得不妥的。这或者是我自幼志大言大，推演得来之结果呢！报馆原来馆址设在天津，后又迁北京（顺治门外大街西面）。民国二年春间，中国同盟会改组中国国民党成立，《民国报》收为党本部之机关报，以汤漪主其事，我们一些朋友便离去了。

作新闻记者生活约一年余，连参与革命工作算起来，亦不满两周年。在此期间内，读书少而活动多，书本上的知识未见长进，而以与社会接触频繁之故，渐晓得事实不尽如理想。对于“革命”、“政治”、“伟大人物”……皆有“不过如此”之感。有些下流行径、鄙俗心理，以及尖刻、狠毒、凶暴之事，以前在家庭在学校所遇不到的，此时却看见了；颇引起我对于人生感到厌倦和憎恶。

在此期间，接触最多者当然在政治方面。前此在中学读书时，便梦想议会政治，逢着资政院开会（宣统二年、三年两度开会），必辗转恳托介绍旁听。现在是新闻记者，持有长期旁听证，所有民元临时参议院民二国会的两院，几乎无日不出入其间了。此外若同盟会本部和改组后的国民党本部，若国务院等处，亦是我踪迹最密的所在。还有共和建设讨论会（民主党之前身）和民主党（进步党的前身）的地方，我亦常去。当时议会内党派的离合，国务院的改组，袁世凯的许多操纵运用，皆映于吾目而了于吾心。许多政治上人物，他不熟悉我，我却熟悉他。这些实际知识和经验，有助于我对中国问题之认识者不少。

激进于社会主义

民国元年已有所谓社会党在中国出现。这是江亢虎（汪精卫之南京伪政府考试院副院长）在上海所发起的，同时他亦自居于党魁地位。那时北京且有其支部之成立，主持人为陈翼龙（后为袁世凯所杀）。江亦光绪庚子后北京社会上倡导维新运动之一人，与我家夙有来往，我深知其为人底细。他此种举动，完全出于投机心理。虽有些莫名其妙的人附和他，我则不睬。所有他们发表的言论，我都摒斥，不愿入目。我之倾向社会主义，不独与他们无关，而且因为憎恶他们，倒使我对社会主义隔膜了。

论当时风气，政治改造是一般人意识中所有；经济改造则为一般人意识中所无。仅仅“社会主义”这名词，偶然可以看到而已（共产主义一词似尚未见），少有人热心研究它。元年（1912年）八月，中国同盟会改组为国民党时，民生主义之被删除，正为一很好例证。同盟会会章的宗旨一条，原为“本会以巩固中华民国，实行民生主义为宗旨”；国民党党章则改为“巩固共和，实行平民政治”。这明明是一很大变动，旧日同志所不喜，而总理孙先生之不愿意，更无待言。然而毕竟改了。而且八月廿五日成立大会（在北京虎坊桥湖广会馆之剧场举行），我亦参加。我亲见孙总理和黄克强先生都出席，为极长极长之讲演，则终于承认此一修改，又无疑问。这固然见出总理之虚怀，容纳众人意见；而经济问题和社会主义之不为当时所理会，亦完全看出了。

我当时对中国问题认识不足，亦以为只要宪政一上轨道，自不难步欧美日本之后尘，为一近代国家。至于经济平等，世界大同，乃以后之事，现在用不到谈它。所见正与流俗一般无二。不过不久我忽然感触到“财产私有”是人群一大问题。

约在民国元年尾二年初，我偶然一天从家里旧书堆中，检得《社会主义之神髓》一本书，是日本人幸德秋水（日本最早之社会主义者，死于狱中）所著，而张溥泉（继）先生翻译的，光绪三十一年上海出版。此书在当时已嫌陈旧，内容亦无深刻理论。它讲到什么“资本家”“劳动者”的许多话，亦不引起我兴味；不过其中有些反对财产私有的话，却印入我心。我即不断来思索这个问题。愈想愈多，不能自休。终至引我到反对财产私有的路上，而且激烈地反对，好像忍耐不得。

我发现这是引起人群中间生存竞争之根源。由于生存竞争，所以人们常常受到生活问题的威胁，不免于巧取豪夺。巧取，极端之例便是诈骗；豪夺，极端之例便是强盗。在这两大类型中包含各式各样数不尽的事例，而且是层出不穷。我们出去旅行，处处要提防上当受欺。一不小心，轻则损失财物，大则丧身失命。乃至坐在家里，受至亲至近之人所欺者，耳闻目见亦复不鲜。整个社会没有平安地方，说不定诈骗强盗从那里来。你无钱，便受生活问题的威胁；你有钱，又受这种种威胁。你可能饿死无人管，亦可能四周围的人都在那儿打算你！啊呀！这是什么社会？这是什么人生？——然而这并不新奇。财产私有，生存竞争，自不免演到这一步！

这在被欺被害的人，固属不幸而可悯；即那行骗行暴的人，亦太可怜了！太不像个“人”了！人类不应当这个样子！人间的这一切罪恶，社会制度（财产私有制度）实为之，不能全以责备那个人。若根源上不解决，徒以严法峻刑对付个人，囚之杀之，实在是不通的事。我们即从法律之禁不了，已可证明其不通与无用。

人间还有许多罪恶，似为当事双方所同意，亦且为法律所不禁的，如许多为了金钱不复计及人格的事。其极端之例，便是娼优。社会上大事小事，属此类型，各式各样亦复数之不尽。因为在这社会上，是苦是乐，是死是活，都决定于金钱。钱之为用，乃广大无边，而高于一切；拥有大量钱财之人，即不啻握有莫大权力，可以役使一切了。此时责备有钱的人，不该这样用他的钱；责备无钱的人，不该这样出卖自己，高倡道德，以勉励众人，我们亦徒见其迂谬可笑，费尽唇舌，难收效果而已！

此外还有法律之所许可，道德不及纠正，而社会无形予以鼓励的事。那便是经济上一切竞争行为。竞争之结果，总有许多落伍失败的人，陷于悲惨境遇，其极端之例，便是乞丐。那些不出来行乞，而境遇悲惨需人救恤者，同属这一类型。大抵老弱残废孤寡疾病的人，竞争不了，最容易落到这地步。我认为这亦是人间的一种罪恶。不过这种罪恶，更没有哪一个负其责，显明是社会制度的罪恶了。此时虽有慈善家举办慈善事业以为救济，但不从头理清此一问题，支支节节，又能补救得几何？

此时普及教育是不可希望的，公共卫生是不能讲的，纵然以国家力量勉强举办一些，无奈与其社会大趋势相反何？——大趋势使好多人不能从容以受教育，使好多人无法讲求卫生。社会财富可能以自由竞争而增进（亦有限度），但文化水准不见得比例地随以增高，尤其风俗习惯想要日进于美善，是不可能的。因根本上先失去人心的清明安和，而流于贪吝自私，再加以与普及教育是矛盾的，与公共卫生是矛盾的，那么，将只有使身体方面心理方面日益败坏堕落下去！

人类日趋于下流与衰败，是何等可惊可惧的事！教育家挽救不了；卫生家挽救不了；宗教家、道德家、哲学家都挽救不了。什么政治家、法律家更不用说。拔本塞源，只有废除财产私有制度，以生产手段归公，生活问题基本上由社会共同解决，而免去人与人间之生存竞争。——这就是社会主义了。

我当时对于社会主义所知甚少，却十分热心。其所以热心，便是认定财产私有为社会一切痛苦与罪恶之源，而不可忍地反对它。理由如上所说亦无深奥，却全是经自己思考而得。是年冬，曾撰成《社会主义粹言》一书（内容分十节，不过万二三千字），自己写于蜡纸，油印数十本赠人。今无存稿。唯在《漱溟卅前文录》中，有《槐坛讲演之一段》一篇，是民国十二年春间为曹州中学生所讲，讲到一点从前的思想。

那时思想，仅属人生问题一面之一种社会理想，还没有扣合到中国问题上。换言之，那时只有见于人类生活需要社会主义，却没有见出社会主义在中国问题上，有其特殊需要。

出世思想

我大约从十岁开始即好用思想。其时深深感受先父思想的影响，若从今日名词言之，可以说在人生哲学上重视实际利害，颇暗合于中国古代墨家思想或西方近代英国人的功利主义。——以先父似未尝读墨子书，更不知有近代英国哲学，故云暗合。

十六七岁时，从利害之分析追问，而转入何谓苦何谓乐之研索，归结到人生唯是苦之认识，于是遽尔倾向印度出世思想了。十七岁曾拒绝母亲为我议婚，二十岁开始茹素，寻求佛典阅读，怀抱出家为僧之念，直至廿九岁乃始放弃。——放弃之由，将于后文第十八节言之。

按：1969年秋间曾写有《自述早年思想之再转再变》一文，实为此节最好参考之资料，兹不烦重加述说。又关于苦乐问题之研索，则早年《究元决疑论》一文内有一段述说，可资参看。

学佛又学医

我寻求佛典阅读之，盖始于民国初元，而萃力于民国三年前后。于其同时兼读中西医书。佛典及西医书均求之于当时琉璃厂西门的有正书局。此为上海有正书局分店。据闻在上海主其事者为狄葆贤，号平子，又号平等阁主，崇信佛法，《佛学丛报》每月一期，似即其主编。金陵刻经处刻出之佛典，以及常州等处印行之佛典，均于此流通，任人觅购。《佛学丛报》中有李证刚（翊灼）先生文章，当时为我所喜读。但因无人指教，自己于佛法大乘小乘尚不分辨，于各宗派更属茫然，遇有佛典即行购求，亦不问其能懂与否。曾记得“唯识”“因明”各典籍最难通晓，暗中摸索，费力甚苦。

所以学佛又学医者，虽心慕《金刚经》所云“入城乞食”之古制，自度不能行之于今，拟以医术服务人民取得衣食一切所需也。恰好有正书局代售上海医学书局出版之西医书籍，因并购取读之。据闻此局主事者丁福保氏，亦好佛学，曾出版佛学辞典等书。丁氏狄氏既有同好，两局业务遂以相通。其西医各书系由日文翻译过来，有关于药物学、内科学、病理学、诊断学等著作十数种之多，我尽购取闭户研究。

中医古籍则琉璃厂各书店多有之。我所读者据今日回忆似以陈修园四十八种为主，从《黄帝内经》以至张仲景《伤寒》《金匮》各书均在其中。我初以为中西医既同以人身疾病为研究对象，当不难沟通，后乃知其不然。中西两方思想根本不同，在某些末节上虽可互有所取，终不能融合为一。其后既然放弃出家之想，医学遂亦置而不谈。

父亲对我的信任且放任

此节的最好参考资料是我所为《思亲记》一文（见先公遗书卷首）。吾父对我的教育既经叙述在第二节，今此节不外继续前文。其许多事实则具备于《思亲记》所记之中，兹分别概述如下：

父亲之信任于我，是由于我少年时一些思想行径很合父意，很邀嘉赏而来。例如我极关心国家大局，平素看轻书本学问而有志事功，爱读梁任公的《新民丛报》、《德育鉴》、《国风报》等书报，写作日记，勉励自己。这既有些像父亲年轻时所为，亦且正和当时父亲的心理相合。每于晚饭后谈论时事，我颇能得父亲的喜欢。又如父亲向来佩服胡林翼慷慨有担当，郭嵩焘识见不同于流俗，而我在读到《三名臣书牍》、《三星使书牍》时，正好特别重视这两个人。这都是我十四五岁以至十九岁时的事情，后来就不同了。

说到父亲对我的放任，正是由于我的思想行动很不合父亲之意，且明示其很不同意于我，但不加干涉，让我自己回心转意。我不改变，仍然听任我所为，这便是放任了。

不合父意的思想行动是哪些呢？正如《思亲记》原文说的——

自（民国）元年以来谬慕释氏，语及人生大道必归宗天竺，策数世间治理则矜尚远西。于祖国风教大原，先民德礼之化顾不知留意。

实则时间上非始自民国元年，而早在辛亥革命时，我参加革命行动，父亲就明示不同意了，却不加禁止。革命之后，国会开会，党派竞争颇多丑剧，父亲深为不满，而我迷信西方政制，以为势所难免，事事为之辩护。虽然父子好谈时事一如既往，而争论剧烈，大伤父心。——此是一方面。

再一方面，就是我的出世思想，好读佛典，志在出家为僧，父亲当然大为不悦。但我购读佛书，从来不加禁阻。我中学毕业后，不愿升学，以至我不结婚，均不合父意，但均不加督促。只是让我知道他是不同意的而止。这种宽放态度，我今天想起来仍然感到出乎意料。同时，我今天感到父亲这样态度对我的成就很大，实在是意想不到的一种很好的教育。不过我当时行事亦自委婉，例如吃素一事（守佛家戒律）要待离开父亲到达西安时方才实行。所惜我终违父意，父在世之时坚不结婚；其后我结婚则父逝既三年矣。

当年倾慕的几个人物

吾父放任我之所为，一不加禁，盖相信我是有志向上的人，非趋向下流，听其自己转变为宜。就在此放任之中，我得到机会大走自学之路，没有落于被动地受教育地步。从十四五岁到十八九岁一阶段，我心目中有几个倾慕钦佩的人物，分述如下：

梁任公先生当然是头一个。我从壬寅、癸卯、甲辰（1902—1904年）三整年的《新民丛报》学到很多很多知识，激发了志气，受影响极大。我曾写有纪念先生一文，可参看。文中亦指出了他的缺点。当年钦仰的人物，后来不满意，盖非独于任公先生为然。

再就是先舅氏张镕西先生耀曾，为我年十四五之时所敬服之人。镕舅于母极孝，俗有“家贫出孝子”之说，确是有理。他母亲是吾父表姐，故而他于吾父亦称舅父，且奉吾父为师。他在民国初年政治中，不唯在其本党（同盟会、国民党）得到群情推重信服，而且深为异党所爱重。我在政协《文史资料选辑》中写有一文可参看。惜他局限于资产阶级的政治思想，未能适应社会主义新潮流。

再就是章太炎先生（炳麟）的文章，曾经极为我所爱读。且惊服其学问之渊深。我搞的《晚周汉魏文钞》，就是受他文章的影响。那时我正在倾心学佛，亦相信了他的佛学。后来方晓得他于佛法竟是外行。

再就是章行严先生（士钊）在我精神上的影响关系，说起来话很长。我自幼喜看报纸。十四岁入中学后，学校阅览室所备京外报纸颇多，我非止看新闻，亦且细看长篇论文。当时北京有一家《帝国日报》常见有署名“秋桐”的文章，讨论宪政制度，例如国会宜用一院制抑二院制的问题等等。笔者似在欧洲，有时兼写有《欧游通讯》刊出，均为我所爱读。后来上海《民立报》常见署名“行严”的论文，提倡讲逻辑。我从笔调上判断其和“秋桐”是一个人的不同笔名，又在梁任公主编的《国风报》(一种期刊，出版于日本东京)上见有署名“民质”的一篇论翻译名词的文章，虽内容与前所见者不相涉，但我又断定必为同一个人。此时始终不知道其真姓名为谁。

后来访知其真姓名为章士钊，我所判断不同笔名实为一个人者果然不差。清帝退位后，孙中山以临时总统让位于袁世凯，但党(同盟会)内决议定都南京，要袁南下就职，《民立报》原为党的机关报，而章先生主持笔政，却发表其定都北京之主张。党内为之哗然，又因章先生本非同盟会会员，群指目为报社内奸。于是章先生乃不得不退出《民立报》，自己创办一周刊标名《独立周报》，发抒个人言论。其发刊词表明自己从来独立不倚independent的性格，又于篇末附有寄杨怀中先生(昌济)长达一二千字的书信。书信内容说他自己虽同孙(中山)、黄(克强)一道奔走革命，却不加入同盟会之事实经过(似是因加入同盟会必誓言忠于孙公并捺手指印模，而他不肯行之)。当时他所兄事的章太炎、张溥泉两位，曾强他参加，至于把他关锁在房间内，如不同意参加便不放出(按此时他年龄似尚不足二十岁)，而他终不同意。知此事者不多，怀中先生却知道，可以作证。《独立周报》发刊，我曾订阅，对于行严先生这种性格非常喜欢。彼此精神上，实有契合，不徒在文章之末。

其后，章先生在日本出版《甲寅》杂志，我于阅读之余，开始与他通信，曾得答书不少，皆保存之，可惜今尽失去。其时正当孙黄二次革命失败，袁世凯图谋帝制，人心苦闷，《甲寅》论著传诵国内，极负盛名。不久章先生参预西南倒袁之役，担任军务院秘书长。袁倒黎继，因军务院撤销问题，先生来北京接洽结束事务，我们始得见面。但一见之后，即有令我失望之感。我以为当国家多难之秋，民生憔悴之极，有心人必应刻苦自励，而先生顾以多才而多欲，非能为大局负责之人矣。其后细行不检，嫖、赌、吸鸦片无所不为，尤觉可惜。然其个性甚强，时有节概可见，九十高龄犹勤著述(我亲见之)，自不可及。

思想进步的原理

思想似乎是人人都有的，但有而等于没有的，殆居大多数。这就是在他头脑中杂乱无章，人云亦云，对于不同的观点意见，他都点头称是。思想或云一种道理，原是对于问题的解答。他之没有思想正为其没有问题。反之，人之所以有学问，恰为他善于发现问题，任何微细不同的意见观点，他都能觉察出来，认真追求，不忽略过去。问题是根苗，大学问像是一棵大树，从根苗上发展长大起来；而环境见闻（读书在其内）、生活实践，则是它的滋养资料，久而久之自然蔚成一大系统。思想进步的原理，一言总括之，就是如此。

往年曾有《如何成为今天的我》一篇讲演词（见于商务馆出版的《漱溟卅后文录》），又旧著《中国文化要义》书前有一篇《自序》均可资参看。

东西文化问题

我既从青年时便体认人生唯是苦，觉得佛家出世最合我意，茹素不婚，勤求佛典，有志学佛，不料竟以《究元决疑论》一篇胡说瞎论引起蔡元培先生注意，受聘担任北大印度哲学讲席。这恰值新思潮（“五四”运动）发动前夕。当时的新思潮是既倡导西欧近代思潮（赛恩斯与德谟克拉西），又同时引入各种社会主义学说的。我自己虽然对新思潮莫逆于心，而环境气氛却对我这讲东方古哲之学的无形中有很大压力。就是在这压力下产生出来我《东西文化及其哲学》一书。这书内容主要是把西洋、中国、印度不相同的三大文化体系各予以人类文化发展史上适当的位置，解决了东西文化问题。

回到世间来

《东西文化及其哲学》一书，在人生思想上归结到中国儒家的人生，并指出世界最近未来将是中国文化的复兴。这是我青年以来的一大思想转变。当初归心佛法，由于认定人生唯是苦（佛说四谛法：苦、集、灭、道。），一旦发现儒书《论语》开头便是“学而时习之不亦乐乎”，一直看下去，全书不见一苦字，而乐字却出现了好多好多，不能不引起我极大注意。在《论语》书中与乐字相对待的是一个忧字。然而说“仁者不忧”，孔子自言“乐以忘忧”，其充满乐观气氛极其明白；是何为而然？经过细心思考反省，就修正了自己一向的片面看法。此即写出《东西文化及其哲学》的由来，亦就伏下了自己放弃出家之念，而有回到世间来的动念。动念回到世间来，虽说触发于一时，而却是早有其酝酿在的。这就是被误拉进北京大学讲什么哲学，参入知识分子一堆，不免引起好名好胜之心。好名好胜之心发乎身体，而身体则天然有男女之欲。但我既蓄志出家为僧，不许可婚娶，只有自己抑制遏制其欲念。自己精神上就这样时时在矛盾斗争中。矛盾斗争不会长久相持不决，逢到机会终于触发了放弃一向要出家的决心。

机会是在1920年春初，我应少年中国学会邀请作宗教问题讲演后，在家补写其讲词。此原为一轻易事，乃不料下笔总不如意，写不数行，涂改满纸，思路窘涩，头脑紊乱，自己不禁诧讶，掷笔叹息。既静心一时，随手取《明儒学案》翻阅之。其中泰州王心斋一派素所熟悉，此时于东崖语录中忽看到“百虑交锢，血气靡宁”八个字蓦地心惊：这不是恰在对我说话吗？这不是恰在指斥现时的我吗？顿时头皮冒汗，默然有省。遂由此决然放弃出家之念。是年暑假应邀在济南讲演《东西文化及其哲学》一题，回京写定付印出版，冬十一月尾结婚。

第二辑

成长的路上，独自前行

秋意

现在秋意渐深。四时皆能激发人：春使人活泼高兴；夏使人盛大；秋冬各有意思。我觉得秋天的意思最深，让人起许多感想，在心里动，而意味甚含蓄；不似其余节气或过于发露，或过于严刻。我觉得在秋天很易使人反省，使人动人生感慨。人在世上生活，如无人生的反省，则其一生就活得太粗浅、太无味了。无反省则无领略。秋天恰是一年发舒的气往回收，最能启人反省人生，而富感动的时候。但念头要转，感情要平。心平下来，平就对了。越落得对，其意味越深长；意味越深长越是对。我在秋天夜里醒时，心里感慨最多。每当微风吹动，身感薄凉的时候，感想之多，有如泉涌。可是最后归结，还是在人生的勉励上，仿佛是感触一番，还是收拾收拾往前走。我夙短于文学，但很知道文学就是对人生要有最大的领略与认识，它是与哲学相辅而行的。人人都应当受一点文学教育，这即是说人人都应当领略领略人生。心粗的人也当让他反省反省人生，也当让他有许多感想起来。当他在种种不同形式中生活时，如：四时、家庭、做客、做学生、当军人、一聚一散等等，都应使他反省其生活，领略其生活。这种感想的启发都是帮助人生向上的。

三种人生态度——逐求、厌离、郑重

人生态度是指人日常生活的倾向而言，向深里讲，即入了哲学范围；向粗浅里说，也不难明白。依中国分法，将人生态度分为出世与入世两种，但我嫌其笼统，不如三分法较为详尽适中。我们仔细分析：人生态度之深浅、曲折、偏正……各式各种都有；而各时代、各民族、各社会，亦皆有其各种不同之精神；故欲求不笼统，而究难免于笼统。我们现在所用之三分法，亦不过是比较适中的办法而已。

按三分法，第一种人生态度，可用“逐求”二字以表示之。此意即谓人于现实生活中逐求不已：如饮食、宴安、名誉、声、色、货、利等，一面受趣味引诱，一面受问题刺激，颠倒迷离于苦乐中，与其他生物亦无所异；此第一种人生态度（逐求），能够彻底做到家，发挥至最高点者，即为近代之西洋人。他们纯为向外用力，两眼直向前看，逐求于物质享受，其征服自然之威力实甚伟大，最值得令人拍掌称赞。他们并且能将此第一种人生态度理智化，使之成为一套理论——哲学。其可为代表者，是美国杜威之实验主义，他很能细密地寻求出学理的基础来。

第二种人生态度为“厌离”的人生态度。第一种人生态度为人对于物的问题，第三种人生态度为人对于人的问题，此则为人对于自己本身的问题。人与其他动物不同，其他动物全走本能道路，而人则走理智道路，其理智作用特别发达。其最特殊之点，即在回转头来反看自己，此为一切生物之所不及于人者。当人转回头来冷静地观察其生活时，即感觉得人生太苦，一方面自己为饮食男女及一切欲望所纠缠，不能不有许多痛苦；而在另一方面，社会上又充满了无限的偏私、嫉妒、仇怨、计较，以及生离死别种种现象，更足使人感觉人生太无意思。如是，乃产生一种厌离人世的人生态度。此态度为人人所同有。世俗之愚夫愚妇皆有此想，因愚夫愚妇亦能回头想，回头想时，便欲厌离。但此种人生态度虽为人人所同具，而所分别者即在程度上深浅之差，只看彻底不彻底，到家不到家而已。此种厌离的人生态度，为许多宗教之所由生。最能发挥到家者，厥为印度人；印度人最奇怪，其整个生活，完全为宗教生活。他们最彻底，最完全；其中最通透者为佛家。

第三种人生态度，可以用"郑重"二字以表示之：郑重态度，又可分为两层来说：其一，为不反观自己时——向外用力；其二，为回头看自家时——向内用力。在未曾回头看而自然有的郑重态度，即儿童之天真烂漫的生活：儿童对其生活，有天然之郑重，与天然之不忽略，故谓之天真；真者真切，天者天然，即顺从其生命之自然流行也。于此处我特别提出儿童来说者，因我在此所用之"郑重"一词似太严重。其实并不严重。我之所谓郑重，实即自觉地听其生命之自然流行，求其自然合理耳。郑重即是将全副精神照顾当下，如儿童之能将其生活放在当下，无前无后，一心一意，绝不知道回头反看，一味听从于生命之自然的发挥，几与向前逐求差不多少，但确有分别。此系言浅一层。

更深而言之，从反回头来看生活而郑重生活，这才是真正的发挥郑重。这条路发挥得最到家的，即为中国之儒家。此种人生态度亦甚简单，主要意义即是教人自觉地尽力量去生活，此话虽平常，但一切儒家之道理尽包含在内；如后来儒家之"寡欲""节欲""窒欲"等说，都是要人清楚地自觉地尽力于当下的生活。儒家最反对仰赖于外力之催逼，与外边趣味之引诱往前度生活。引诱向前生活，为被动的、逐求的，而非为自觉自主的；儒家之所以排斥欲望，即以欲望为逐求的、非自觉的，不是尽力量去生活。此话可以包含一切道理：如"正心诚意""慎独""仁义""忠恕"等，都是以自己自觉的力量去生活。再如普通所谓"仁至义尽""心情俱到"等，亦皆此意。

此三种人生态度，每种态度皆有浅深。浅的厌离不能与深的逐求相比。逐求是世俗的路，郑重是道德的路，而厌离则为宗教的路。将此三者排列而为比较，当以逐求态度为较浅；以郑重与厌离二种态度相较，则郑重较难；从逐求态度进步转变到郑重态度自然也可能，但我觉得很不容易。普通都是由逐求态度折到厌离态度，从厌离态度再转入郑重态度，宋明之理学家大多如此。所谓出入儒释，都是经过厌离生活，然后重又归来尽力于当下之生活。即以我言，亦恰如此。在我十几岁时，极接近于实利主义，后转入于佛家，最后方归转于儒家。厌离之情殊为深刻，由是转过来才能尽力于生活；否则便会落于逐求，落于假的尽力。故非心里极干净，无丝毫贪求之念，不能尽力生活。而真的尽力生活，又每在经过厌离之后。

成功与失败

没有志气的人，没有成败可说；有志气的人，没有经过二三十年奋斗不懈的阅历，也不会懂得成功与失败是怎么一回事。成功是什么呢？成功是巧，是天，不是我。失败是什么呢？失败是我，是我的错误，我有缺漏。

一事之成，都需要若干方面若干条件的凑合。百分之九十九都凑合了，一分凑不齐，便不成。在这百分中，有若干是需要自己努力的；有若干是自己努力不来，而有待于外的。而细审之，没有哪一点不需要自己精神贯注，亦没有哪一点不有待于外面机会（非自己力所能及）。然而一个人（或一伙人，或一个团体），怎能没有错误呢？没有缺漏呢？聪明而晓事的人，早晓得自己大小错误多得很，缺漏到处皆是。凡自以为我无过者，都是昏庸蠢劣之极。天下固无无过之事也。说“我无过”者，正已是从头错到底，更不消同他论什么过不过。错误了，而居然不从这里出岔子，而混得过去，岂非天乎！一次混过去，二次又混过去；这里没出岔子，那里又没出岔子，岂非天之又天乎！成功是什么？成功是巧而已，是侥幸而已。古往今来，于事业有成功者，而其人又聪明晓事，吾知其于成功之时必有此叹也。而失败了呢？则不得怨人：一切失败，自然都是各面不凑合，什么事本非自己所能包办的。然而失败之由，总在自己差失处，精神不照处，或是更大的错误，根本错误。像是楚霸王的“天亡我也”，虽在某时亦确有此叹：不过，若因此将自己许多错误缺漏都不算，那还是蠢劣，自己不要强。所以说失败是我，我值其咎。古往今来，一切失败者，而其人又自己真要强，吾知其于努力失败时必如此负责也。

成功的事和失败的事相比较，其当事者内里所有疏漏孰多孰少，亦许差不多；不过一则因其成功而见不出，一则因其失败而不可掩耳。古人云：“不可以成败论人”，旨哉言乎！其理盖如此。

吾人的自觉力

一个人缺乏了自觉的时候，便只像一件东西而不像人，或说只像一个动物而不像人。自觉真真是人类最可宝贵的东西！只有在我的心里清楚明白的时候，才是我超越对象、涵盖对象的时候；只有在超越涵盖对象的时候，一个人才能够对自己有办法。人类优越的力量是完全从此处来的。所以怎么样让我们心里常常清明，真是一件顶要紧的事情。

古代的贤哲，他对于人类当真有一种悲悯的意思。他不是悲悯旁的，而是悲悯人类本身常常有一个很大的机械性。所谓机械性，是指很愚蠢而不能清明自主，像完全缺乏了自觉似的在那里转动而言。人类最大的可怜就在于此。这点不是几句话可以说得明白；只有常常冷眼去看的时候，才能见到人类的可悲悯。

人在什么时候才可以超脱这个不自主的机械性呢？那就要在他能够清明自觉的时候。不过，这很不容易。人在婴儿时代很蠢的，这时他无法自觉。到了幼年、青年时代，又受血气的支配很大。成年以后的人，似乎受血气的支配较小；但他似乎有更不如青年人处，因这时他在后天的习染已成，如计较、机变、巧诈等都已上了熟路，这个更足以妨碍、蒙蔽他的清明自觉。所以想使人人能够清明自觉，实在是一大难事。人类之可贵在其清明自觉，人类之可怜在其不能清明自觉，但自今以前的人类社会，能够清明自觉者，实在太少了。

中国古人与近代西洋人在学术上都有很大的创造与成就。但他们却像是向不同的方向致力的。近代西洋人系向外致力，其对象为物，对自然界求了解而驾驭之。中国古人不然，他是在求了解自己，驾驭自己——要使自己对自己有一种办法。亦即是求自己生命中之机械性能够减少，培养自己内里常常清明自觉的力量。中国人之所谓学养，实在就是指的这个。

人若只在本能支配下过生活，只在习惯里面来动弹，那就太可怜了。我们要开发我们的清明，让我们正源的力量培养出来；我们要建立我们的人格。失掉清明就是失掉了人格！

欲望与志气

在这个时代的青年，能够把自己安排对了的很少。在这时代，有一个大的欺骗他，或耽误他，容易让他误会，或让他不留心的一件事，就是把欲望当志气。这样的用功，自然不得其方。也许他很卖力气，因为背后存个贪的心，不能不如此。可是他这样卖力气，却很不自然，很苦，且难以长进。虽有时也会起一个大的反动，觉得我这样是干什么？甚或会完全不干，也许勉强干。但当自己勉强自己时，读书做事均难入，无法全副精神放在事情上。甚且会自己搪塞自己。越聪明的人，越容易有欲望，越不知应在哪个地方搁下那个心。心实在应该搁在当下的。可是聪明的人，老是搁不在当下，老往远处跑，烦躁而不宁。所以没有志气的固不用说，就是自以为有志气的，往往不是志气而是欲望。仿佛他期望自己能有成就，要成功怎么个样子，这样不很好吗？无奈在这里常藏着不合适的地方，自己不知道。自己越不宽松，越不能耐，病就越大。所以前人讲学，志气欲望之辨很严，必须不是从自己躯壳动念，而念头真切，才是真志气。张横渠先生颇反对欲望，谓民胞物与之心，时刻不能离的。自西洋风气进来，反对欲望的话没人讲，不似从前的严格；殊不知正在这些地方，是自己骗自己害自己。

择业

关于择业问题，我觉得最好的态度有两个：

（一）从自己主观一面出发来决定。看看自己最亲切有力的要求在哪点；或对于什么最有兴趣。如自己对于社会问题、民族危亡问题之感触甚大，或对自己父母孝养之念甚切，或对家庭朋友的负担不肯推卸……这些地方都算真切的要求。兴趣即是自己所爱好的，方面很多，自己兴趣之所在，即自己才思聪明之所在。这两方面都是属于主观的条件的。从这里来决定自己往前学什么或做什么；学这样或学那样，做这事或做那事。但自己主观上的要求与兴趣虽如是，而周围环境不一定就有机会给你；给你的机会，亦不一定合于你的要求、兴趣。这时如果正面主观力量强的话，大概迟早可以打通这个局面。即所谓“有志者事竟成”。

（二）由客观上的机缘自然地决定。这也是一个很好的态度，把自己的心放得很宽，仿佛无所不可，随外缘机会以尽自己的心力来表现自己。这时自己虽无所择而自然有择。这个态度一点不执着，也是很大方的。

最不好的就是一面在主观上没有强有力的要求，兴趣不清楚，不真切，而自己还有舍不开的一些意见选择，于是在周围环境就有许多合意与不合意的分别。这些分别不能解决——一面不能从主观上去克服它，由不合意的环境达到合意的环境；一面又不能如第二个态度之大方不执着——就容易感觉苦闷。苦闷的来源，即在于心里不单纯，意思复杂。在这里我可以把自己说一下，给大家一个参考。

就我个人说，现在回想起来，觉得从前个性要求或个人意志甚强。最易看出的是中学毕业之后不肯升学，革命之后又想出家。可见自己的要求、兴趣很强，外面是不大顾的。从此处转入哲学的研究，从哲学又转入社会问题之研究与做社会运动；这仿佛是从主观一面出发的多。但这许多年来在实际上我觉得自己态度很宽大，不甚固执，随缘的意思在我心里占很大位置。就我的兴趣来说，现在顶愿做的事，就是给我一个机会，让我将所见到的道理，类乎对社会学的见地与对哲学的见地，能从容地写出来，那在我真觉得是人生唯一快事。但是目前还需要应付许多行政事情，我识人任事似非所长，所以有时会觉得苦。可是我不固执，几乎把我摆在哪里就在哪里，顺乎自然地推移，我觉得把自己态度放得宽大好一点。不固执，随缘，多少有一点儒家“俟天命”的意思。我自己每因情有所难却、情有所牵，就顺乎自然地随着走。

我的情形大概如此。同学对个人问题应从主观客观方面来审量一下，或偏治学，或偏治事，治学治何种学，治事治何种事，来得一决定，向前努力。

真理与错误

对旁人人格总不怀疑，对自己知识见解总觉得不够，人类彼此才可以打通一切。这态度是根本的。顶要紧的是彻始彻终不怀疑人家心术，彻底地觉得自己的知识见解不够。彻始彻终追求下去，才能了解各派；了解各派到什么程度，才可以超越各派到什么程度，最后的真理获得是可能的。只怕你自满，只怕你不去追求。

真理同错误，似乎极远，却又极近。任何错误都有对，任何不对都含有真理；他是错，已经与对有关系，他只是错过了对。怎样的错，总还有一点对；没有一丝一毫的对，根本没有这回事。任何错误意见都含有对；较大的真理是错误很少，最后的真理是错误的综合。错就是偏，种种的偏都集合起来，容纳起来，就是真理。容纳各种派，也就超越了各种偏，他才得有各种偏。最后的真理就是存在这里。

我说每种学说都有他的偏处，并不是说没有最后的结论。凡学问家都是搜集各种偏，而人类心理都是要求统一。不断地要求统一。最后必可做到统一。最有学问的人，就是最能了解错误来源的人；有最高见解的人，是能包括种种见解的人。人类心理有各种的情，常常表现在各种的偏上，好恶可以大相反。可是聪明一点的人，生命力强感情丰富的人，他能了解各种偏的来源，而能把种种的偏都包含进去，所以他就能超。圣人能把各种心理都容进来，他都有，所以他是最能了解一切的人而通天下之情。所以说真理是通天下之见，是一切对或一切错误的总汇。孟子说："圣人先得我心之所同然。"（孟子所谓同然有所指，姑为借用）。

圣人对人都有同然；性情很好的人，圣人与他有同然；即性情极怪的人，圣人也与他有同然。圣人完全了解他，所以同然。圣人与天下人无所不同然。最有高明见识的人，才是最能得真理的人；他对于各种意见都同意，各种错误都能了解。

深叹心不胜习

深叹心不胜习，只有悲悯自己以及众生，无可高慢。凡高慢者皆在习中，正可怜悯耳。又悟心不胜习者，正由于心之未得认识，故珍之好之无由，颠来倒去乃无非习矣！可叹！

自念我有悲愿是真的。首先对自己习深障重业力缠缚之苦与夫眼见众生业苦有悲心，从而有愿心，愿以所晓者晓人。东方古人之所明不为今人所晓，有能以晓之者今日非我乎？

深叹自己心小之习气超脱不出，然又悟对此习气不宜落于憎恨斗争中，当静观之，以超乎其上；此固非我本心也。

念功夫当从大悲心及平等观得之人。凡习气发作时即运悲心以观照之。般若观空即是平等观。平等即不拣择，不起憎爱意，而后本有真心得以显现也。远离有所得心即远离颠倒梦想。

缺乏恭敬心即是有所利用心。缺乏信心即是狐疑心。但习气毕竟虚妄无自性。观其虚妄是要的，但若有期待其减除即是利心。我无往而非利心；哀哉！

正念无力，闲杂念乃纷纷矣！然正念所以无力则悲愿不足故也。悲愿是一切之本。

众生为无始业力习气所缠缚笼罩出不来。然此种缚罩又虚妄非实（由于自己的迷妄）。解缚之道只有一味平淡，减业减习而不憎，耐烦有恒而不用力，精进而不着急，平淡而不玩忽。从这一条隙缝（平淡）慢慢放松开它。其他均不免适以增之也。

平淡是除病的万应药（仿佛松开绞索一样）。

“道不用修”，但莫染污。修的问题之所以发生是在习染上。习染是迷妄虚幻不实的，你当下能空得了，就空了它。当下若未能空，那么，它虽虚幻而你此时却未免作实了它。只有慢慢从自己所作实的虚幻圈套里脱离出来。这就有修道之说了。

谈习气

我常说："一切罪恶过错皆由懈惰中来"，实是如此。精神不振，真是最不[得]了的事。最让人精神不振者，就是习气。凡自己心里不通畅，都是自我，而非由于外铄。心小气狭都是习气，也就是在里边有私意。人人都有要好的心；但终难有好的趋向者，就是因为习气的不易改。要想祛除习气，必须各人的生命力，能超拔于习气之上才行。

各人的习气不同，应时常反省，去求了解自己的习气。大概人类任何学问，都可以帮助人——让人的生命强大。苟能常于自身深加体验；更能于多方面留心，求其了解；则个人身心自然通畅，力量自然强大，习气自然祛除。自己老是缠住自己，挡住自己，这就是懈惰，最容易弱损自己的生命力。

谈规矩

前天在火车上，同一位朋友谈到济南齐鲁大学医院的一位外国大夫，他检查病人，执行他的职务，格外周匝到家，凡事都是按照规矩去做。而中国学生跟他学习的，遇着不在他监督之下的时候，就不肯按照规矩去做，凡事似乎可省事的就省了。大概规矩就是一种老例，也可叫作老规矩。老规矩有很多自很久以前传下来，现在已失去其意义，成为不必要，然后人还在那里无意义地奉行着。可是，有许多老规矩在后来虽不大感觉其意义而仍归有其意义者，这样情形也很多。当然我不敢肯定说一切老规矩至今都仍是有意义的；现在且单就有意义的一方面来发挥。

所谓老规矩大半都是有意义的那个意思，就是：这样做法既成为一种规矩，在当初一定曾经被人重视过；重视就必定有点道理。当初总是大家都觉得于事实有帮助，才教人学习循守，然后才能普遍地传之久远。大概天才不够或精神不十分充裕的人，所谓普通人，老规矩可以帮助他，使他所做的事情能够大体做得不错，可以够分数。老规矩就是这样的一个东西。但真有天才或精神充裕的人，却不一定要按老规矩作，非如普通一般人非按规矩走不可。大概在不同的社会、不同的技术里面，先后相传，于是各行各业就定了许多不同的规矩；一切规矩的由来，都可作如是观。

中国此刻正在大的剧烈的变化之中，一切老规矩很难得维持。人的脾气原容易自由任性，自己乱出主意，这也是让现在一切事情常常见出一种很糟糕、很不成样、很笑话的现象的原因。现在的西洋人与日本人，其文化当然亦皆在转变中，但没有如中国这样的大崩溃。因此，中国人倒只有从外国学来的习惯规矩还能保留而使用。比如济南的医院，齐鲁医院较好，因为它是外国教会中人办的，他们做事有他们相传的规矩，大体上都还能过得去。

听说英国人最重习惯，最守旧，可是英国政治社会各方面常常能够很像样，不致很糟糕，恐怕也是从此处来的。日本人也有许多规矩，一直到现在还是不随便苟且。我听一位朋友说，中国人穿衣服以及建筑，常见中外杂乱糅合的现象。此在日本则不然。他们常是西式就是西式，日本式就是日本式。阔人们常常是有两所房子，一座西洋式、一座日本式，但不使之合到一起。进到这一所房子里是一套生活，进入那一所房子里另是一套生活。吃饭穿衣皆如此。这话如果是实在话，那倒是很可注意的一件有意思的事情。

谈合作

普通之所谓合作，大概都是指着在经济上的事情，这是狭义的合作。这话不必说。现在说广义的合作。

有一位朋友说：“小合作有小成就，大合作有大成就，不合作就毫无成就。”此意甚的。这不独是说到经济方面，即是说到了人生的道理、社会的道理，亦无一不是这样。大概从现在往前去——往将来去，人类的社会关系，将慢慢地越来越复杂，大家都必须在相关系中而生活；你想自顾自，与人分离而能独立生活，实在没有这回事。在事实上催逼着你非趋向于合作不可。若是各顾自己，则不惟自己不能生活，而社会的整个关系，都将不能维持。所以必须在合作的根本上注意一下。

怎样才能合作呢？在这里有一句顶要紧的话是：“气要稳，心要通”。怎样才能把气稳得住？就是要注意当下，在眼前问题上事情上下功夫；不能这样就是气不稳。如听我讲演，眼向外看就是气不能稳。再说心通，不独自己要通，尤要与人家的心相通；不与人家的心相通，则无由合作。气稳才能作，“作”字有了；心通——情谊通，这就是“合”字有了。

“心通——情谊相通”。这句话，说容易很容易，说不容易也很不容易。别看两人在一起做事情，表面固然没有什么，但如果都是勉强对付，这样，事情就绝对不能做得好。所以情谊相通，为合作之根本。

但情谊又如何相通呢？这话不能从片面着想，必须从两方面来说：一面是自己，一面是人家。在自己一面必须常体会对方的心理、意思、情形才行。彼此必须互以对方为重，不容专替自己方面着想。如果你老是为自己打算，为自己着想，将人家的心理、意思，都放置而不顾，这个绝对不行。所以你必须先替人家着想。能替人家着想，就没有不通。通就能做，做更能通，越做越通，大家心情都顺了，就一切事没有不能做的。情谊不通的结果，就是彼此互相顶着闹别扭，你干他不干，他不干你也许更不干，这样就会越弄越糟。

以上这个道理，不独居家过日子是如此，师生之间是如此，政府中人是如此，整个社会中人又何莫不然？人生是到处离不开人，到处必须与人相关系在一起生活过日子。既在一起生活，就应该“共谋一种好的生活”。所以大家必须记住：“合作的根本，即在情谊相通；情谊相通，必彼此互以对方为重；唯有情谊才可促进人类的好生活。”将这话牢牢地记住，小心提防。此道理虽甚粗浅，然实为到处有用而终生讲求不尽的道理。情谊相通真是谈何容易啊！

谈罪恶

一切罪恶，都不在个人，而在社会。其故有二：

（一）武力统治者不以理性待人；

（二）财产私有，生存竞争，人民生活，在社会中没有整个的安排。

此两原因，实为一切罪恶之总因。罗素以为：罪恶是人的生命冲动得不到正当的出路而使然，有如水流受了妨碍，则激越而横流。此意与我意相合。武力是直接妨碍生命之流，不合理的经济制度是间接妨碍生命之流的。现在社会一切都是不对，到处都是罪恶，大家应当发愿："监狱是人类的病态！"应该将其摒弃于社会之外。改良监狱固是必要，但并非根本办法。根本办法应当将整个社会制度改造，形成一个完全是教育的环境，使一切罪恶消灭于无形。

谈用人

做番事业，第一困难问题在用人。我常自觉于此很缺短。盖人的安排最难，因人各有其一副性格脾气，各有其才分能力，很难将其长短都看得清楚。我很了解自己是最不会对人作个别的认识的。我对人容易是概括的、分类的，通于一般的看法，但认识人必须靠亲切的直觉才行，不能专靠推论的。概括的、分类的，就不是直觉，而仅是一种理智的推断。我平常容易看人家好；看见他一点好处，而忘了其他一切短处。我这种心理，固算一种好处，但从其不能认识人来说，也正是一种短处。

再则，我对事情来了，平常很难有明快判断。明快的判断，多是直觉的而非理智的。理智是事情来了，往复推想，将这事情放在某一类型中而有所判别，其犹疑性最大。直觉是当下明澈事物的特殊性而立下判断，常能认定不疑。因此，我常觉自己不能做事。

我不能做事而事情责任偏落在我身上，也就只得勉强去做。于此，在我经验上，觉得用人有一个原则可资信守的，即“人要试而后用”。从一般的名誉，或朋友的特殊保举，或从自己的一时的眼光看到，而未加以试用的，都不可轻易拿一种责任付托给他；无大责任的事情不要紧，凡独当一面的责任，一定要试而后用。试一次不见有把握；但不试则更不妥当。这是我多年经过失败而得到的教训。大概人一定都有其长处，亦即有其用处，端在安排得恰当与否。所以对于用人，头一次总难安排得当，必须试而后用；同时要于平素细心考察。

我们应有的心胸态度

社会上一般人，有的以共产党为洪水猛兽，有的以军阀为贪鄙糊涂，其实这都是因为隔膜的缘故。人与人彼此之间，都相差不多，距离是很近的；如果有距离，只是到末流时才大，开头是很小的。社会间的人，需要彼此了解；否则彼此隔阂，将会增加社会的不安，是社会扰乱冲突的主要因素。

再则此人作军阀，彼人作共产党，其责任均不在他自己。过分责备与过分看着这一个人，同样是很错误的事。我们应当看重社会关系与其历史的演变。个人在社会中的分量真是太小了，社会环境之力真是太大啊！昔时有人批评曹孟德为“治世之能臣，乱世之奸雄”；为能臣，为奸雄，其权不在于他自己，而在于治世乱世的社会环境，在此种社会中则如此，在彼种社会中则又将如彼，这真是最确实的话。因此，我们所要做的工夫，要紧的就在转移社会之大势，把每一个人放在一个合适的场合中，使他们得以尽量发展其天才，各得其所用。我的用心与认识就是如此。乡村建设运动，必能如此转移社会大势，才有其意义。

至如何转移社会大势的话，我在《乡村建设理论》中都曾述及，现在不再细说。但都必须先认清中国社会的形势才好讲。中国社会的形势与其他社会的形势是颇相反的。尤其是在想借着这形势来解决社会问题的时候，更将走入不同的路径。照一般的例说，每一个国度内，都有几种样、几部分、几方面不同的势力，在他们彼此间，一面是相互依存，一面又是互相矛盾，如果互相依存的一面多有发挥的可能时，那么，这社会就平顺地向上进步；如果进步到满了那可能的限度时，则其矛盾的一面就严重化、尖锐化，而免不了要爆发革命。所有其政治构造都是依于此形势而建立；所有其社会内各样的政治运动，亦无非本着其为某种样、某部分、某方面势力的背景和立场而向前竞争或斗争。在竞争斗争中，也有走调和联合路的，但没有单纯走调和联合路的；因为其间常有不可避免的矛盾冲突，而无法言调和联合。中国今日恰是落到一个散而且乱的情形，其社会内部没有清楚的分野，一切人的背景立场可以说都不同，又都差不多，其间的矛盾都不重大、不坚强；因此几乎无法形成一种政治构造。但只有一条路可走，那就是尽着力量抛开各自特殊的背景、立场，而单纯地求调和、联合，以谋其社会内部的调整统一，以应付国际环境。

我深刻相信：人当初的动机都是好的，没有谁安心去害人。不单共产党当初动意原无不善，就是军阀也未尝不想要好。我们在这时切不可把人家看得都不好，把自己看得都太好；应当深切认识人都是差不多的——人情大抵不相远。把自己的心先空洞起来，打破一切成见，去掉一切隔膜，彼此才可以求了解，才可以沟通一切而联合一切，才可以转移社会关系，才可以挽救这垂危的民族！唯有这条道路可以走。现在所要的是要合不要分，要通不要隔。谁能联合一切，打通一切，谁就是能转移社会关系而让民族复活的。民族的生命就维系在这一点上。所以，我们都应当有这样的心胸态度，并以此相信、相谅、相勉！

对异己者的态度

对方即与我方向不同的人，与我主张不同的人，我们都要原谅他。并要承认对方之心理也是好的，不应作刻薄的推测。同时，在自己的知识见解上要存疑，怕也不必都对。我觉得每个人对自己之知识见解，常感觉自己不够，见闻有限。自觉知识见解低过一般人，旁人都像比我强。这种态度，最能够补救各种不同方向（派别）的彼此冲突之弊而互相取益。冲突之所由起，即在彼此都自以为是。如此，则我不容你，你又妨碍我，彼此牵掣牴牾，互相折毁，无非是各人对自己之知识见解自信得太过，对对方人之心理有过于刻薄的看法，而有根本否认对方人的意思。此种态度，为最不能商量的态度。看不起对方人，根本自是，就不能商量，落于彼此相毁，于是大局就不能不受影响了。故彼此都应在心术上有所承认，在人格上有所承认，只是彼此所见尚须商量，然后才可取得对方之益，达于多分对的地步。我每叹息三十年来各党派、各不同运动的人才，都不可菲薄。但他们都有一个最大的缺点。此缺点就是在没有如上面所述的那种态度。对对方不能相信相谅；而且自己又太自信。所以虽是一个人才，结果，毁了别人，也毁了自己。毁在哪里？就毁在态度上。人生本来始终脱不开与人互相交涉的。越往后，人生关系越复杂，越密切；彼此应当互相提挈合作，才是对的。可是和人打交涉，相关系，有一个根本点，就是：必须把根本不相信人的态度去掉。把我们说的意思放在前头，才是彼此相往来的根据；否则就没有往来交涉的余地了。如从不信任的地方对人，就越来越不信任人；转过来从信任人的方面走，就越来越信任人。不信任人的路，是越走越窄，是死路；只有从信任人的路上去走，才可开出真正的关系和事业的前途来。

启发社会的力量

我们的运动，就在启发社会的力量；使殆死的散漫的社会，变成活的团聚的社会；从社会没有力量，变成社会有力量。要让社会有力量，须打通地方上有力量的人的心。现在最不了的是大家缺乏公共意识；要社会大家有公共意识，须先在一地方上开出大家的公共意识（从小范围地方自治入手）。

我们要拿好意待一切人，什么人都是有心做好人的。我们要消除种种险阻；人家和我作对，我不与人作对。只要是肯出力替社会负责的人，我们都尽量帮助他。

我说社会太死，是指私意太深。要想社会不死，诚然很难；非有很大的志愿、勇气、信心，不能把这垂死的人心活起来。人的天性是公的，绝不是一生下就是私的。老拿这种大公无私的心来点醒他们，不管他们是怎样诡诈，终不能毫无所得。

再有一层，便是做事不要有求急效的心，急着要有成绩，反会成绩毫无。人能常常看见他人的长处，而动佩服之心，自己就会常常向长进里去。

新年的感触

元旦早晨所讲“过年的哲学”的意思没有说得好，使人不容易明白，甚或误会我要当真的很痛快地去乐一下，所以现在再将我心里所要说的话说一下。

我历次看到所开的同乐会，都感觉没有一次做得好。大约因为我们平常生活没有对，所以无论在什么上所表露出来的都不好，所以我历次在会场上都感觉不是味道。演剧没有演好，即讲故事说笑话亦没有讲说得好。我差不多在每一次有这种举动之后就留有一种不好受的味道，两三天才能过去。今天起来，这种不好受的味道又呈现心头，现在想起四句话可以帮助明白我的意思。

第一句——“乐不难，乐之后不苦难。”不但在乐之后，即在乐之中间也会感到凄凉。老是灯红酒绿热闹不散，仍然是苦，能于乐之后乐之中没有旁的味道就对了。

第二句——“行动之后无悔难。”就我自己来讲，我的内心生活常常不调和。从哪里见出？从行动多悔见出。从行动多悔中，一面固可见出自己向上心没有麻木，常常自觉——觉得之后便不好过；一面也正可见出没有达到生命的和谐。

第三句——“奋勇之后继续难。”于奋勇之后而能继续，这个奋勇才不是勉强的，而是自然的，得到了生命的自然韵律。但这个在普通人很难能沉着持续。

第四句——“人活着不难，活着不生厌离之感难。”没有厌世之心很难。我自己就是从年纪很小时对人生曾动厌离之感。大概能够在生活中不是太麻木、糊涂、鬼混，而又能不生厌离之感者，这个人生大体就算不错了。反过来说，容易动厌离之感，这就证明其生活未曾弄得妥当，其感情通通没有用得正对。

以上四句话，便是我心中的意思。就像关于演剧一事，在我差不多有一种理想的要求而老不能满足；所以已看过的剧，总觉得是不对，没有一个使我满意的。不满意与未满意不同，未满意的话，意思就很宽松；不满意则是觉得根本不合适。我总觉得剧中的意思太浅，借刻薄人而使人发笑，这很不好。我差不多没有看见过一个合适的剧，可是我并不是根本否认戏剧的价值。仿佛没有一种为我所理想要求的剧本，但我只能要求而不能做。我更觉得这种对白话剧，除了表现一种紧张的情绪和讥讽滑稽的趣味外，似乎不能表现另外更深的东西。话剧太现实、太理智，于抒发表达真情感似乎是不够。我对戏剧文学没有用过心，这不过只是有这种意思感想而已。再则我对某些旧剧看过了之后也很难过，也给心中存留一种不好受的味道。这味道是什么？仿佛觉得这是人类的耻辱似的。所以说“乐”“玩”也不是容易的事。必须在人生的根本上弄对了，然后才能干什么都对，才能有真乐趣！

为人类开辟新历史而奋斗

现在不单是中国，即世界其他各国，关于人生问题、社会问题，都是在思想分歧冲突里面。有的主张社会主义，有的主张个人主义，有的主张这个，有的主张那个。尤其关于婚姻问题，变动得厉害，更没有好的解决办法。在现代时期，问题既多，思想又复杂，恰是一个极混乱的时期。在各地社会都有许多不同派别势力，如在印度有两大势力存在，一为新派，一为旧派，甘地就是代表旧派势力的，但新派势力亦甚大。日本情形亦是如此。青年学生多偏新潮流方面；而一般人则多半堕落，社会日露病态，在老年人，则莫不咳声叹气，痛风气之不古，若有不可终日之势。的确，历史演到今日，是一个要改变的时期。改变的前途，方向所指，非有大学问大眼光的人不能看出，一般人只是在迷惑困扰的情形之下过活而已。生当今世，自一面言之，几乎人人无所适从，易陷于苦闷，易落于被牺牲。自另一面言之，实为对人类一个好试验；试验人能否在困扰中站立得稳，能否发挥人之创造力，刺激人之生命，使其活泼而有力量。人生是要奋斗的，在此不单调不平顺的环境中，更要对困扰而奋斗。换言之，在前数十年的中国社会，还有一定而呆板的路子可走；读书人家自幼即专力于攻读，按部就班，一步一步走去，便不会有什么差错。那时问题少，人亦无甚思想，除非大聪明的人，过量的英豪，才能不为当时空气所笼罩，而思有以改造之；然为众人所不理会。时至现代，是到了一个大剧变期，吾人应为人类开辟一新历史，此实伟事也。吾人把这个责任负起来，应欢喜踊跃，以接受此使命，不要畏难，不要退避。

在吾人一生中的青年期

一个人一生都有他的一个英雄时代，此即指吾人的青年期。盖青年比较有勇气，喜欢理想，天真未失，冲动颇强，煞是可爱也。然此不过以血气方盛，故暂得如此。及其血气渐衰，世故渐深，慵于作为，习于奸巧，则无复足取，而大可哀已！吾人能如何常发挥其可爱者，而不落于可哀乎？

这是我十几年前手册中自记的一段话，亦就是我的青年观。在北平亦曾为学生讲说过，其后录为《朝话》之一则。现在仍取来，于“青年顾问”中为青年朋友解说一番。

人一生中的青年期，通常是指十二岁至十八岁之一段，其实不妨放长来说，二十岁左右，都可算青年。这一段正是一个人心理方面生理方面发育成长，快到成人的时候，一般科学书中都讲到。我为何独指其为吾人一生中的英雄时代呢？我说“英雄”，盖意谓在一个人生命上有下列象征者：

蕴蓄着许多精力，聪明正寻地方去发挥表现。仿佛他要拿出来给世界的，比较他要向这世界享受讨取的多。他少顾忌，而多兴趣。兴趣所在，冷亦不怕，饿亦不怕，什么危险亦不怕，什么辛苦亦不怕。或者愈惊险，愈艰辛，他愈有味。他恒居于主动，不为外面世界所支配所左右。他富于感情，同情心很强，亦易于激动和冲动。他不一定有理想；但他有理想就要奔赴理想，扭他不转。

这便是英雄，非必要有大功业大表见才是英雄。世界上不论何等大英雄，皆不外由此放大来的。然而吾人一生中之青年期，却正是如此。或者照此缩小一些，而留心看去，凡此象征无不备具。所以我说青年期是每一个人一生中的英雄时代。

我所说的这象征，亦可简称曰“朝气”。其实这正是生命的本来面目——生命之所以为生命者在此。英雄非他，即生命力特强的人而已。而青年期则吾人一生中生命力正强时也。人生是很可怜的，他离不开他的身体。他身体叫他怎样，他就怎样。青年期是血气方新到血气正盛的一段落。于是他便能具此象征。年老而血气衰便不行。尤其是经过人世环境的熏染锻炼，以致世故日深，他便懒于作为，只图享受，真情日薄，趋避愈巧。这时真对他感得无味，甚至面目可憎了——然而你不要憎他；这正是人生的大可哀啊！

自然，有不少二三十岁的人已经贪图享受而懒于作为，同时亦有不少老年人意志依然刚强勤奋。我所说者亦不过大略有此情势而已。有意地指出这种危险的情势，令人早警觉而已。当然，不能一概地说老年人都不行。老前辈们无须误会，而青年朋友却要当心。

于是，我就提出了一个问题：一个人怎样便可以常常发挥那可爱的精神，而不落于可哀的地步呢？

这个问题，我今天不作解答，慢慢再谈吧。

青年修养问题

《读者通讯》编者要我写一篇关于青年修养问题的文章。我不喜欢说笼统的话；不喜欢跟随人家说，说了许多自己还莫名其妙的话。因此我倒要追问，什么叫作修养？修养个什么？修养于青年是否必要？我与读者都不要冒充内行。我们无妨假作一外行人，从外面向里来探求。

什么叫修养？修养个什么？我希望读者告诉我！一个技术家或艺术家，在其技术上或艺术上，都有所谓修养的（除了技巧熟练之外，还有许多相关条件在内）；然而现在我们要谈的青年修养，怕不是这个吧！或者多少有分别吧！我们又看见：基督徒有所谓灵修，道家则有修炼，佛家则有修持。我们要谈的修养问题，就是这些宗教上的修养么？或者是其中之一，其余则不是呢？抑或全不是呢？我想在此点上，也许得到几样不同的答复。

此外，欧美教育界，近年有所谓心理卫生，似与现在谈的修养问题有关；那么，修养是否就是心理卫生呢？也许有人回答我，现在所谈的修养，是指人格修养，心理卫生亦包括在内；至于技术家、艺术家、宗教家的修养，原亦有接近之处，但究非一事——我想这好像是最平正通达的一个答复了。

其实这答复很不够，很粗浅。我们必要问：

一、何谓人格呢？心理学上有时亦说到人格；就是那个人格么？像那所说的人格，定须经过修养么？又常听说“人格伟大”的话，是否修养了就伟大，不修养就不伟大，从过去许多伟大人物中，能否给我们肯定或否定之证明？

二、谈修养而自别于宗教修养，究竟其中分别如何？宗教所给予人格的影响似不可否认。我们只能进而探究宗教，认识宗教，而后乃能得解决修养上有关的几大问题。即使最后结论否认宗教亦可，但总不能避开问题不谈；谈人生问题，谈修养问题，而避开宗教不敢谈，将必流于粗疏浅薄。

三、心理卫生是从科学来的，我们应当接受；但现在谈的修养是否即等于心理卫生？若其内涵超过心理卫生，是否亦有科学根据？我们平日在学校读书，所领会融会的，都是许多科学知识，现在谈修养，至少亦要和平素所讲习者相沟通而不相矛盾。凡此等处，希望有清楚的解答。

我的话暂止于此。我只作问题的提出，暂不从正面发挥主张。我希望青年留心修养问题，莫忽视，以为不必要；同时我更望留心乎修养的青年，对于我上面提出的问题，加以考虑。试各本所见作答，彼此讨论，或向人请教，不可颟顸笼统。

一、关于修养问题，不宜作空泛的理论；即精辟的格言，亦只能一时有用，而嫌不够，最好为亲切的指点讨论。

二、这种指点讨论，在指导的一方面，必须有其彻底的思想，一贯的精神，否则是无益的，东指西指，亦许更迷惘。

以上两点，盖不只说给读者，亦正为编者言之。

对于人类女性的认识

我告诉大家一句话：人类最要紧的一样东西——不但人类，也可以说是一切生物最要紧的一点，这一点是什么呢？就是“知觉痛痒”。普通我们说“有生命”，说“活东西”，活东西之所以为活东西，就是因为他有知觉痛痒；如果没有知觉痛痒，便不能叫作活东西，便不能算是有生命的了。这样说法，好像是很容易明白；但是实在有很多人（不只是现在的人，就是历史上也有很多人是如此）都已离开了他的亲切的知觉痛痒，都已失去了他的亲切的知觉痛痒，都已找不回来他的亲切的知觉痛痒。这实在是因为人类生命中隐藏着一个大的矛盾，所以才有这样的事情。

以上这个话，大家听了也许不容易懂，现在我先从这一面的话来说。一个生物的知觉痛痒的大小高低，也就是显示他生命的大小高低，显示他在生物进化上程度的大小高低。例如人类的知觉痛痒比任何生物都来得高，来得大，来得快，来得强，来得远，来得深，来得厚，来得宽，这就是因为人类的生命，特别高大，他在生物进化上已登峰造极。以此例推，则高等动物比低等动物的知觉痛痒来的高大，低等动物又比植物的知觉痛痒来得高大，这是很容易明白的，毫无疑问的。那么，如此说来，人类最可宝贵的，就是他那高大的知觉痛痒了。翻过来说，一个人的知觉痛痒如果不够，不及人类应有的程度，那他也就不能算是一个人了。

现在再回来讲。所谓人类生命中隐藏着一个大的矛盾。这话是指什么说呢？这就是说：在知觉痛痒高的人类，同时让他也顶容易离开了他的知觉痛痒，顶容易有离开了他的知觉痛痒的机会。换句话说，容易离开知觉痛痒，与知觉痛痒的高大是相因而来的。人类在生物界中，一面他的知觉痛痒比一切生物都高，一面他也顶容易离开了他的知觉痛痒，这就是我所说的人类生命中隐藏着的一个大矛盾——这个话，大家听了或者还不能十分明白，只好以下我再慢慢的解释，现在我且重复地说一句：人类最大的问题，最危险的事情，就是把他的知觉痛痒弄错乱了，弄麻痹了，这是最悲惨、最可怜的，所以大家切不要丧失了自己的亲切的知觉痛痒。

在这里为免除大家的误会，为使大家容易了解，对于“知觉痛痒”一词，还需要更明显地解释一下。这里所说的知觉痛痒，并不是指肉体上的知觉痛痒——如某处受伤破了，或某处被蚊虫咬了一口……种种的痛痒，我们所说的不是指的这些，而是一种隐喻的话，是指超肉体的知觉痛痒说。因为只有低等动物的痛痒，才单限于肉体皮肤上（皮肤上因受某种刺激而起痛痒），人类的知觉痛痒则已高过肉体的，高过皮肤的。我们所说的知觉痛痒，是指感觉问题说。换句话说，那个最亲切的地方，心里最难过、最关心、最注意、最不能放松的那个地方，才是我们所说的知觉痛痒。

亲切的知觉痛痒，是我们人类的根本。我们最好的时候，也就是我们的知觉痛痒最清楚的时候，也就是我们的生命最有力量的时候。但是，可怜呀！很多人的知觉痛痒都不清楚了！都已丧失了！都弄麻痹错乱了！生命都没有力量了！因此他也就不能判断事情，不能办理事情，更不能去发挥他的创造力量。虽然有的时候，从表面上看他好像也很有力量，但那都是假力量。——没有亲切的知觉痛痒，不是从亲切的知觉痛痒来的都是假力量。我为什么说这个话呢？这就是因为，在我看，现在关于妇女生活，女子教育，妇女的种种问题，都是不合适的，都是不自然的；在我的感觉中，仿佛都是刺耳刺目刺心的——当然让我刺耳刺目刺心的，不只是妇女问题，现在人类社会上，到处都是让人刺耳刺目刺心的事情；不过，讲到妇女问题，也是让我刺耳刺目刺心的。现在关于妇女问题，有许多主张、理论和办法，在我看来，都是从知觉痛痒的错乱来的，都是我所反对的——我这个反对，好像是不能不反对，因为在我看，那许多主张、理论和办法都是与我的亲切的知觉痛痒不相合的；从我的亲切的知觉痛痒来看，那许多主张、理论和办法，都是让我刺耳刺目刺心的。所以我不能不反对。

我常常看见有一句批评人的话："言不由衷"。我觉得这句话很好；的确，有许多人都是如此。一个人说了一大篇话，都不是他真想说的，都是"言不由衷"的。换句话说，他所说的话，都不是从他那亲切痛痒的地方说出来的。不但说话有"言不由衷"，就是我们的行动、做事，如果不顾到我们的亲切痛痒；离开了亲切的知觉痛痒，也都算是"言不由衷"。翻过来说，我们说话、做事，如果能"言由衷发"，所说的话都是自己心中真正想要说的，一字一句都是从心里发出来的，想什么就说什么，说什么就做什么，说话做事都有根据、有渊源，都是从亲切的知觉痛痒来的；如果能这样说话做事，那么，大概都是对的，有价值的，有力量的，可以让人听了见了点头，可以从你生命力的动（说话做事都是从亲切的知觉痛痒来，便是生命力的动——原编者注），也打动了他的心，让他动——这就是通常说的：能感动别人。可是，如果"言不由衷"，那真是冤枉了我们的为人，真是可惜可怜！所以我开头就向大家说：我们不要弄错了我们的知觉痛痒，不要失掉了我们的知觉痛痒，我们要把亲切的知觉痛痒找回来。不然我们如果失掉了亲切的知觉痛痒，那便会成了一个傻子，一个疯子，一个不健全的人，那是最可怜的！

那么，你们每一个人都想一想，你最亲切的知觉痛痒是什么？你最亲切关心的是什么？在你心里最占位置的是什么呢？本来最亲切关心的问题是各不相同的，即一个人所关心的问题，也不一定是固定的；但总有比较关心的事。现在我就是要你们各自想想你最亲切最关心的问题是什么？——这里还要补充一句，我们不是专来找那关心的问题，不是专来找那关心的事情，而是要找那亲切的知觉痛痒。不过，这个亲切的知觉痛痒是不好找的，必须从最关切的问题上来找，好像温书一样，借着所关心的问题，把那亲切的知觉痛痒温回来。

但是，如果要问：我们的知觉痛痒为什么会亡失了呢？为什么会离开了呢？我们的要求为什么会不对了呢？我们的知觉痛痒为什么会错乱了呢？——痛痒是这里，而偏要说是在那里，这是为什么呢？这就是因为前边所说的"人类生命中隐藏着一个大的矛盾"的缘故。前边我们已经把这句话，约略地讲过了，现在再把它来详细地解释解释。所谓"人类生命中隐藏着一个大的矛盾"就是说：一面人类在生物进化上，程度比一切生物都高，他的知觉痛痒比一切生物都来得宽大深厚；而另一面他也顶容易离开了他的知觉痛痒。这就是所说的大矛盾。可是，如果再追问，为什么知觉痛痒的程度宽大了，就顶容易离开呢？这是因为人类的知觉痛痒程度特别高大，范围特别宽广了。则他的变化也特别多；程度高大，范围宽广了之后，它里面便隐藏了一个多方面的可能性，活动不定性。而因为多方面可能，活动不定，所以就顶容易错乱，顶容易离开；错乱的机会，离开的机会，就特别多了。反之，我们看低等动物，倒很保险，决不会离开了他的知觉痛痒。

大家如果留心看我发表过的文章，就可以知道，我曾经说过这么一句话："人类之所以可贵，就在他具有一副太容易错误的才能。"（见《我们政治上的第一个不通的路——欧洲近代民主政治的路》一文，第十节，第五段）。这句话很要紧，如果能明白这句话的意思，就明白了人类；人类最可宝贵的，就在他具有一副太容易错误的才能；从人类往下说，各种生物差不多就都没有什么错误可言了——高等动物还可以说是有错误，而低等动物就没有错误可言；再说到植物，则更无所谓错误了。如草木就是呆板地在那里生长，说不上有什么错误不错误。越到自然，越含有机械性大，也就越没有错误可言。翻过来说，越容易错误的也就越远于机械性。人类之所以特别容易错误，就是因为他的自由活动性特别大。

人类的错误，若细分起来，可为两种：一是知识上的错误，二是感情上的或行动上的错误（普通叫作道德上的错误）。这两种错误是相关的。现在我们举感情上的错误的例来说：譬如从感情上说，我要爱我的弟弟，如果不爱，就算错误。再如父母爱子女，也是从情感来的，从情感上说，父母是应爱子女的，可是有的父母竟不爱他的子女，这便是一种错误。而这种错误，只有人类才会有；其他动物是不会有这种感情上的错误的。例如大狗爱小狗，大鸡爱小鸡，照例是如此，不会错误的。这就是因为他的程度低，根本没有错误的可言；所以我们对于生物，可以从他错误的多少，来判断他程度的高低，人类最容易错误，所以他的程度也最高。这话说来很奇怪，好像是矛盾，其实并不奇怪，本不矛盾；正是因为他的程度高，知觉痛痒比一切生物都来得大，来得宽，有多方面可能，活动不定，所以才容易错误了。而这个最容易错误，也就是人类最可宝贵的了——不过，这里大家不要误会，我们说最容易错误为人类最可宝贵的，意思并不是说错误为可贵，而是说人类有一副最容易错误的才能为可贵，是说他不甘于错误，而要求一个"对"为可贵。那么，我们怎样才能不错，怎样才能求得一个对呢？那就要保持着我们的亲切的知觉痛痒，不要丧失了我们的亲切的知觉痛痒。因为如前边所说，从亲切的知觉痛痒而来的说话做事，大概是不会错误的，是对的。但是，可怜呀！有很多人都已失掉了他的知觉痛痒，都已失掉了他的宝贝，失掉了他的心，失掉了他的精神；以至变成了疯子，变成了傻子，这是多么可怜啊！

知觉痛痒的错乱，说话做事的错误，有的是由个人来的，责任是在自己；而更多是由社会来的，因为大家都错误，也让自己跟着错误，这种错是难由自己负责的。例如中国妇女缠足，为求好看而残害自己的身体，这就是由于知觉痛痒的错乱而来的，这是一种错误，但这种错误，能让妇女个人负责吗？不能，这是社会的责任。妇女缠足，不是妇女个人的错，而是社会的错——这不过是一个很显明的例子，其他错乱的事情还多得很。总之，在我们看来，现在女子的生活，很多是像缠足的例子一样，都离开了她的亲切的知觉痛痒，走入错乱，以致摧残了她的生命，破坏了她的生命，而陷于不正常，不自然，这都不对的。所以对于现在女子的生活如果让我说我心里的感情，让我以我心里的感情来说话，那么，我将要连着说几个："不对呀！不对呀！不对呀！"——这个意思，还是前边我们说过的，现在关于妇女生活、妇女教育、妇女的一切问题，有许多主张、理论和办法，而这些主张、理论和办法，在我的判断中，都认为是不合适的，不对的，都是使我刺耳刺目刺心的。

如果从我现在的心情来说，对于女子生活，我应当尽我一生的力量去调整它，纠正它，我应当纠正那一切的错误（妇女生活的种种错误）。不过，在我心里还有更大的、更深刻的、更亲切的痛痒——就是整个的社会大改造问题，文化大转变问题，民族自救问题；因为我有这更大的问题，所以我的力量就得向那方面去用，不能单用到这方面（妇女问题）来了。现在我只能把我的意见说给大家，希望有心的人去做，尤其是希望女同胞，希望女同学去努力！

妇女问题，也是社会问题中或说是文化问题中的一个问题，它是跟着社会大改造，文化大转变的问题而来的。"社会大改造，文化大转变"，现在世界各国差不多都要遇到这个问题；人类历史走到现在，差不多是到了一个要大转变的时候。我们中国，现在也正好碰在这个当口上，所以我们也要有社会大改造，文化大转变的问题。而我们的乡村建设运动，就正是完成这个社会改造工作的，所以我们对于社会问题之一的妇女问题，也是我们所考虑的。不过，我对于这个问题的意见，平常没有谈过，现在就把它来给各位谈谈。

我也承认妇女问题是一个问题，在社会上妇女的地位，妇女的生活，有改善的必要。不过，从妇女问题的发生，妇女生活要求改善的风气来得太猛了，因而就有了许多不合适，不妥当的地方。例如一般人常常拿女子与男子作比较，要女子与男子一样，在社会上，女子的地位，女子的生活等，都要与男子相同，我觉得这是错误的，是不对的；这是因为要求太猛而有的疏忽，是缺乏考虑，没有审察而有的错误。

过去历史上的事情不一定都是对的（例如我们现在要求妇女生活改善，正是要反对过去），可是，虽然不一定全对，也有值得我们反省，值得我们参考的地方。我们看了过去历史上的事情，也能帮助我们现在的思想。那么，我们看过去历史上妇女在社会上的地位如何呢？过去妇女在社会上是从来不占重要地位的；从不同的国家，不同的民族，不同的历史来看，大体上都是如此的。妇女在政治上不占重要位置，在军事上不占重要位置，在经济上也不占重要位置（在经济上的生产经营，管理等工作中，女子都不算重要）——不过，这个说法，是说的大体，就世界各国一致的情形来看，大概是如此的。而这里面也不免偶有例外，不免有特殊的例子；因为在不同的社会，不同的民族里面，常常有极端不同的风俗习惯。例如有的社会是女子常在家里，男子常在外边；而有的社会却是男子常在家里，女子常在外边。在后一种社会里，在生产上，男子反不及女子出力多。类似这样的例，我们可以举出许多。总之，因为人类是有无限变化与可能的动物，所以在不同的文化里，常有极端不同的风俗习惯。但是，这究竟是特殊的例外，就大体上看；女子在社会上多半是不占重要地位，总可以看得出来的。

可是现在或者有人要提出这么一个反面的问题说："女子所以在政治上、军事上与经济上没有地位，是由于男子的压迫与阻碍。"这是一个很粗浅的问题。在我想，不见得就是这么回事，到处的男子偏能压迫女子，哪有这么巧的事？！她所以在政治上、军事上与经济上没有地位，恐怕是另有缘故，换句话说，她有自身的弱点，才有男子的压迫。就让我们承认男子压迫女子是事实，那么，也必定有它的道理——天地间的事情，只要是存在的，就有它的道理，就有它的来历，都是合乎自然的。不过，有的是不能合乎我们的要求，因为我们的要求是主观的，自然的事实不见得都能与我们的主观要求相合。

从人类在自然中的地位，就可以见出妇女在社会上的地位，现在我们就把人类在自然中所占的地位来分析一下——从人类生命，人类心理来看，把人类在自然中所占的地位分析一下。这个说起来很多，一时说不尽，现在我只能简单地给大家讲讲。大家要知道，人类是唯一能代表宇宙大生命创造不已的精神的，在生物进化上，其他生物都沿途停顿下，盘旋不进了。例如植物进化到植物那个地方，就盘旋不进了；动物中的节足动物，脊椎动物中的鱼类、鸟类、哺乳类、猿猴类等等，都是各自进化到它那个地方就停顿下了。生物界中，除了人类以外，都已不能代表宇宙大生命创造不已的精神，都已落到刻板文章中，翻来覆去，老是那个样，没有变化，没有创造了，只有人类尚能代表宇宙大生命创造不已的精神。前边我们说："人类有无限的变化与可能"，"人类之所以可贵，就在他具有一副太容易错误的才能"，这两句话很可以供我们参考，很值得我们思索，这都是说明人类是富有创造性的。因为只有人类能代表宇宙大生命创造不已的精神，所以人类就成了宇宙的中心，做了宇宙大自然的主宰。本来在大自然中，一切东西都有变化的可能，不过，变化的可能性大小不同。生物比无生物的变化可能性大，高等生物又比低等生物的变化可能性大，而人类的变化可能性最大，他的力量最大，所以他就成了大自然的主宰。

我们很可以把人的一条生命，看成是一个力量；而男性与女性，恰好是不相同的两个力量——我们若从大自然上，从生物学上来认识女性，就可以知道男性与女性，恰好是不相同的两个力量。这话怎么讲呢？因为就生命来讲，单是一个男性，或单是一个女性，好像都不是一个完全的生命，不是一个完全的人；必须男女合起来，才算是一个人。大家都知道，在生物学上有所谓雌雄同体与雌雄异体之说，在进化较差的生物中，有的是雌雄两性同体的。雌雄异体，两性分开，是个进步，是进步了以后才分的；原来是不分，是一体上见两性的。你如果知道他原来是两性一体，那么，就可以知道他现在分开了，一定都不是完全的。虽然双方都含着另一面——这一面包含有那一面，那一面也包含有这一面；男性包含有女性，女性也包含有男性；但终究是不够，必须男女合起来，才算是整个的完全的人。我们要常常想到这个意思，不要忘记男女原来是一个人而分开了，所以每一面都不是完整的。因为不是完整的，所以也正好是不同的（如果是同的，便是整个的，无须两面合起来才算整个的了），这一面正好是不同于那一面，男性与女性，正好是不相同的两个力量。

我们用阴阳二字，来代表女性与男性的不同，很合适——大家不要觉着阴阳这两个字太旧，其实它的意义并不旧，它只是表示不同的两面。现在学术界谈得最热闹，最有兴趣的，就是这个阴阳不同的问题。现在虽然有的是不用阴阳这两个字，可是他所谈的意义，与从前的意义（阴阳二字所含的意义），仍然是没有两样。我虽然不爱谈学问，可是我知道现在学术界谈得最热闹的，就是这个问题；并且越是在科学发达的地方，对于这个问题研究得越深刻。总之，阴阳二字，正好代表女性与男性的不同。

男性与女性既然是不同，所以就不应当去求同；如果强要去求同，那便是反乎自然，背乎自然，就是一个主观上的错误。

我也承认妇女问题，在现社会中是一个问题。妇女生活需要改善，妇女需要解放；但怎样改善？解放到哪里去？是很待研究的。

大概在生物界中，每个生物，每个生命，本来都是完全的，囫囵的；可是，如果把他们放在一块来比较着看的时候，就可以看出来他们都是各有所偏的——这个偏于这一面，那个偏于那一面，都不是均衡的，圆满的。这仍然是前边我们所说的那个意思——男女不同的意思。男性与女性，也好像动物与植物一样，都各有他不同的偏向。本来在最初的时候，动物与植物是没有分别的，后来进化了，动物与植物才渐渐地分开。再说雌性与雄性之分，也是后来的事情。可是原来虽不分，而在初分的时候，就各自代表一个偏向，向着他那偏的方向去发展了。各自顺着他那偏向去发展，才能够完成他自己；所以我们对于男性与女性这两个不同的力量，不同的发展，不应当强使他相同。本来不同的，而强求着相同，是错误的；把宇宙间本来不同的，硬要他向相同的方向去发展，这是最不合乎客观事实的大错误。

普通有许多心理学家，常常来作男女以及儿童的智力测验、心理测验等，作出许多统计比较，想从这种测验比较里，求得男女智力上心理上的异同。其实这是求不出来什么结果的。这种方法，不是一定不可用，但根本不会有什么重大发现，甚且[会]发生错误的推论。因为前边我们不是说过吗，“每个生物，虽然都是囫囵的，但若比较着来看的时候，则各有所偏，都是一个偏向，都是不同的”。那么，我们如果不看他那个偏，不理会他那个不同，而硬要叫他同，叫他向相同的方向去发挥，去发展，这虽然也是可能的（例如要男子勉强像女子，或要女子勉强像男子也都是可能的），但是错误的，不对的。在生物界中，各种生物，通统是各自代表一个偏向——动物中的某一种某一类，植物中的某一种某一类，通统是各自代表一个偏向。如果能顺着他那个偏向去发挥，去发展，才是进步的，否则便是往退步的路上走，那是不对的，是错误的，是背乎自然的。所以我们要避免那种背乎自然的错误。不但要避免了那种错误，更进一步说，我们既然知道了男性与女性的不同，男性与女性是各有所偏，各自向着他那个不同的偏向去发展才是对的，那么，我们就应当拿自然天赋的可能性——也就是通常所说“才”（包含身心）去圆满地发挥发展，使它没有缺憾。

讲到这里，我想叫大家再回头看我前边所说的话。前边我曾说过：宇宙大生命是最富于创造性的，是创造不已的，是不断地向上翻新的；而在生物界中，只有人类尚能代表宇宙大生命创造不已的精神，所以人类也最富于创造性，不断地向上翻新。又说：人类有无限的变化与可能，人类之所以可贵，就在他具有一副太容易错误的才能，就在他不甘于错误而要求一个对。从他这个不甘于错误而要求一个对，从他有无限的变化与可能，所以他能不断地改良自己，不断地向上翻新，创造不已。那么，在人类中的男性应往哪条路上去创造？女性应往哪条路上去创造呢？换句话说，男性应干什么？女性应干什么呢？这个，天已经给规定好了，安排好了，怎样规定安排的呢？就是：男子是直接的创造，女子是间接的创造。我们也可以这样说，男子的使命是创造，女子的使命则是创造那创造的根本——就是创造人。仿佛在自然的（天的）安排里面，说人（这里所用人字，与普通用法不同，不是指人物之分的人，而是指能代表宇宙大生命创造不已的精神之意思——原编者注）就是指男子说，女子则是人的根本，人的母亲，她不能直接做人的事情，而是做创造人的事情；自然的安排，恰好是如此。

人类和其他动物比较，和一切生物比较，其最大的不同是什么呢？就是人类的生命已由身体里解放出来（生命从身体里解放出来多少，也就是他的智慧的多少）。一切生物差不多都被限制于身体，其智慧的役用，都被限于生存问题上，他的才能只能够维持他的生存，不能超过生存问题而另有所创造了。人类则能超过了生存问题，他的智慧除了维持生存问题的需要外，尚能不断地创造，不断地向上翻新。

有个生物学家曾经这样说过：人类和其他动物，都好像猴子被铁链拴着，任你怎样跳跃，也不能跳出那铁链一定的限度。而人类恰好像一个有力的猴子，猛然一跳，把铁链扯断了。铁链的长短度，比喻生存问题的范围。人类最初也和其他的猴子一样，待到进化之后，遂扯断了铁链，脱掉了生存问题的束缚，可以任意地跳跃了。他这个话即是以上我们所说的："人类的生命已从身体里解放出来，不受生存问题的限制"之意。总之，人类之所以富于创造性，之所以有无限的变化与可能，以及其感情的深厚，脑筋的复杂，一切种种，说不尽的人类的特长，都是从这里来的，都是从这个大解放来的。所以我们说人类和其他动物最大的不同，最大的特点，就在他的生命已从身体里解放出来。

"人类最大的特点，是生命从身体里解放出来"，我们从这句话来看男子、女子与小孩三种人的不同，就可以知道：男子是最能超脱身体的限制；女子是受身体的限制最大，小孩的生命则与他的身体是囫囵一致的。这是三种人不同的地方。那么，所谓女子受身体的限制最大，是指什么说呢？就是说，当女子到了相当的年龄，已不被称为小孩，而被称为女子的时候，她的问题就发生了，问题就来了——这就是说她已经开始有月经了。有月经的开始，就是她受限制于身体的开始。月经这件事情，对于她的影响很大。月经正来时，总有三天的不自在。月经以前以后的好几天，亦都要受影响。在这个时候，她的感情、思考，都受身体变化的影响而亦发生变化。等到有了两性关系，怀了孕之后，更要被困于身体了。一直到生了小孩，乳养小孩，仍然时时要继续受身体的限制。及至妇女不能生养小孩，那也就是一个女性到了生命衰老的时候了，人生不行的时候了。这不是很明显地告诉我们，女性的任务是什么？女性的使命是什么了吗？！而另一方面也就证明女性是不能做直接创造工作的了——因为直接的创造，需要生命能超脱身体的限制，而女子是受限制于身体的，所以她不能做直接的创造，只能做间接的创造；这也就是以上我们所说的：女子不能直接做人的事情，她是做创造人的事情。她的创造，是创造人，创造"创造的根本"。

人类社会到现在，虽然比过去是进步了，可是离人类应有的社会还很远。因为就现在的社会制度来看，尚没有能给每个人一个创造的机会；最显著的就是机械地呆板地来用人的劳力——用人身体的气力。机械地呆板地来用他的气力，是最不能够让他发挥他的创造性的，社会不给人一个各自发挥创造性的机会是不对的。同时男子的创造应走什么方向？女子的创造应走什么方向？更是没有认识清楚，因而就发生了许多可笑的可惨的错误的事情。男女的力量，都没能向正当的方向去发挥，人类的力量没能够尽量地适当地去发展，这都是现在社会的不对。所以我们说：现在的社会，离人类应有的社会尚远得很。

可是，我们知道了过去的不对，而要向对的地方去走，也是很不容易的。关于现在妇女的种种错误（要向不对的方向去发展），也是没有办法的，在妇女解放要求过猛的现在，也是不得不然的。不过，我们既然知道不对了，总要想法子改正，虽然不容易，我们也得去努力。那么，我们怎样去改正？怎样是往对的方向发展呢？那就是以上我们所说的：女子不能负直接创造的责任，她只能做间接的创造，去创造人。所以如果有人问我："女子唯一的责任就是生育吗？"我将答曰："是的，对的，女子的责任就是这样！"不过，大家不要把这个问题看得这样简单，以为不用心，不研究，也可以完成这个任务；其实女子要完成这种任务，是很不容易的。女子要完成她这个任务——创造人，必先创造自己，在创造人类后代之前，先要创造自己（因为必须自己好，才能生育好子女，才能真能完成了她的任务）；而创造自己，是很不容易的事情，所以女子要想真能完成她的任务，是很不容易的。

现在总结以上的意思来说：人类的特别处，就在他的聪明智慧。而男子是将他的聪明智慧用在身体以外的各方面——如学问与事功；女子则用在身体本身上——这不只是求身体的健康与美（自然健康与美也包含在内），主要的是发挥她的聪明智慧在她身体上，冀成功一个高等的身体，又优美又聪明又伟大的身体。这是我们理想的女性。不过这与现在社会事实也许离得太远。那么，我就再说两句比较能切近大家的话：一、要理会女性与男性的不同，不要勉强求同，违反自然。二、不要离开了自己的那个亲切的知觉痛痒，要找回来自己的那个亲切的知觉痛痒；自己说话做事，都要从亲切的知觉痛痒出发。要真的是从亲切的知觉痛痒而来的要求（真的是要求这样说，要求这样做），那么，你的说话做事，就大致合于女子本性，合于自然了。

人生情趣与家庭

我在这个题目之下所要表白的意思，多少与东西文化的研究有点关系。东方很重视家庭，并且似乎嫌其太过，而西方则比较很差。东方人的个性很少一种伸展，个人算是家庭中的一部分；西方则个人独立，所以家庭不甚重要。但是中国人那样个人埋没于家庭之中，甚至连国家都不理会，也是太过。今天所要说明的，就是在文化变迁中，家庭要变到什么样子，虽然尚难断定，但是据我的观察，像中国这样的重视家庭，是很合变迁潮流的。因为近世人类生活的变动，从十六、十七世纪开发下来的西方文化，到了现在差不多根本上有一种变迁，而中国这种重家庭是适合这个变迁的。

原来西方从希腊起，即可见其理智的发达。如梭格拉底[①]说："知识即道德"，即可见其对于理智的重视。从那时起，西方人讲伦理，讲人生的思想史，无不重在理智方面。梭格拉底那些弟子及当初许多思想家都如此。到文艺复兴时代，大陆上还是照旧，英国则更偏功利，以为快乐利害的计较，亦是道德的根本，就是所谓功利主义。但是这个分别计较还是理智，与前还是一贯，其所不同者，即在稍重利害一方面罢了。因为他们思想如此，其生活也确有这种倾向，分别计较的心理很盛。这种理智活动最盛的时候，最宜于个性伸展，因为都带着物我彼此的分别。他们对于自然界持对待反抗的态度，而对人亦然。此即因先认识自己，分别人我，是理智的活动。结果虽然可以克服威权，得到个人的自由，但是到现在

①梭格拉底（Socrates, 前469—前399），今通译为苏格拉底，古希腊著名思想家、哲学家、教育家。

西方人已经很感一种苦痛，因为个性伸展到极处而人的生活太机械了。这种现象全欧美都如此，而英国最甚。中国人最尚情感，父母对于子女，子女对于父母，就是兄弟朋友之间，无不是因爱他而忘了自己，很不把自己当一回事，很有无我的倾向。西方很重自我，一切都不退让，虽然因此而得自由，但是人与人间太乏情趣。中国人很重屈己让人，人与人间有一种温和的态度，很有情趣，比西方那样连家人父子之间，都持计较算账的态度好得多！人的生活确是很有待于情趣的培养的。现在西方人那种生活太少趣味，太使人不能忍耐。照我的研究，中国文化彻头彻尾是一个直觉的，虽然缺乏个性的伸展，不能发生德谟克拉西，却是富于情趣，是其特色。直觉与情感是异名同实的。

现在讲此刻的变化。西方人学术思想上有根本的变动，是科学的变动。这所谓科学的不同，尤其是指心理学而言。现在的心理学与前大不相同了。从前的心理学以意识为重，完全重视理智一面，而于本能的情志方面很少留意。最近的行为心理学，就留意到情志方面来了，其方法也由分析的变到看其活动之势的了。到此，他们才晓得，人类生活的唯一源泉，是情志而非理智。要一个人好，不在乎使他明白，而在根本使他的情志方面好，就是说有知识不一定有道德，这是西方心理学上最近的一个大翻案。知道增加知识不一定能使人好。他们一面受了理智过量发达的痛苦，一面又觉悟了从前以理智发达为道德基础的观念之错误，根本上就使他们很着急于中国人所没有丢掉的人生情趣。

要使一个人好，在培养人生的情趣，而培养情趣最好的地方是家庭。家庭是人的用情所发端之处。一个人不能与家人无情而与外人反倒有情。家人间的情趣是情趣间的起头，最能使人快乐。时常有情趣，即时常快乐，心理也就常常的好，绝不会发生不好的行为。不好的行为，都发生不愉快的心理。有情趣培养的人，很少有对不住人的行为。我们一面看西方人的新要求，一面即可看见中国的注重家庭，真能使人增加情趣，都是很合潮流的。

孔子没有别的道理，就是很让人着重家庭的情趣。这就是近来爱讲西方化者所不愿听的“孝”“悌”两个字。这两个字实在有无穷的妙处，可惜没有人用现代的学理去研究出他的真义。这两个字诚然不能发生个性的伸展，不合于近代的西方化，但是要晓得，假使你留意到西方化目前的变迁之所趋，再能认清这两个字的真义，便不能不承认他们是自然吻合了。

婚姻问题

总说

这个问题很不好谈，是个很深的问题，同时所包容的问题亦太多。婚姻制度的对面，就是没有婚姻制度；于是有两条道：

（一）断绝两性关系——独身主义者与宗教家之禁欲主义者，都是属于这一方面。

（二）发生两性关系——甲、承认婚姻制度。乙、反对婚姻制度，不立夫妇之名，男女自由同居，主张自由恋爱者即其中之一派。

此两条道路，孰是孰非，好难谈说！据我看，两性问题想找清楚头绪而得一着落，现在还非其时。到什么时候才得解决？须在经济问题解决之后。何时才是经济问题的解决？即人类共同对付自然的时候。现阶段的经济制度，不是人合力对付自然，而是人与人间剧烈的生存竞争。彼此的力量，用在对付“人”的上面太多了。现在人类生存还无着落，故不能不衣食是谋。在这时候，想将两性问题摆得出来条理清楚，实不可能；必衣食问题得有公共的解决，腾出空来，没有其他牵扰，这唯一的问题，摆在当前，才看得清楚。今且不妨拿我们的眼光说一点意见。

独身主义与反独身主义者

独身主义在普通眼光看来是不合乎人类生理的。反独身主义者批评说："一个男人或女人是半个生命，男女两个人合起来，才是一个完整的生命。依生物学进化来说，生物之未进化者为雌雄同体，雌雄异体实为后来事。故唯雌雄相合，才成一完全生命。独身主义在生理上是无其根据的。"在浅表上如此批评，亦自有道理；但往深处去追求，似仍不能如此说。一个人的生命究竟还是完全无所不足的。此意甚深。高明的宗教，其所以持禁欲态度之真根据，即在此。他是有见于生命的完全无所不足而发挥之，在别人谓之禁欲，在他则不看是如此。他之所以反对男女之事，乃是反对自己忘记自己的完全。人在生理上虽然好像不完全，其实不然：每一男性在心理上生理上都有女性；每一女性在心理上生理上亦都有男性；只是都偏一点——都有一点偏胜。（也有时在两方面都偏胜不着，形成一个不男不女的人。）宗教家，除少数外，都是禁欲的。不过，未必都能看到这高明深厚处。为顺遂生理之自然要求及为人类传续计，当然以结婚为对吧！

婚姻制度与反对婚姻制度者

反对婚姻制度，而不反对两性同居生活，大约就是主张自由恋爱了。这两方所争的，核实言之，亦只争个结婚形式和离婚手续的有无。虽然在结果上从婚姻制度则两性关系常为固定至终身的，从自由恋爱则两性关系每为忽暂一时的，但不能说二者之分别在长期短期，因为恋爱未尝不可终身，婚姻未尝不可忽解也。故唯结婚形式离婚手续是两方的分别所在。所以婚姻制度的内容可指者，只此结婚形式离婚手续；更简切地说，只在那婚礼。通常都认为婚礼之发生与存在，是为了明白确定其夫妇关系，也就是为了拒绝和防止再随便有其他关系。这话单从社会一面看，也对。然单从社会一面看，容易把婚礼看成工具，看成是减少纠纷最有用的办法。把婚礼看作是工具是方法，则婚礼无疑义是可废除或更换的。如果有比婚礼更可以减少纠纷的有效办法，则婚礼便成为不必要了。

但婚礼之真根据并不在此。依我看：婚礼本身就是一个目的——人就是要求婚礼。当人将要结婚时，几乎真挚的情感，要求有一个郑重的表示；不如是则心不安。仿佛学校开学不行开学礼，未免把这种求学生活看得太不当事了。开学行一个敬谨恳切的开学礼，大家自然郑重起来，以后才不致懈忽下去；一切事都是如此。短一个礼，虽然说不上是缺短了什么，可是缺短很大。结婚为吾人一生大事，更是如此。在男女两方彼此之情愈真实，意味愈深厚，则要求于礼者亦愈切。以后他们的感情亦会因以更加深厚。所以说，婚礼是出于人情自然要求。进一层说，婚礼安排得好，可以启发他们开始正常合理的生活，其有助于他们的后半生生活者綦大。结婚那天的印象于后来很有关系；婚礼没安排好，实为后日不幸的源泉。

多妻与多夫

各地社会风俗不同，因此有一夫多妻，又有一妻多夫等事实。这些事实的产生，似多有其背景来历，非尽由主观观念之异。这些社会背景，我们无暇去讨论。且从人的生理上说，固没有什么行不通，但怕亦各有其不合适者。尤其在人类心理上说，殊无根据。且相反的有拒绝多妻多夫的倾向。这话不是指着嫉妒心理，而是指着记忆问题（其说详后）说的。于此我姑且肯定地说：“一妻一夫是真理。”

择婚

谁来择订配偶，为择婚问题。究竟是父兄给择订呢？抑自己去择订呢？依社会习惯说，大别为二类：

（一）西洋社会自己订——西洋社会构造的基本是个人，在中古时代是个人隶属宗教，近代则又个人隶属国家，处处是个人，这很自然的婚姻亦是个人的事了。

（二）中国社会亲长订——中国是伦理社会，是由家庭构成的。家里添一个人与大家都有关系，不过夫妇的关系更切一点而已。订婚结婚，始终是看成家事，不是个人的事，家事得由家长做主（普通反对家长代为做主，乃是不曾明白中国社会事实）。

在我觉得，订婚有两种办法：

（一）家庭与个人兼顾——在个人一方面说，婚姻固为自己的事，同时亦为家庭中事，而且一个人之判别力不够，应征得父母同意。在家庭一方面说，父母应尊重他个人，固然这件事与大家都有关系，但子女自身的关系究竟最亲切最久！

（二）托之师友——亲事本来要由自己选择才亲切，旁人代谋究竟不如自己——但代谋也有相当的理：以自己年轻，选择能力不够，每囿于一时情感，致误终身，尤其女子如此，所以如果能找一最有经验的师友代谋，又何尝不好？在我理想的人生，是以人生向上为第一大事；在这方面，最能帮助我的是师友。故师友的决定，胜于自己决定（非自己不管，是参酌取决于他），因他知我长短，很了解我；也同时胜过于父母的决定，因师友于帮助向上方面是胜过父母。

离婚

离婚可以吗？在我想原则上是不可离。因为创造是人生本来的意思，伴侣好，固然可以帮助我去创造；夫妇失和，也是对自己向上的鞭策。一定要以人格战胜这失和，而创造出和睦关系。人情要合而不要离，生离死离都不好，轻于离弃是不合人情的。西洋社会，离婚甚属平常。美国离婚率约占半数，似乎还在增加中。我总感觉那样的社会有很大的危险，结果会让人感觉人生的疲倦，失去幸福。

再婚

丧偶或离婚后，可否再婚？此问题与多夫多妻同。即在生理上或有其理由；而不合于人类心理，其故即在人有记忆。人类心理与其他生物之不同，根本在于记忆。柏格森说：记忆有二种：（一）真记忆，（二）准记忆。真记忆，唯人有之；其他生物间亦有记忆，然只是准记忆而已。因人类有真记忆，故在感情上拒绝与第二异性发生关系；假使发生关系，前者的印象即跃然在目，于当前情景不能自安。此不安很细微，或为一般人所不易觉。

家庭制度

大家庭对呢？小家庭对呢？本来这二者各有其长，亦各有所失。大家庭在情谊上说能很洽和，固然很好，但不容易做得到，并会养成倚赖恶习；小家庭较冷枯，但利于创造。西洋人为小家庭，父子异居，中国则全为大家庭。在我想，父母在以不分居为宜；但父母须注意培养其子女之创造心理。

命

最后有一个意思要说，就是“命”。这个字很难讲。但要知道极开明通达深沉的儒家，命的观念是他全道理的一点。如孔子说：“五十而知天命”，“不知命无以为君子”，谈命的时候很多。何谓命？孟子说：“莫之为而为者天也，莫之致而致者命也。”这两句话很恰当。普通人看事情，觉得事情之凑合，是偶然的。其实没有偶然的事，只是自己识力太短浅，找不清其前后的因果关系而已。本来，生命是浑然而无空间与时间之可分的。但为说话方便计，假定用纵横来说：横是四面八方，是空间；纵是历史，是时间；此处此刻的事情，不知是由多少空间的逗拢与多长时间的推演下来而成的。如我今与大家讲话，不知是经过多少空时的极细密的推移演变。我们在此推演中，不知不觉地推到这里来。大家动一念来投考，此一念似是偶然，其实，这一念之动也是有很久很远的根据在的。人之身体高矮强弱、资质利钝、脾气和暴，都是天赋，其实亦是与外边不能分的。佛家解释生命说：一个人不单有一身体，各人还各有其宇宙；而彼此的宇宙互相联通，大家在我的宇宙中，我亦存于大家的宇宙中。此宇宙佛家谓之依报。正报即其本身。此意是说，身体固为生下来的，而环境也是生下来的。那么，妻子同我这生命是最近的一件事，我们何可认为是偶然的事呢！所以如果把这个大势看清楚，就可知道一切都不是偶然的。一切事绝无胡乱凑合成功的。我们明白自己同父母的关系，不能设想离开父母可有个我；那么亦不能设想妻子是外来的，而只有个我。我不自我，而是连上我的亲眷，我的友人，我的仇敌而为一我；无远无近，亦不论见面不见面，都脉脉相关，息息相通，毫无隔阂。语云：“千里姻缘一线牵”，固然不是真有一条线，然而人生正仿佛有无数的线呢！明乎此，就是了解天命。那么，就自然要谨慎小心地来对付（姑用此对付二字）我与我的环境——即我的身体与我的家庭，乃至一切。很小心是怎样呢？即不要失掉天赋我以创造的机会！

人禽之别

儒家似乎把人类看得特别高贵。如“天地之性人为贵”，相传以为孔子之语。即在孟子书中对于人禽之别，亦极力发挥此义。吾人以前甚易视为冲口而出之语，背后未必有若何一定之道理为之根据。其实不然。人禽之别实为儒家心理建筑起来的根本点，儒家的学说即立足于此点之上。至于儒家之思想何以建筑在此点之上，其意义吾人无从而知。若人禽之别，只就吾人观察所得而言之耳。

欲言人心与禽心之不同，应姑言其相同之处。人与动物无别，此是欧洲学术界中甚大之问题而特别发挥此意者，尤其是达尔文之进化论。自达氏学说出世之后，引起宗教家玄学家之争论，而终是进化论战胜。此本是事实，不能否认。人如披衣顶冠，外貌固甚文雅，与其他动物不同；若就裸体而言，则人与动物实无大差异。从解剖学上比较人类与动物之骨骼，其构造大抵相同，只是大小长短偏正之不同而已。再从胎生学上说，比较最初之人胎与兽胎之形状，亦大抵相似。可知人禽之别，并无鸿沟可分。形体与心理不能离开说，此意是始终一致。身体之构造既如此相同，则心理之现象当亦无大差异。故近代心理学之研究，如把人类心理从行为上说、从本能冲动上说，都是从动物心理学启发出来。从心理方面研究时，尤足以证明人类心理与动物心理相同之处甚多。如食欲，如性欲，如喜怒，如争斗，如游戏，甚至如羞耻，如自炫，人类有者兽类亦有之，不过是繁简之不同。再进一步说，古代思想中言道德之心为人类所独有而动物所无，然近来学说则不如此，言动物亦有道德之心。俄国克鲁泡特金在其所著《互助论》上与《无政府主义之道德观》二书中，皆是发挥此意。在《互助论》中，克氏特来解决自有进化论来之难题。此难题即是天演作用有所不及。物竞天择此本是天演作用，而人类社会中对于病者老者弱者则有保护怜惜之事，岂非与天演之说相违背邪？此难题在英国之赫胥黎亦无以解释，于是有谓人类心理究竟神秘超越，而此种仁厚的道德心是超乎自然律者。至克氏始以互助之说解此问题。克氏曾考察动物之生活，由低等动物考察到人类，举出许多事实以证明物竞天择之言之不谬。他意以为，常人着眼于团体之战争，忽略了族类与族类、团体与团体之互助。从个体说，则专谈互竞；从族类说则崇尚互助。唯有互助，团体始能与他团体互竞而生存，故动物之结群以御外侮、以猎食迁徙，壮者保其少，雄者保其雌，甚至群中有违背公德者则排斥之。此种社会本能之特别发展者，其群必为天所择而适存，反是则劣败而消灭。故互助作用，如只是个人则若与天演相违背，若从团体上观之，则正以见天演作用之进化无穷，故如克氏所说，则可见人类之有父母性之爱、夫妇之爱、兄弟朋友之互相扶助，乃至一切公德，从前以为人所独有者，迹之动物亦未尝不有，只与人类有精粗之不同耳。安见人类之必高于其他动物耶？克氏持此说，以为人性皆善，不必管束，反对一切法律，主张无政府，盖视人与动物同，都依互助之原则也。凡上所引之事实，足见人与动物无异。此种解释，吾人亦有相当之承认，并不反对，但他有最大之忽略，为吾人所不满意者。

此处言人禽不同之正面意思。言人禽无异者，其说有极大之忽略。然则所忽略者为何？即是忽略了“一点不同”之点。一点不同即是大方向不同。方向不同，并不是小；甚发轫虽小，其结果则大，所谓差之毫厘谬以千里也。人与其他动物在根本上几乎都是亲戚，人与植物找其同点亦并不难。故在生物上找未有相关联之物，可说根本上未有。柏格森说生物是同源，本来一家，后之不同，仅是走出后不同。偏于何方向，则走何方向而已，不能分阶段等级、在一线上分层次。个人有个人之方向，不能放在一条线上为前后高低之说。植物是植物之大方向，与动物之别非阶级之比，非由第一步可进化到第二步。植物顺他之方向往后退，则与动物相接近，愈下等之植物愈接近于原生之动物。他既往前发展之后，则去动物之性愈远。动物亦自为一方向，最下等之动物亦接近于植物也。柏氏分生物之进化为三大方向。一为植物之方向，一为动物之方向。动物之方向又分为二，即节足动物与脊椎动物，其各自为一小方向也。节足动物不是进化可为脊椎动物，退后找则有相近。人在脊椎动物中与其他动物（平）[比]较亦复如是。人是自为一方向，猫与牛马又各自为一方向。就其未往前走而言，则相差不远。方向不同，则未有方法可以比较。故方向不同即是根本不同。同一条路可以比较；根本不同，则无从比较也。人与动物是根本不同，不是差一点，并非多发展一点之比较。故言“差一点不同”之点即最大之忽略也。

兹再述柏氏所云生物进化分三大方向之意。柏氏以为一切生物都含有动物性，都要生活；但是各自走各自之方向在生活、结果则各自不同。其最显著者，则大抵不外三大方向（各方向又含许多小方向）。一为植物之路，其操持生活之心意是散漫（对集中而言）而混沌（对清楚划分而言），几乎未有操持生活之心意，而成睡眠麻木之状态。此是植物之路。其操纵生活之心意可说是有，但是把如何生活之方法为先天所安排好、规定好。此是本能之路，而以蜂蚁造其极。一为智慧之路，其操持生活之心意至明至强，比较是走从后天想法子之路，即智慧之路，以人类为走其极端。大方向之中又有无数小方向，故差一点则方向不同。如猫与虎，如牛与马，虽其相近，然差一点则无法可以相及。猿猴虽与人类相近，但他亦自成一方向，决不能进化成人，即现在之猿猴亦与最初之猿猴不同也。脊椎动物之生活，比较是顶能自由活动，能保持经验，能从后天学习。虽是许多脊椎动物亦同走此大方向，而仍是各走各路。其中哺乳类虽与人类同走后天智慧的路，但他走得不远，尚未发达，故不能不仍走先天之路，借本能以生活。人类则走智慧路，发达至极点，故虽有本能，然不能与其他动物相比。虎之本能与人之本能大不一样，不能以彼例此。且本能不可单独提出以相比较，因动物之本能，其全生活方法在他之全盘系统中所占之位置，与人之本能在人之生活全盘系统中所占之位置，完全不同，故不能（与）[以]此例彼也。

人类与动物之不同，有几个特点。且先说其不甚重要者。如人能站立，且站立之姿势极其安稳，猿猴虽亦能站立，然姿势之安稳远不如人。又人能用手，其拇指与其他四指同其功用；猿类虽亦能用手，但运用不如人之灵便。其特点一。柏氏说人类之特点在能制造器具，能运用身体以外之器具，其他动物则几乎器官即寓于身体之中，不能运用身体以外之器具。柏氏以为本能与智慧之别，此点甚为分明。不能用身体以外之器具者，为走本能之路；能用身体以外之器具者，为走智慧之路。动物中比较能用器具者，则比较有智慧；愈不能用器具者，则愈近于本能。动物中以身体为其器具，而器具即其身体之一部分，随在可见。如虎之用其爪牙，象之用其鼻，其最著者也。若蜂蚁之类，则纯粹走本能之路。其团体之中，各有分职。其分职不同，身体之构造——即器具——亦随之而异。官骸之用与本能，几无以辨。既从其官骸而发生本能，亦从其本能而造出官骸，所谓本能就是官骸之作用。故观蜂蚁之例，而本能与智慧两途之意义愈明。即一者器具在身体之内，其生活安排完全赖先天安排，有何种器具则成何种生活；亦可言动物有何种生活则成何种器具。此可言动物生活方法为先天安排好之证明。他方面因人之能用器具，又可见人是少受规定，未有安排，无先天之预备。故可说人之生活方法，全赖后天学习补充。人之特点即在能用器具、能造器具上可以看出智慧来。人与动物之不同，此实一甚重要之区别也。

人类与其他动物不同还有第三条特点，即人类的幼稚时期特长。不独生下来不能与大人一样，而且必须经过甚长之时间始能与成人一样。如智慧才能种种生活方法必赖有悠久岁月之学习而后成功。其他动物则不然，生下来不久，即可与成长之动物一样。此在各种动物中可以看见。在脊椎动物之鱼类，其小鱼落生之后已可随其母以寻食，过数月则与大鱼无异，能独立生活矣。又如鸟类之小燕，在进化路上比鱼类为高，其落生之后不能自己觅食，必赖其母哺之。过三四月，始随其母学飞。又三四月始能独立生活与大燕同。又如哺乳类之马牛与鱼燕比，则进化更高矣。初生之后，尤软弱无能，更须其母之保护、教训，经长久之时间始能离母自活。猿猴在动物之中进化最高，其儿童期亦比他动物为更长。英之生物学家瓦拉士尝考察一小猩猩在落生后三四星期乃能站立，许久始能以手取食，再过许久乃渐长成，比之其他动物其儿童期实为最长。返观下等动物如阿米巴，由母体生（活）出来即可生活，无所谓儿童期。蚯蚓落生之后不几日即可长成，其儿童期极短。若人类则儿童期之长在动物中无与方比，初生之后除能呼吸吮乳等以外，其他能力皆未发达。半日离母则必死亡，一二星期始能感觉光线听到声音，一月后始能笑，经七八月后始生牙齿，一年之后始渐能学爬学走。普通说男子到二十一岁女子十八岁始为成人，若其身体之发达、教育之完成，则必添到二十五岁。人类儿童期之长在动物中无与比伦也。由上述之事实，吾人益明晓其意义：即禽类是走本能路，人类则走智慧路。唯其走本能路，故其对待生活之方法即其行为心理，几为与生俱来，已安排好，则无须长期之教育，且必须速急长成，以免生命之危险。唯人类之走智慧路也，故必有长期之幼稚期，以多靠学习。其始也几乎一无所能，其终也若无所不能。盖走智慧之路使然也。此人之所以异于禽兽者又其一也。

第四特点则以人之能应用符号（包括语文、语言以声为符号，文字以形式为符号）。此特点可概括前之所举者。以人之能走智慧路，即在其能应用符号。能应用符号即人类智慧之所在。夫所谓符号者大约有三层：第一层为想象，次为言语，次为文字。以想象为尤要，智慧之重要亦在于想象。想象又包含两种：一为个人主观的亲验之再生，即所谓回想、记忆。如回忆食糖时之味，只亲验之再生而已，未经变化者也。一是平常之所谓想象，想象为新创。世界本来未有此事，是虚构的创新的，即是想象。其材料虽为旧的经验，而加以新的配合。故想象实已包含二义。此二层之符号皆是事实之代表。如有含糖经验即为事实，最初的心之影子摹想糖之色与味就是中心之想象。代表事实后发为言语，即代表心之所有者。文字为代表语言，抑直接代表意思。虽未可断言，要皆为代表事实之符号也。行为派不承认有想象。言语想象即语言。罗素是建立想象，蜗逊则反对想象，以不出声之语言解思想。吾人可以承认主观之想象。盖想象食糖一事虽不可分，然实有两面。且智慧之所以重要因有想象，想象不可否认也。然想象之重要点何在？在其能离开具体之事实，而有代表事实之影像在心中。此种想象其他动物必不能有！人唯能有此种想象，故其学习之方法与动物之学习截然不同。他种动物之学习不过是行为之修正而已。如狗之怕火，只在其见火之时而有知觉。只有当境再认，不能有火之观念记忆于胸中，不能自由虚构一火的观念，故其学习只是乱撞，盖未有此符号也。人之学习则不然。在旧经验有此符号（想象）之后，不必再去经验此回事物，而能把环境放在心中，在心中掉换虚构开辟一新的路。故其经验学习为有计划有成竹在胸之试验学习，异乎动物之乱撞而无步骤者也。凡一切制作，如作文画图乃至制造器具、房屋，胥藉有想象，胥先由有雏形而渐臻完备，故未有想象则未有新辟路径，未有想象则一切制度创造皆无基础以发生。当想象之时可以看出智慧之作用。想象之为具体的，即其想象之材料，无感[觉]可离感觉之影子（即经验之影子），感觉所得者皆成一片，整个的不能分。以感觉所得者为基础而分析联合，即是智慧作用。说分析同时即是联合，即是认清彼此之关系。如糖之甜、鸟之飞，在感觉上皆是一片的。把甜在糖中抽出，把飞在鸟中抽出，则成糖与甜、鸟与飞之关系的观念。此即所谓智慧作用。当过去经验在心中安排掉换其关系之时，则成一种想象的创造。此种想象创造即旧世界所未有，及其发表出来而世界始有此事。如数学名家是讲关系形式之学，不必一一从感觉经验，而能想象虚构成功。此可见想象在智慧上之重要矣。故能应用符号实有人类智慧之所在。又言语文字更能助人之学习与创新，有言语文字而想象之用益广大丰富。然只用想象不足，必有语言乃可使经验交换，有文字乃可使经验久存。语文为之辅，则想象更能存旧创新矣。由上之意义以观，人类之靠后天益得确证。唯人之能应用符号也，即能助想象、助学习、助创新。所谓想象、学习、创新即是靠后天，走理智的路，而不是靠先天走本能之路。其如何靠后天即是其如何不靠先天，靠后天到如何程度即是其不靠先天到如何程度也。

综上数特点，总说人类所以异于禽兽者之意。所谓人类之特点，即不外生活之方法（趋向）是靠后天照顾，而非先天之安排固定而已。行为派反对本能之说，以为人类行为都从后天学习，无所谓本能，并根本否认本能。其说未尝无理由。本来人之本能太不明显，暗弱而无力。心理学家言人之本能有几种，几于人人言殊，此可见人类本能之暗弱而不易于认识矣。因为人类未走本能之路，且走之不远，故愈来愈暗晦、愈无法可以认识清楚也。由此可见人类与其他动物之别，其最明了之点是在其生活方法之不同矣。

人禽之别，前所说者都近于枝叶。兹言其最重要之点，即是人类之心理比其他动物之心理，是从本能之中得一个超脱，亦即是从生物自私之态度上得一个解放。此语当加解释。盖其他动物之心理是已先天安排好，已带有自私的彩色而来，人类心理则少有着色。即是本能到如何地步，则着色到如何地步，其着色愈浓，即是其本能愈强。换言之，又可说是一种色味——是手段方法之气味，是自私之气味。如“要如何”“作如何”，此种本能就是一种手段方法。如斗争之本能为保己种之手段方法，在生物进化上为天选作用所留存而发达。故一切本能都是有所为的、安排好的、自私的。一切动物的特别处就在心内安排了许多手段方法，除去手段方法无所谓心。如欲言动物之所谓心，则不外许多求生活之手段方法而已。人类则不然；人类能从本能中解放出来。故人无本能到如何程度即是超脱到如何程度，亦即是从自私内解放到如何程度，解放到如何程度，即创造到如何程度也。

理性与理智之分别

理性与理智的分别

“理性”“理智”的字样，只在近三十年中国书里面才常常见到；习惯上是通用不分的。就如在前章讲“理性与宗教之相违”，亦是浑含用，未定偏指一面。但今却有分别的必要。

有何必要呢？假如中国文化和西洋文化有分别的话，我以为就在中国长于理性而短于理智；西洋长于理智而短于理性。为了指明中国文化的特征，首先要分别理性和理智才行。

从前中国人常爱说“读书明理”一句话。在乡村中，更常听见指某人为“读书明理之人”。这个“理”何所指，中国人不须解释都明白的。它绝不包含物理的理，化学的理，一切自然科学上的理；乃至社会科学上的理，亦并不包括在内的。却是同此一句话，在西洋人听着，亦许发生不同的了解吧！

中国有许多书，西洋亦有许多书；书中莫不讲到许多理。但翻开书一看，却似不同。中国书所讲的，不外人世间许多情理如父慈、子孝、知耻、爱人、公平、信实之类。若西洋书，则所谈的不是自然科学之理，便是社会科学之理，或纯抽象的数理与论理。因此，当你说“读书明理”，他或以为是明白那些科学之理了。

科学之理，是静的，是一些知识。知其“如此如此”而止，并不立即发动什么行为。而中国人所说，却正是行为上的理。它就在指示人们行为的动向。它常常是很有力量的一句话；例如："人而无信，不知其可也"！"临财勿苟得；临难勿苟免"！它尽可是抽象的，没有特指当前某人某事，然而是动的不是静的。科学之理，虽亦可与行为有关系，但却没有一定方向指给人。如说："触电可以致死"，但触不触听你了。想自杀的人，亦许去触的，没有一定。大致科学上所说，皆是"如果如此，则将如彼"的这种公式。它始终是静的。

所谓理者，既有此不同，似当分别予以不同名称。前者为人情上的理，不妨简称"情理"；后者为物观上的理，不妨简称"物理"。假如大家承认可以这样分开的话，我们再来看人类对此不同之两种理的认识，是否亦出自两种不同之认识力。我以为在认识上是有分别的。即后者的认识，不容稍存主观之爱憎迎拒；而前者则离却主观之爱好与憎恶，便无从认识。现时流行有"正义感"的一句话，正义感是一种感情；对于正义便欣然接受，对于不合正义的便厌恶拒绝。正义感，即是正义之认识力。离开这种感情，正义就不可得。一切是非善恶之理，皆同此例。善，就在乎崇敬悦服赞叹的心情上；恶，就存乎嫌恶愤嫉不平的心情上。反之，我们若不为求善而意在求真，则非屏除一切感情极其冷静不可。

必须屏除感情而后其认识乃明切锐入者，我谓之理智；必须借好恶之情以为判别者，我谓之理性。

人类的两种错误

我常说：人类之所以可贵，就在他极容易错误，而不甘心于错误。至若动物生活则几无错误可言，更无错误之自觉。错误只是人的事；然人的错误却有两种不同。

譬如学校考试，学生将考题答错，是一种错误——知识上的错误。若舞弊行欺，则又另是一种错误——行为上的错误。前一错误，在学习上见出低能，应属智力问题；后一错误，便是品性问题。事后他如果觉察自己错误，前一觉察属理智，后一觉察属理性——我们从这里亦可见出理性理智的分别。

两种错误，人皆容易有，不时地有。然似乎错在知识者问题小，错在行为者问题大，试看社会上发生的纠纷，你责他错了，我责你错了，所互相责的率以后者为多，而自错误所引生的祸害，亦每以后者为严重。在纠纷中，你说你有理，我说我有理，所彼此争辩而各自表白者，亦多在情理上——即此亦见理性如何重要了。

儒家之理性主义

日本学者五来欣造说：在儒家我们可以看见理性的胜利。儒家所尊崇的不是天，不是神，不是君主，不是国家权力等，并且亦不是多数人民（近代西洋要服从多数）。只有将这一些（天、神、君、国、多数）当作理性的一个代名词用的时候，儒家才尊崇他。其言甚是。儒家假如亦有其主义的话，应理就是“理性主义”。前说孔子专作启发理性的功夫；又说“儒家独具之精神，就在他相信人有理性，而完全信赖人类自己”（见前章）。那正指这不同乎理智的理性。

最能切实指点出理性给人看的，是继承孔子精神的孟子。其言之明爽警辟者，如：

所以谓人皆有不忍人之心者；今日乍见孺子将入于井，皆有怵惕恻隐之心；非所以内交于孺子之父母也，非所以要誉于乡党朋友也，非恶其声而然也。由是观之，无恻隐之心，非人也。（下略）

恻隐之心，人皆有之；羞恶之心，人皆有之；恭敬之心，人皆有之；是非之心，人皆有之。恻隐之心，仁也；羞恶之心，义也；恭敬之心，礼也；是非之心，智也。仁义礼智非由外铄我也，我固有之也。弗思耳矣！（下略）

（上略）故曰，口之于味也，有同嗜焉；耳之于声也，有同听焉；目之于色也，有同美焉。至于心，独无所同然乎？心之所同然者何也？谓理也，义也。圣人先得我心之所同然耳。故理义之悦我心，犹刍豢之悦我口。

可欲之谓善。（下略）

生，亦我所欲也；义，亦我所欲也。二者不可得兼，舍生而取义者也。生亦我所欲；所欲有甚于生者，故不为苟得也。死亦我所恶；所恶有甚于死者，故患有所不辟也。

无为其所不为，无欲其所不欲，如此而已矣！

人能充无欲害人之心，而仁不可胜用也。

人能充无欲穿瑜之心，而义不可胜利也。

其后继承孟子精神的，为王阳明；就说“只好恶便尽了是非”。他们径直以人生行为的准则，交托给人们的感情要求，真大胆之极！我说他“完全信赖人类自己”，就在此。这在古代，除了中国，除了儒家，没有谁敢公然言这样主张的。

我说：在中国，人类理性开发得早；即指此。

儒家的教条

径直以人生行为的准则，交托于人们的感情要求，是不免危险的。在中国的西北如甘肃等地方，回民与汉民相处，恰可得一对照。回民都没有吸鸦片的，生活上且有许多良好习惯。汉民或吸或不吸，而以吸者居多数。吸鸦片，就懒惰，就穷困，许多缺点因之而来。彼此相形，全然两样。其故就为回民是有宗教的，其行为准于教规，受团体之监督，不得自便。汉民虽读儒书，却没有宗教规条及组织。

这种失败，孔孟当然没有看见。看见了，他仍未定放弃他的主张。他似乎彻底不承认有外面的准则可循。固然制礼作乐，从外面影响到生命亦是必须的；然制作必本乎人情。孟子总要争辩义在内而不在外，就为此。勉循外面标准，只是义的袭取，只是“行仁义”而非“由仁义行”——论调之高如此；然这是儒家精神，不可不知。

因此儒家没有教条；有之，便是教人反省自求的一条而已。他没有旁的，只是说：在你心里清明之时，好自想想吧！例如：

己所不欲，勿施于人。

曾子曰，吾日三省吾身：为人谋而不忠乎？与朋友交而不信乎？传不习乎？

见善如不及，见不善如探汤。

毋友不如己者；过则勿惮改。

三人行必有我师焉；择其善者而从之，择其不善者而改之。

见贤思齐焉；见不贤而内自省也。

子曰，已矣乎！吾未见能见其过，而内自讼者也。

子使漆雕开仕；对曰，吾斯之未能信，子说。

司马牛问君子；子曰，君子不忧不惧。曰，不忧不惧斯谓之君子已乎？子曰，内省不疚，夫何忧何惧！

君子有九思：视思明，听思聪，色思温，貌思恭，言思忠，事思敬，疑思问，忿思难，见得思义。

子曰，吾与回言终日，不违如愚。退而省其私，亦足以发；回也，不愚。

蘧伯玉使人于孔子。孔子与之坐而问焉；曰夫子何为？对曰，夫子欲寡其过而未能也。子贡方入。子曰，赐也贤乎哉！夫我则不暇。

子曰，不愤不启，不悱不发，举一隅不以三隅反；则不复也。

以上皆摘自《论语》，可以想见距今两千五百年前孔门的学风。处处教人自己省察，自己去想，养成你自己的辨别力（对于情理之辨别力）。尤要有自己当心容易错误，而不甘心于错误。除了信赖人自己的理性，不再信赖其他——这是何等精神！人类便再进步一万年，怕亦不得超过吧！

人类的特征在理性

一般的说法，人类的特征在理智。这本来不错的。但我今却要说，人类的特征在理性。此一理论，颇未易言。这里只粗陈大旨。

生物的进化，是沿其生活方法而进的。从生活方法上看：植物定住于一所，摄取无机质以自养；动物则游走求食。显然一静一动，从两大方向而发展去。而动物之中，又有节足动物之趋向本能，脊椎动物之趋向理智之不同。趋向本能者，即是生下来依其先天安排就的方法以为生活。反之，先天安排得不够，而要靠后天想办法和学习，方能生活，便是理智之路。前者，蜂若蚁是其代表；后者，唯有人类到达了此地步。综合起来，生物之生活方法，盖有如是三大脉络。

三者比较，以植物生活最省事；依本能者次之；理智一路，则最费事。寄生动物，即动物之懒惰者，又回到最省事路上去。脊椎动物，自鱼类、鸟类、哺乳类、猿猴类以及人类，以次进于理智，亦即以次而远于本能。他们虽趋向于理智，但若在进程中稍有偏违，即不得到达。所谓偏违，就是不免希图省事。凡早图省事者，即早入歧途；只有始终不怕费事者，才得到达——便是人类。

唯独人类算得完成了理智之路，但理智只是本能中[反]乎本能的一种倾向；由此倾向发展去，本能便浑而不著，弱而不强。却不是人的生活，就全然和本能不相干。其余者，理智发展愈不够，当然愈靠本能。此所以除人类外，大致看去，各高等动物依然是本能生活。

人类是从本能生活中解放出来的。依本能为活者，其生活工具即寓于其身体；是有限的。而人则于身体外创造工具而使用之，为无限的。依本能为活者，生下来——或于短期内——便有所能，而止于其所能；是有限的。而人则初若无一能，其卒也无所不能——其前途完全不可限量。

解放始于自身生命与外物之间，不为特定之行为关系，而疏离淡远以至于超脱自由。这亦即是减弱身体感官器官之具体作用，而扩大心思作用。心思作用要在借累次经验，化具体事物为抽象观念，而运用之；其性质即是行为之前的犹豫作用。犹豫之延长为冷静；知识即于此产生。更凭借知识以应付问题。这便是依理智作用为生活的大概。

人类理智有两大见征。一征于其有语言；二征于其儿童期之特长。语言即代表观念者，实大有助于知识之产生。儿童时期之延长，则一面锻炼官体习惯，以代本能，一面师取前人经验，阜丰知识。故依理智为活者，即是依重于后天学习。

从生活方法上看，人类特征无疑的是在理智。以上所讲，无外此意。但这里不经意的早隐伏一大变动，超过一切等差比较，就是：一切生物都盘旋于生活问题（兼括个体生活及种族生活），以得生活而止，无更越此一步者；而人类却悠然长往，突破此限了。我们如不能认识此人类生命的特殊，而只在其方法上看，实属轻重倒置。

各种本能都是营求生活的方法手段，一一皆是有所为的。当人类向着理智前进，其生命超脱于本能，即是不落方法手段，而得豁然开朗达于无所为之境地。他对于任何事物均可发生兴趣行为，而不必是为了生活——自然亦可能（意识地或无意识地）是为了生活。譬如求真之心，好善之心，只是人类生命的高强博大自然要如此，不能当作营生活的手段或其一种变形来解释。

盖理智必造乎“无所为”的冷静地步，而后得尽其用；就从这里不期而开出了无（所）私的感情(Inpersonal feeling)——理性。理性理智为心思作用之两面：知的一面曰理智；情的一面曰理性；本来相连不离。譬如计算数目，计算之心是理智，而求正确之心便是理性。数目错了，不容自昧，就是一种极有力的感情。这一感情是无私的，不是为了什么生活问题。分析、计算、假设、推理……理智之用无穷，而独不作主张；作主的是理性。理性之取舍不一，而要以无私的感情为其中心。此即人类所以于一般生物只在觅生活者，乃更有向上一念要求生活之合理也。

本能生活，行乎其所不得不行，止乎其所不得不止，不须操心自不发生错误。高等动物间有错误，难于自觉，亦不负责。唯人类生活，处处有待于心思的作用，即随处皆可致误。错误一经自觉，恒不甘心。没有错误，不足贵；错误非所贵，错误而不甘心于错误，可贵莫大焉！斯则理性之事也。故理性贵于一切。

人类特征之在理智，易见；人类特征之在理性，不易见。我故曰：人类的特征在理性。

我对人类心理认识前后转变不同

人们总认为我是个学者，或说我是个哲学家，是国学家，是佛学家等等。其实我全不是。我一向拒绝承认这些。我从来无意讲学问，我只是爱用心思于某些问题上而已。我常常说我一生受两大问题的支配：一个是中国问题，再一个是人生问题。我一生几十年在这两大问题支配下而思想而活动——这就是我整整的一生。当我用心思于人生问题时，不知不觉走入哲学，实则曾没有想要去学哲学的。我的学问都是这样误打误撞出来的。对于心理学亦复如是。初非有意研究心理学，但卒于有了我的一套心理学。

我最早的心理学见解，是随着我早期的思想来的。我早期的思想，是受中国问题的刺激，在先父和父执彭翼仲先生的影响下而形成的。

先父和彭先生是距今六十年前的爱国维新主义者。在近百年，中国受到帝国主义的侵略，就激起许多有心人的维新运动。在北京办小学，办报纸，彭先生实为首创。小学和报纸在一处，走一个大门。我就是那小学的学生，还曾随着大人们在大街上散发传单，抵制美货——因那时美国排斥华工，虐待华工。

先父当时认为中国积弱，全为文人——读书人——所误。文人专讲虚文，不讲实学。他常说，会做文章的人，就是会说假话的人。诗词歌赋以至八股和古文等等，其中多是粉饰门面的假话，全无实用。而全国读书人都把全副精力用在其间。这是他最反对的。我所以没有读过旧经书，至今亦不会做韵文诗词即为此。先父因为崇尚实用，一切评价——包含是非善恶——皆以有无实用为准。其极端便成了实利主义，与墨子思想相近。墨子主张“节葬”、“非乐”等等，实太狭隘。把是非善恶隶属利害得失之下，亦即近代西洋——特别是英国——功利派的思想。我常常说我一生思想转变大致可分三期，其第一期恰是近代西洋这一路。从西洋功利派的人生思想，折返到印度的出世思想是第二期。从印度思想转归到中国儒家思想，便是第三期了。不待多言，此第一期——早期的思想来历就是如此。

随着功利主义的人生思想，自然带来了一种对人类心理的看法。那即是看人们的行动都是有意识的，都是趋利避害的，去苦就乐的。西洋经济学家从“欲望”出发以讲经济学，提倡“开明的利己心”，要皆本于此。以此眼光，抱此见解，去看世间人们的活动行事，确实也很说得通，解释得过去。既然处处通得过，于是就相信人类果真是这样的了——此即我对人类心理最初的一种认识。

这种对人心的粗浅看法，自己慢慢发见很多疑问，终于被自己否定了。其实若不深究，世上不正有许多人都停留在此粗浅看法上吗？爱用心思的我，不停止地在观察、在思考，终于觉得它不合事实。事实不这样简单。人们许多行事虽表面上无不通过意识而来——不通过意识的行动是例外，是病态，是精神不健全——但实际上大都为感情冲动所左右所支配，而置利害得失于不管不顾。当其通过意识之时，不过假借一番说辞以自欺而欺人。是感情冲动支配意识，不是意识支配感情冲动。须知人类心理的根本重要所在，不在意识上，而宁在其隐藏于意识背后深处的。研究人类心理，正应当向人们不自觉，不自禁，不容已……那些地方去注意才行。西洋心理学家过去一向看重意识，几乎以意识概括人心，以为心理学就是意识之学。后来他们乃转而注意到“本能”“冲动”“潜意识”（或“下意识”）“无意识”种种，这实为学术上一大进步。我自己恰同样地亦经过这一转变。此即我在人类心理的认识上第一次的翻案。亦即对人类心理较为后来的一种认识，但还不是最后的。

这里应当说明一句话：第一期的人生思想与第一期的人类心理观固相关联，但如上所说的心理观之转入第二期，却与第二期人生思想没有关联，而是与第三期人生思想密切相关的——下面讲明。

第一期功利思想以为明于利害即明于是非，那就是肯定欲望，而要人生顺着欲望走。第二期出世思想则是根本否定人生，而要人消除一切欲望，达于无欲之境。因为觉悟到人生所有种种之苦皆从欲望来。必须没有欲望，才没有苦。这在人生态度上虽然前后大相反，却同样从欲望来理解人类心理。不过前者以欲望为正当，后者以欲望为迷妄耳。其详，这里不谈。

虽说前后同样从欲望来理解人类心理，却对人类心理认识的变动已经隐伏于此时，渐渐识得人类之高过动物，虽在其理智胜过本能，本能总像是要通过意识这一道门才行。但理智之发达，不外发达了一种分别计算的能力，而核心动力固不在此。核心动力还在本能冲动上。所谓欲望不是别的，恰是从意识这道门出来的本能冲动。这样，就不再重视意识，而重视隐于意识背后的本能冲动。

刚好，当我深进一步认识到此的时候，看见欧美学者新出各书亦复有悟及此。英国哲学家罗素在第一次世界大战后所写的《社会改造原理》有余家菊译本，民国九年出版。他开宗明义第一章第一节就说他“从大战所获得的见解，就是什么是人类行为的源泉……”他指出这源泉就在冲动(impulse)。战争就是毁灭，不论胜者败者对谁也没有好处。然而冲动起来，世界千千万万的人如疯似狂，甘遭毁灭，拦阻不住。他说以往人们总看欲望是行为的源泉，其实欲望不过是较开明的，亦即有意识的那一部分而已。他这里是把欲望和冲动分别而对待着说，其实欲望的核心仍然是冲动，只不过表面上文明一些。罗素把人们的冲动总分为两种。一种他名为“占有冲动”，例如追求名利美色之类。另一种他名为“创造冲动”。这与占有相反。占有是要从外面有所取得。创造则是从自己这里的劲头、才能、力气要使用出去。科学家、艺术家往往为了发明创造而忘寝废食。革命家为了革命而舍生命。以至人们一切好的行为皆出于创造冲动。他认为资本主义社会鼓励人们的占有冲动，发展了人的占有冲动，而抑制着人的创造冲动，已经到了可怕的地步。资本主义社会之必须改造在此。改造的方向，或其如何改造的原理，就在让人们的创造冲动得以发挥发展而使占有冲动减退。

再如美国心理学家麦独孤所著《社会心理学绪论》一书，亦是一最好之例。他在自序中首先指出社会科学家在讲经济、政治、教育、伦理等学问时，从来没有认真研究人类心理，而径直在他们各自的粗浅看法那种假设上，去讲经济，讲政治，讲教育，讲伦理等等。现在这种假设站不住了，那些学问亦将被推翻，重新来过。他的书就意在为社会科学试着先做些基础工作。他在这里说的粗浅看法，即指一般只留意人有意识那一面，亦就是欲望方面。而他则认为人类行为的动力在本能。本能好比钟表的发条。假如把发条抽去，钟表就不走了。人无本能亦将不会动。本能著见于动物生活中，原是生物进化、生存、竞争、发展而来的。本能在人，或者比动物还复杂，还多。每一种本能皆有与它相应的一种情绪。例如斗争，就是一种本能，与之相应的情绪就是忿怒。忿怒与斗争相关联。动物在觅食求偶之时，都免不了争夺。怒气盛，斗争强的自然胜利。这样就从优胜劣败，而将那不善斗的淘汰去，发展了斗争的本能。又其父母抚养幼子，亦是一种本能 parental instinct。与之相应的情绪，就是慈柔之情。富于这种本能的动物，自然在生存竞争中亦得到优胜传种而发达起来。诸如此类，各种本能皆在生物进化史上有其来历。

我从罗素与麦独孤两家的言论主张得到印证，增加了我的自信。特别是看到他们所认为顶新鲜的道理，我已经掌握而高兴。两家之外，可举之例还很多很多，如心理学界后起的“精神分析”学派，以佛洛伊德为首，特别强调下意识或云潜意识，极注意人的感情方面。还有许多学者提出“社会本能”，这一说法，给予我思想上很大助力，其中如克鲁泡特金的《互助论》一书，从鸟兽虫豸生活中罗列其群居互助的许多事实，证明互助实为一种本能，人类社会之所由成正亦基于此。西洋旧说，人们所以结成社会是由自利心的算计要交相利才行。讲到伦理上的利他心，总说为自利心经过理性而推广出来的。所有这些总由只看到人有意识的一面，而没有认识到本能和感情的强有力。现在心理学上新见解出来，旧说悉成过去。虽东欧、西欧、北美各学者之为说不尽相同，着意所在种种不一，然其为西洋人的眼光从有意识一面转移到其另一面则无不同。

为何说我在心理学上所抱见解这一转变，却与我第三期崇尚儒家的思想相联呢？因为我发现孔子和墨子恰好不同。墨子所忽视的人类情感方面恰为孔子重视之所在；而墨子所斤斤较量的实利，恰为孔子所少谈。此其不同，正是代表着两家对人性认识之不同而来。近代西洋社会人生，是从其中古宗教禁欲主义之反动来的，可说是“欲望本位的文化”。其盛行的功利主义于墨子为近，于孔子则相远。同时，在儒书中，你既嗅不出一点欲望气味，亦看不见一毫宗教禁欲痕迹。这证明它既超出西洋近代，又超出西洋中古，不落于禁欲和欲望之任何一边。像前面说过的，我因觉悟到欲望给人生带来种种苦痛而倾心印度佛家的出世。但我一诵儒书，就感染一种冲和、恬淡、欣乐情味，顿然忘苦，亦忘欲望。当然亦就忘了出世，于是我看出来儒家正是从其认识人性而走顺着人性的路，总求其自然调畅，避免任何矫揉造作。这样，我就由倾心佛法一转而崇尚儒家了。距今四十五年前（1921年）《东西文化及其哲学》一书就是从这里写成出版的。书中贬低墨子而推崇孔子，是完全基于人类心理认识之深入的，同时，看清楚近代西洋和古中国和古印度三种不同的人生态度，实代表着人类文化发展的三阶段；断言：在世界最近未来，继欧美征服自然利用自然的近代西洋文化之后，将是中国文化的复兴。并指出其转折点即在社会经济从资本主义转入社会主义之时。所有这些见地主张从何而来？一句话：要无非认识了人类心理在社会发展前途上将必有的转变而已。

这话说起来很长，非此所及详。姑举其一点而言之。社会发展的前途，是要从阶级统治的国家，转到阶级消灭而国家消亡的。国家的消亡是什么呢？那即是代表强力统治的法律、法庭、警察、军队的消亡而已。简单说，那亦就是刑罚的废除。此时社会秩序的维持，人们协作共营生活的实现，全要靠社会成员之自觉自律，不再靠另外的强制力。教育势必成了首要之事。但教育只在思想意识一面吗？你必须从根本上调理好人的本能情感才行。质言之，必须以情感上的融合忘我取代了分别计较之心才行。那将莫妙于儒家倡导的礼乐了。未来的文化必将以礼乐代刑罚（或刑赏），是可以断言的。刑罚（或刑赏）不外利用人的计较利害得失心理来统御人。这一老套子在新社会不惟不中用，而且它会破坏和乐忘我的心理，破坏协作共营生活的。当时孔子并不晓得社会发展前途的需要，但他却深切认识人类心理而极不愿伤损人类那可贵的感情。

关于我在人类心理的认识上第一次翻案的话不再多谈。以下谈其第二次翻案，亦即是最后的认识。

我在《东西文化及其哲学》中曾说“世界上只有两个先觉：佛是走逆着去解脱本能路的先觉；孔是走顺着调理本能路的先觉。”这句话代表我当时（四十五年前）把一般心理学上说的本能当作人类的本性看待了。这是错误的。那本书在人生思想上归宗儒家，而在为儒家道理作说明时，援引了时下许多不同的心理学派所用术语，类如“本能”“直觉”“感情”“冲动”“下意识”等等，夹七夹八地来说话，实在不对。不但弄错了儒家对人类心理的认识，也混乱了外国那些学派。

这实在因我当时过分地看重了意识的那另一面，而陷于理智、本能的二分法之故。特别是误信了社会本能之说，在解释人类道德所从来上，同意于克鲁泡特金的说法，而不同意于罗素。罗素在其《社会改造原理》一书中把人类心理分成本能、理智、灵性（其原文为spirit，译本以“灵性”一词译之）三方面，而说人类宗教和道德即基于灵性而来。克鲁泡特金在其《无政府主义者的道德观》一书中，却直截了当说人类的道德出于生来的一种感觉，如同嗅觉、味觉、触觉一样，绝似儒家孟子书中“口之于味”“目之于色”的比喻。他因而主张“性善论”亦同孟子一样。于是我在旧著中就批评罗素于本能外抬出一个灵性，作为宗教上道德上无私的感情（原文为impersonal feeling）之所本，未免有高不可攀的神秘味，实不如克鲁泡特金所说之平易近情，合理可信。（见《东西文化及其哲学》第183—185页）这恰恰错了，后来全推翻了。我对人类心理的最后认识，即在后来明白了一般心理学上所谓本能，不相当于人类本性；人类所具有“无私的感情”，不属于本能范畴，承认了罗素的三分法确有所见，未可菲薄。

此盖为1921年《东西文化及其哲学》出版后，爱用心思的我，仍然不停地在观察，在思考，慢慢发觉把本能当作人类本性（或本心）极不妥当。事实上有许多说不通之处。像孟子所说“孩提之童无不知爱其亲敬其兄”的话，按之事实亦不尽合。任何学说都必根据事实，不能强迫事实俯就学理。原书错误甚多，特别在援引时下心理学的话来讲儒家的那些地方。为了纠正这些错误，1923—1924年的一学年在北京大学开讲“儒家思想”一课，只是口说，无讲义，由同学们笔记下来。外间有传抄油印本，未经我阅正。我自己打算把它分为两部分，写成两本书。一部分讲解儒书（主要是《论语》，附以《孟子》）的题名《孔学绎旨》，另一部分专讲人类心理的题名《人心与人生》，但两本书至今均未写成。《孔学绎旨》不想再写了。《人心与人生》则必定要写，四十年来未尝一日忘之，今年已开始着笔，约得出十之三，正在继续写。

以下略讲第二次翻案后，亦即现在最后认识的大意。达尔文的进化论泯除了人类与动物的鸿沟，有助于认识人类者甚大。人类生命的特征之认识，只有在其与动物生命根本相通，却又有分异处来认识，才得正确。从有形的机体构造来看，人与其他高等动物几乎百分之九十几相同，所差极其有限，此即证明在生命上根本相通。心理学上所说的本能，附于机体而见，是其生命活动浑整地表现于外者，原从机体内部生理机能之延展而来，不可分离。就动物说，其生命活动种种表现，总不外围绕着个体生存和种族蕃衍两大问题。这实从其机体内部生理上饮食消化、新陈代谢以及生殖等机能延展下来，而浑整地表现于外的就为本能了。生理学上的机能和心理学上的本能，一脉贯通，是一事，非两事。从机体到机能到本能，一贯地为生命解决其两大问题的工具，或方法手段。前面亦曾说过，本能是动物在生存竞争自然选择中发展起来的极有用的手段。人类生命从其与动物生命相通处说，这方面（从机体到本能），基本相类似，若问其分异何在呢？那就是对照起来，只见其有所削弱而不是加强，有所减退而不是增进。例如鼻子嗅觉人不如狗，眼睛视力人不如鸟，脚力奔驰人不如马，爪牙劲强锐利人不如虎豹。机体的耐寒耐饥人亦远不如动物。在食色两大问题上的本能冲动亦显得从容缓和，不像是有利于争夺取胜的。总结一句话，相形比较之下，人在这方面简直是无能的。

然而世界终究是人的世界，不是动物的世界；那么，人之所以优胜究竟何在呢？这就在作为生命的工具、方法手段方面，他虽不见优长，却在运用工具方法手段的主体方面，亦即生命本身大大升高了。在机体构造上，各专一职的感官器官不见其增多，亦不见其强利，反而见其地位降低，让权于大脑中枢神经，大大发达了心思作用。他不再依靠天生来有限的工具手段，他却能以多方利用身外的一切东西，制出其无限的工具手段。这就是说，他在生物进化途程中走了另外一个方向。

生物进化本来有着几种不同方向的：首先植物和动物是两大不同方向；其次动物界中节肢动物和脊椎动物又是两大不同方向。不同的方向皆于其机体构造上见之。说人类走了“另外一个方向”，即是指的脊椎动物这一条路向。脊椎动物这一路，趋向于发达头脑，以人类大脑之出现而造其高峰。为什么说“另外”呢？对于生活方法依靠先天本能，生活上所需工具就生长在机体上，那旧有方向而说，这是后起的新方向。从心理学上看，旧有的即是本能之路，后起的为理智之路。理智对于本能来说，恰是一种反本能的倾向。倾向是倾斜的，初起只见其稍微不同，慢慢越发展越见其背道而驰。节肢动物走的本能之路，以蜂蚁造其极。那些与人类相类近的许多高等动物，原属脊椎动物，其倾向即在理智。在它们身上露出了有别于本能的端绪，本能却依然为其生活之所依赖。必到人类，理智大开展，方取代了本能，而人类生活乃依赖学习。理智本能此消彼长，相反而不相离。在人类生命中，本能被大大削弱、冲淡缓和，减退，却仍然有它的地位。此在食（个体生存）色（种族蕃衍）两大问题上不难见出。

从食色两大问题上不难见出本能仍然在人类身上有其势力。不过对照动物来看，在动物身上毕生如是，代代如是，机械性很大，好像刻板文章的本能，但在人类却像是柔软易变的素材，任凭塑造，任凭锻铸，甚至可以变为禁欲主义如某些宗教，还可以逆转生殖能力，向着生命本身的提高而发展，如中国道家“顺则生人，逆则成仙”的功夫。这些话我们不暇谈它，扼要点出其不同如下。

一、本能在动物是与生俱来的，为着解决两大问题而配备好的种种方法手段。动物之一生，仿佛陷入其中而出不来，于是其整个生命亦就随着而方法手段化，成为两大问题的工具，失掉了自己。本能在动物生活中，直然是当家做主的。

二、感情兴致与本能相应不离，虽有种种复杂变化，要不出乎好与恶之两大方向。此两异之方向，显然是为利害得失之有异而来，而其为得为失为利为害则一从两大问题上看。

三、由于反本能的理智大发展之结果，人类生命乃从动物式本能中解放出来，不再落于两大问题的工具地位，而开始有了自己。从而其感情兴致乃非一从两大问题的利害得失以为决定者。

四、方法手段总是有所为的。与动物式本能相应不离的感情，不能廓然一无所为，不是为了个体，便是为了种族的利害得失。因而无私的感情，动物没有，唯人有之。人类求真之心好善之心都是一种廓然无所为而为。例如核算数字，必求正确，算得不对，心难自昧。这就是一极有力的感情。这感情是无私的，不是为了什么。求真之心，好善之心，抑或总括称之为是非之心，当在大是大非之前，是不计利害得失的。必不能把求真好善当作营求生活的一种方法手段来看。

五、无私的感情发乎人心。人心是当人类生命从动物式本能解放出来，其本能退归工具地位而后得以透露的。唯此超居本能、理智之上而为之主的是人心，其他都不是。

说到这里，旧著错误便自显然。旧著笼统地讲所谓“本能”，动物本能人类本能混而不分，是第一错误。直以此混而不分的本能当作人心来认识，就错上加错了。

还有旧著误信欧美一些学者“社会本能”的说法，亦须待指明其如何是错误的。

人类夙有“社会性动物”之称，因其他任何高等动物都没有像人这样总是依赖着社会过活。虽然节肢动物的蜂和蚁，倒是过着社会生活，但它们不属高等动物。蜂蚁之成其社会出于本能，那是不错的。因为其社会内部组织秩序，早从其社会成员在机体构造上种种不同，而被规定下来。人类走着反本能之路，本能大见削弱，岂得相比。近代初期的西欧人士便倡为“民约论”之说，说社会国家之组成起源于契约，不免是发乎民主理想的臆说，于历史事实无征。但从有意识地结约之反面，一转而归因什么“社会本能”，又岂有当？特别是顺沿着动物的本能来谈人类的本能，混而不分，把人类社会的成因归落到这混而不分的本能之上，错误太大，不容不辩。

人类特见优良之所在有二：一是其特见发达的心思作用，这是无形迹可见的一面；又一面是其随时随地而形式变化万千的社会。此二者乍看似乎是两件事，实则两事密切相关，直同一事。心思作用完全是人（个体）生活在社会中随着社会发展而发达起来的，直不妨说为社会生活的产物，而同时任何一形式的社会亦即建筑在其时其地人们心理作用之上。形式一成不变的蜂蚁社会，当然是由本能而来的；却怎能说形式发展变化不定的人类社会亦是出于本能呢？且以人类之优于社会生活归因于人类所短绌的本能，显然不近理，倒不如归因于其所优长的心思作用，亦即意识作用还来得近理些。然而以意识作用来说明人类社会起源之不对头，却又已说在前了。

如此，两无所可，便见出理智、本能两分法之穷，而不得不舍弃我初时所信的克鲁泡特金之说，转有取于我前所不取的罗素的三分法。罗素在理智本能之外，提出以无私感情为中心的灵性来，自是有所见。可惜他的三分像是平列的三分，则未妥。应当如我上面说的那样：无私的感情发乎人心；人心是当人类生命从动物式本能解放出来，其本能退归工具地位而后得以透露的。正不必别用“灵性”一词，直说是“人心”好了。说“人心”，既有统括着理智、本能在内，亦可别指其居于理智、本能之上而为之主的而说。这样，乃恰得其分。

对于人类心理有此认识之后，亦即认识得人类社会成因。人类社会之所由成，可从其社会生活的必要性和可能性两面来看。所谓必要性，首先是因其缺乏本能而儿童期极长，一般动物依本能为活者，一生下后（或在短期内）即有自营生活的能力。而依靠后天学习的人类，生下来完全是无能的，需要很长时期（十数年）在双亲长辈的抚育教导下，乃得成长起来。人不能离开社会而存活是其所以成社会。所谓可能性，指超脱于动物式本能的人心乃能不落于无意识地或有意识地各顾其私，而为人们共同生活提供了基础。在共同生活中，从人身说，彼此是分隔着的（我进食你不饱）；但在人心则是通而不隔的。不隔者，谓痛痒好恶彼此可以相喻且相关切也。这就是所谓“恕”。人世有公道实本于恕道。恕道、公道为社会生活之所攸赖。虽则“天下为公”，还是社会发展未来之远景，但此恕道公道从最早原始人群即必存于其间。乃至奴隶社会，在某一范围内（譬如奴隶主之间），某种程度上亦必存在的。否则此不恕不公之奴隶社会亦将必不能成功。在范围上，在程度上，恕道公道是要随着历史不断发展的，直至末后共产社会的世界出现而大行其道。总结一句：蜂蚁社会的成因即在蜂若蚁之身；人类社会的成因却是在人心。

从上所谈，可知克鲁泡特金以道德为出于本能的不对。然而如麦独孤在其《社会心理学绪论》中对此类见解力加非难者亦复未是。他对那些抱持道德直觉或道德本能一类见解者致其诘难说：人们的行动缘起于许多冲动，这些冲动乃从生物进化自然选择而发展出来，在进化中并没想到人们将来文明社会里应该怎样生活的，所以人们行动反乎道理是常情，合乎道理乃非其常。今天有待解说的，是为什么人们发乎冲动的行事亦竟然有时合乎理性？在生物进化中并没有发展出一种道德本能来呀？我们可以回答说：作为生活方法手段的那样道德本能确乎没有的。但从方法手段性质的本能（动物式本能）解放出来的人心，却不期而透露出给道德作根据的无私感情。理性不从增多一种能力来，却从有所减少而来，麦独孤固见不及此也。

第三辑

调整心态，痛快生活

人生的意义

一

人们常常爱问：人生有没有目的？有没有意义？不知同学们对于这一类的问题想过没有？如果想过，其答案为何？要是大家曾用过一番心思，我来讲这问题就比较容易了，你们就可以比较容易地了解我的话。

我以为人生不好说目的，因为目的是后来才有的事。我们先要晓得什么叫作目的。比如，我们这次来兴安，是想看灵渠，如果我们到了兴安，而没有看到灵渠，那便可以说没有达到目的。要是目的意思，是如此的话，人生便无目的。乘车来兴安是手段，看灵渠是目的，如此目的手段分别开来，是人生行事所恒有。但一事虽可如此说，而整个人生则不能如此说。

整个宇宙是逐渐发展起来的。天、地、山、水，各种生物，形形色色慢慢展开，最后才有人类，有我。人之有生，正如万物一样是自然而生的。天雨、水流、莺飞、草长，都顺其自然，并无目的。我未曾知道，而已经有了我。此时再追问“人生果为何来？”或“我为何来？”已是晚了。倘经过一番思考，决定一个目的，亦算不得了。

以上是讲人生不好说有目的，是第一段。

二

人生虽不好说有目的，但未尝不可说人生有其意义。人生的意义在哪里？人生的意义在创造！

人生的意义在创造，是于人在万物中比较出来的。

宇宙是一大生命，从古到今不断创造，花样翻新造成千奇百样的大世界。这是从生物进化史到人类文化史一直演下来没有停的。但到现在代表宇宙大生命表现其创造精神的却只有人类，其余动植物界已经成了刻板的文章，不能前进。例如稻谷一年一熟或两熟，生出来，熟落去，年年如是，代代如是。又如鸟雀，老鸟生小鸟，小鸟的生活还和老鸟一般无二，不像是创造的文章，而像是刻板文章了。亦正和推磨的牛马一天到晚行走不息，但转来转去，终归是原来的地方，没有前进。

到今天还能代表宇宙大生命，不断创造，花样翻新的是人类；人类的创造表现在其生活上、文化上不断的进步。文化是人工的、人造的，不是自然的、本来的。

总之，是人运用他的心思来改造自然供其应用。而人群之间关系组织亦随有迁进。前一代传于后一代，后一代却每有新发明，不必照旧。前后积累，遂有今天政治经济文物制度之盛。今后还有我们不及见不及知的新文化新生活。

以此我们说人生意义在创造，宇宙大生命创造无已的趋势在动植物方面业已不见，现在全靠人类文化来表现了，是第二段。

三

人类为何能创造，其他的生物为何不能创造？那就是因为人类会用心思，而其他一切生物大都不会用心思。人生的意义就在他会用心思去创造；要是人类不用心思，便辜负了人生；不创造，便枉生了一世，所以我们要时时提醒自己，要用心思要创造。

什么是创造，什么是非创造，其间并无严整的界限。科学家一个新发明固然是创造，文学家一篇新作品固然是创造，其实一个小学生用心学习手工或造句作文，亦莫非创造。极而言之，人的一举一动一颦一笑亦莫不可有创造在内。不过创造有大有小，其价值有高有低。有的人富于创造性，有的则否。譬如灵渠是用了一番大的心思的结果，但小而言之，其间一念之动一手之劳亦都是创造。是不是创造，要看是否用了心思；用了心思，便是创造。

四

创造有两方面，一是表现于外面的，如灵渠便是一种很显著的创造。它如写字作画，政治事功，种种也是同样的创造。这方面的创造，我们可借用古人的话来名之为“成物”。还有一种是外面不大容易看得出来的，在一个人生命上的创造。比如一个人的明白通达或一个人德行，其创造不表现在外面事物，而在本身生命。这一面的创造，我们也可以用古人的话来名之为“成己”。换言之，有的人是在外成就的多，有的人在内成就的多。在内的成就如通达、灵巧、正大、光明、勇敢等等说之不尽。但细讲起来，成物者，同时亦成己。如一本学术著作是成物，学问家的自身的智力学问即是成己；政治家的功业是成物，政治家的自身本领人格又是成己了。反之成己者同时亦成物。如一德行涵养好的人是成己，而其待人接物行事亦莫非成物。又一开明通在的人是成己，而其一句话说出来，无不明白透亮，正是成物了。

五

以下我们将结束这个讲演，顺带指出我们今日应努力创造的方向。

首先要知道，我们生在一个什么时代。我们实生在一个特殊的时代，一个大变动的时代。就整个人类来说，是处在一个人类历史空前大转变的时代，也可以说是文化需要大改造的时代。而就中国一国来说，几千年的老文化，传到近百年来，因为西洋文化入侵叫我们几千年的老文化不得不改造。我们不能像其他时代的人那样，可以不用心思。因为我们这个时代，亟待改造；因为要改造，所以非用心思不可。也可以说非用心思去创造不可。我们要用心思替民族并替人类开出一个前途，创造一个新的文化。这一伟大的创造，是联合全国人共同来创造，不是各个人的小创造、小表现，乃至要联合全世界人共同来创造新世界。不是各自求一国的富强而止的那回旧事。

我们生在今日谁都推脱不了这责任。你们年轻的同学，责任更多。你们眼前的求学重在成己，末后却要重在成物。眼前不忙着有表现，却必要立志为民族为世界解决大问题，开辟新文化。这样方是合于宇宙大生命的创造精神，而实践了人生的意义。

合理的人生态度

我很惭愧我讲这个题目，如果我的生活能够合理，我就不是这个样子。我现在患失眠的症候，昨天夜里最厉害，精神十分不好，这实在因为虽然晓得所谓“合理的生活”而不能实有诸己。这种样子确为自己生活未能调顺自然合乎天理的征见，所以我讲这个题目，真是惭愧！

我虽如此，但我见得社会上一般人真是摸不着合理的路子去走，陷在那不合理的生活中，真是痛苦！真是可怜悯！不能不说几句话。我们且分粗细两层去说说。先说粗的，那便请看现在社会上的情形（尤其是北京上海这些的地方），大家都是争着抢钱，像疯狂的一样。新近看《东方杂志》译罗素《中国国民性的几特点》，说中国人不好一面的特点顶头一件就是贪婪。这话是今日不能否认的。但何以会这样呢？这就为他们没有摸着合理的路子；这就是他们人生态度的错谬。他们把生活的美满全放在物质的享受上，如饮食男女起居器用一切感觉上的娱乐。总而言之，他以为乐在外边，而总要向外有所取得，两眼东觅西求，如贼如鼠。因此他们抢钱好去买乐。其实这样子是得不着快乐的，他们把他们的乐已经丧失，再也得不着真实甜美的乐趣；他们真是痛苦极了！可怜极了！在我想，这种情形似是西洋风气进来之后才现有的。在几十年以前中国人还是守着他们自来耻言利的态度，这是看过当时社会情形的人所能详道的。中国国民性原来的特点恐怕是比别的民族好讲清高，不见得是比别的民族贪婪。现在社会上贪风的炽盛，是西洋人着重物质生活的幸福和倡言利的新观念启发出来的。贪婪在个人是他的错谬和苦痛，在社会则是种种腐败种种罪恶的病原菌。例如那最大的政治紊乱问题，就是出于此。如果今日贪婪的风气不改，中国民族的前途就无复希望，此可断言者。而这种人生态度如果没有根本掉换过，这贪风是不会改的。我们看见这些论及人生观的文章，如陈仲甫先生作的《人生真义》，李守常先生作的《今》，胡适之先生作的《不朽》，所谓“新青年”一派的人生观都不能让我们满意。陈先生说：“执行意志，满足欲望（自食色以至道德的名誉），是个人生存的根本理由；个人生存的时候当努力造成幸福，享受幸福，并且留在社会上让后来的个人也能享受，递相授受以至无穷。”这些话完全见出那种向外要有所取得的态度，虽然不当把他与贪婪风气混为一谈，但实在都是那一条路子。李先生、胡先生，也通是这般路子；一言以蔽之，总是向外找的，不晓得在自己身上认出了人生的价值。他们只为兼重“个人”和“社会”，“负责”和“享福”，是其免于危险的一点。如胡先生说小我对以前的大我负责，对以后未来的大我负责，李先生说不当厌“今”，不当乐“今”，应当利用“今”，一类话是也。其实在这条路上无论你把话说的怎样好，也不能让人免于流入贪婪，或转移贪婪的风气；至于要解决烦闷，奠定人生，那更说不到了。照我说：人生没有什么意义可指，如其寻问，就是在人生生活上而有其意义；人生没有什么价值可评，如其寻问，那么不论何人当下都已圆足无缺无欠（不待什么事业、功德、学问、名誉，或什么好的成就，而后才有价值）。人生没有什么责任可负，如其寻问，那么只有当下自己所责之于自己的。尤其要切着大家错误点而说的，就是人生快乐就在生活本身上。就在活动上，而不在有所享受于外。粗着指给大家一条大路，就是改换那求生活美满于外边享受的路子，而回头认取自身活动上的乐趣，各自找个地方去活动。人类的天性是爱活动的，就在活动上而有乐趣。譬如小孩子总是要跳动唱闹的，你如果叫他安静坐在那里不许动，几乎几分钟都坐不住。大人也是如此，乐的时候必想动，动的时候必然乐。因为活动就使他生机畅发，那就是他的快乐，并不要向外找快乐。大约一个人都蕴蓄着一团力量在内里，要借着一种活动发挥出来，而后这个人一生才是舒发的，快乐的，也就是合理的。我以为凡人都应当就自己的聪明才力找个相当的地方去活动。喜欢一种科学，就弄那种科学；喜欢一种艺术，就弄那种艺术，喜欢回家种地，就去种地，喜欢经营一桩事业，就去经营，总而言之，找个地方把自家的力气用在里头，让他发挥尽致。这样便是人生的美满，这样就有了人生的价值，这样就有了人生的乐趣。乐趣完全是在自己浑沦活动之中。即如吃糖一事，不要误会乐趣在糖上，应晓得是在吃上，换一句话，就是不在所享受上，而在能活动上。我们不应当那么可怜丧失自己，去向外找东西，一切所有都在这里，都在自己身上，不待外求。我们眼看这一般人死命的东寻西找，真是可怜！虽然他们的宝贝就藏在家里，他却不自知，走遍天涯那是永远不能找到的。他们再也不得回家！因为他们已经走入了歧路！陈先生胡先生李先生都还在这歧路上，又怎能指示这些人回家？怎能救转社会的颓风？所以必须根本掉换过这方向来，如我所说的才得。

同时在这社会上有一般人恰好与此相反。他们看见旁人那样的贪婪，那样的陷溺在肉欲，如此污浊纷乱的世界，就引起厌恶物质生活的反动，就要去学佛修道，喜欢清静修行做工夫，如北京的同善社等团体，都是应运而生的，他们的势力直遍及于外省各县，其散碎无所属的高高低低各种求道者更不能计数。去年我在南京上海见这样的事真是很多很多，学生中也有如此的，这都是因为找不出一个合理的人生态度出来，也就是不知道要怎样生活才好。常有是一个贪婪的官僚同时就是一个念佛讲道的修行者，尤其可以见出他得不着一条路的可怜样子。这两条路同样是违离了人类本性的，人类的本性不是贪婪，也不是禁欲，不是驰逐于外，也不是清静自守，人类的本性是很自然很条顺很活泼如活水似的流了前去。所以他们一定要把好动的做到静止，一定要遏抑诸般本能的生活，一定要弄许多矫揉造作的工夫，都是不对的，都不是合理的人生态度。然如果照陈胡李诸先生的话去教导他们实在是不中用，完全和他们心里事情不相干。他们并不能因此有什么启发，得到什么受用；此容后说。

我们粗着一点观察，现在社会上的人是如此情形了，我还要对于我们青年有一种较细的指导。据我所见，我们一般青年真是可怜悯，像是大家都被“私的丝”缠缚了一身，都不能剥掉这种缠缚，超出私。

合理的人生生活

这个问题似乎是人人都当留意的，无须解释。但是在什么时候的人最要求解决这个问题呢？这在青年时代，尤其较优秀的，愈觉这种寻求的急切。我在中学时即如此，有几个朋友也如此。后来到北大，那边有几个同学也如此。都是感觉烦闷，因而发生种种奇异的思想，甚至自杀。恐怕这边诸位中或者也许有这样的。所以把这个问题略说一下。

大约要说这个问题，与生理心理方面很有关系。一个人身体发育将要完全的时候，不知不觉有种种不宁贴的情境。过了这一阵即将渐渐复归平静；或是问题稍得解决，亦可渐归平静。大约天资较高的，此等现象较甚。据我个人的经验，在这时候，很想求得自己所要求的人生生活，很想打量打量，不愿模模糊糊地过下去。此中多少含有一点与众不同的意思，很容易看着庸众生活的讨厌。此时出世思想甚易萌动，有许多朋友都如此。要遁迹空门。这种念头大约在自杀念头以前。总之他愿意与别人不同一点，不一定拘什么方式，如想成英雄伟人也即是。这在男青年格外的多。想出世多少是不合理的，但除非最亲切的师友，不容易劝转这种念头。凡是特殊的生活，其性质总带不合理的意味，如想求道求仙或成伟人等等。这与知识关系较少，与情志方面关系较为深切，所以由特殊人生生活的倾向到合理的人生生活之转变，很非旁人所能为力。虽然也有永远持其特殊人生生活态度，但大多数都能由激越转入平实，这实在是好现象。由激越转入的平实，方为真正的平实，否则恐怕是凡庸。

凡是想做特殊生活的，根本都是一个浅。他太重视大人物，很为大人物所引诱。不但这个，无论什么财货、圣贤、仙、佛、功业、学问，只要看上一样东西，便都是一个浅。我们希望人人都有圆满的生活，如果你要做特殊生活，便是希望有加于人。这根本是侮辱自己的人类，凡是人类都应是一般的，我们只应求一个“人的圆满”，同时也希望人人都得一个“人的圆满”。如果圣人的意义是超加于常人的，那圣人也就是不必要的。我们心目中的圣人，只是一个“人的圆满”。又平常人喜欢讲道德，在吾人意思，就是合理的生活，如果以为道德是超于常人的，我们就也同样的排斥。总而言之，激越是我们所欢迎，但希望他能归于平实。

我们说别的生活不合理，那么，合理的生活有没有其积极的主张呢？有的。方才说，没有一物可以看得上，这就是没有安排计较，这就是合理的人生生活。我们只应顺着我们的本性去走。这须待解释，就是要问，吾人在生活中是怎么回事？何以使我们如此而不如彼？这个支配我们行动的心理作用，是直觉而非理智。我们平常所倾向的，多是合于我们脾胃的意味；所以能领受这个意味的，就是直觉作用，不是理智作用。如果看得上一种东西而安排计较着去走，就会渐渐违离了我们原来生活的路子。说浅显一点，就是，粗莽而任天真的人，生活比较是合理的。若处处抑制情感，事事安排计较，反倒错误愈多。我们所谓道德，决非先有客观的道理存放在那里，然后我们人遵循着去走。这种客观的道理，是没有的。我以为只要任听直觉的冲动，想做什么就做什么，都是对的。各时代各地方都有道德伦理等等的名词，但我们求其根本基础，差不多全在直觉，就是平常喜欢说的良心。譬如某人做了一件好的事情，我们看见或者听人称道，便立刻有欣羡赞叹之感，甚或感极堕泪，这是什么缘故呢？这就因为我们自己根本上喜欢这样，不是谁人能教给我们的，这是一种本能。理智是待教的，直觉不待教——道德不待教。要求合理的生活，只有完全听凭直觉。又如听见恶人做恶而愤怒，粗莽的就恨不手刃其人，其感情较常人格外激烈，因为他比较少受社会上种种复杂习俗的熏染，所以他的天生的反感格外容易引起。只有完全听凭自己真实的真诚的不自欺的直觉，才有合理的生活。最对的莫过于自己直觉的认识。但如何使直觉为真诚的，很应注重。

一个人，只要能完全听凭他真诚的直觉，他虽然不希望成一个大人物，但是他里面有真实的气力，自然有做大事业、成大学问的可能。凡是成大事业、成大学问的人，都是凭他里面的兴味、冲动，决非理智计较的力量。

如何才能得到痛快的合理的生活

今天有三个意思要和大家说。

第一个意思是：师生之间切不要使之落于应付，应常常以坦白的心相示，而求其相通。如果落于应付，则此种生活殊无意趣。大概在先生一面，心里要能够平平静静的，不存一个要责望同学以非如何不可的意思；也不因少数同学懒惰而有不平之气。在同学一面，更要坦白实在——不搪塞，不欺骗，不懒惰。所谓坦白，就是指自己力量尽到而言；虽然自己有短处，有为难处，也要照样子摆出来。如果力量没尽到而搪塞饰掩，这是虚伪；如果力量没尽到而把懒惰摆出来给人看，这便是无耻。这两者是毁灭生命的凿子。人生只有尽力，尽力才有坦白之可言。坦白决不是没有羞恶，没有判断，它是要使每个人从坦白真实里面来认识自己，来发挥各自的生命力。每人都能如此，其情必顺，其心必通，才不致落于形式的表面的应付上，才能够大家齐心向前发展，创造！

第二个意思是：人都是要求过一个痛快的生活。但此痛快生活，果何自而来？就是在各自的精力能够常常集中，发挥，运用。此意即说，敷衍、懒惰、不做事，空自一天天企待着去挨磨日子，便没法得到一个痛快的生活——也很不合算。于此我可以述说我的两个经验。

头一个经验，仿佛自己越是在给别人有所牺牲的时候，心里特别觉得痛快、酣畅、开展。反过来，自己力气不为人家用，似乎应该舒服，其实并不如此，反是心里感觉特别紧缩、闷苦。所以为社会牺牲，是合乎人类生命的自然要求，这个地方可以让我们生活更能有力！

再一个经验，就是劳动。我们都是身体很少劳动的人，可是我常是这样：颇费力气的事情开头懒于去做，等到劳动以后，遍身出汗，心里反倒觉得异常痛快。

以上这两个经验，一个比较深细，一个比较粗浅。但都是告诉我们力量要用出来才能痛快。人类生命的自然要求就是如此。于此苟无所悟，实在等于斫丧自己的生命。

第三个意思是：有的人每每看轻自己的工作，觉得粗浅而不足为，这是一个错误。须知虽然是粗浅的事情，如果能集中整个精力来做，也都能做到精微高深的境界。古人云："洒扫、应对、进退，即是形而上学"，又云："下学而上达"，都是指此而言。在事情本身说，表面上只有大小之殊，没有精粗——这件事比那件事粗浅——的分野。俗话说："天下七十二行，行行出状元"，只在各人自求而已。大概任何一件事业或一种学术，只怕不肯用心，肯用心一定可以得到许多的启示与教训，一定可以有所得，有所悟。在这个地方的所得，同在那个地方所得的是一样高深；在这里有所通，在别处也没有什么不通，所谓一通百通。所以凡对人情事理有所悟者，就是很大的学问。此其要点，即在集中精力，多用心思，去掉懒惰。能如此，才算握住生命真谛，才算得到痛快的合理的生活。

谈生命与向上创造

谈到向上创造，必先明白生命。生命是怎样一回事呢？在这里且先说：生命和生活是否有个分别？

生命与生活，在我说实际上是纯然一回事；不过为说话方便计，每好将这件事打成两截。所谓两截，就是，一为体，一为用。其实这只是勉强的分法，譬如以动言之，离开动力便没有活动；离开活动就没有动力，本是一回事。宇宙之所表现者虽纷繁万状，其实即体即用，也只是一回事，并非另有本体。犹如说：我连续不断的生活，就是"我"；不能将"我"与连续不断的生活分为二。生命与生活只是字样不同，一为表体，一为表用而已。

……

"生"与"活"二字，意义相同，生即活，活亦即生。唯"生""活"与"动"则有别。车轮转，"动"也，但不能谓之"生"或"活"。所谓"生活"者，就是自动的意思；自动就是偶然。偶然就是不期然的，非必然的，说不出为什么而然。自动即从此开端动起——为第一动，不能更追问其所由然；再问则唯是许多外缘矣。

生命是什么？就是活的相续。"活"就是"向上创造"。向上就是有类于自己自动地振作，就是"活"；"活"之来源，则不可知。如诗文书画，兴来从事，则觉特别灵活有神，此实莫名其所以然。特别灵活就是指着最大的向上创造，最少机械性。虽然在人的习惯上，其动的方式可以前后因袭，但此无碍于特别灵活，因为它是促进创造的。

一般人大都把生活看作是有意识的，生命当作是有目的的，这是错误。整个生命的本身是毫无目的的。有意识的生活，只是我们生活的表面。就人的一生那么长的时间言之，仍以无意识生活为多。并且即在自己觉得好像有目的，其实仍是没有目的。就一段一段琐碎的生活上，分别目的与手段，是可以的；就整个生活说，没法说目的——实在也没有目的。如果要有目的，在有生之初就应当有了，后来现按上去一个目的就不是了。

向上创造就是灵活奋进，细分析之可有两点：（一）向上翻高，（二）往广阔里开展。生命（或生物）自开头起就是这么一回事，一直到人类——到现在的人类，仍是这么一回事。生物进化史、人类文化史，处处都表明这向上与扩大。以至现在我们要好的心、奔赴理想的精神，还无非是这回事。发展到此，已证明生命的胜利。但这个胜利，不是开头就规定如此，今后的归趋，仍然是不能有一个究竟的！

与向上创造相反的就是呆板化机械化的倾向。很奇怪的，亦是奇妙的事，生命为了求得更进一步之向上与扩大，恒必将其自身机械化了才行。他像是没有法子一蹴地上去，必须逐步进展，走上一步是一步。要迈进于第二步时，即把第一步交代给最省事的办法，就是把他机械化了，但这一段在生活里面就不用再去操心。例如动物生理现象中，循环系统消化系统种种运转活动，就是生命之机械化。生命在此一段，很邻近于机械，它不复是不能追问其所由然的第一动，不复是自动，而为被动矣。人类生活中必须养成许多习惯，亦是此例。习惯化即机械化。骑脚踏车未成习惯时，必得操心；既熟练后，不须再用心力，而可游心于更高一段的活动；在车上玩种种把戏之类。在生理现象与习惯之间的本能，亦是生命之机械化者；人类社会中之有礼法制度，正亦相同。这都是省出力量，再向前开展；一步步向上创造，一步步机械化，再一步步地开展去；生命就是始终如此无目的地向上创造。人类的向善心，爱好真理，追求真理，都从此一个趋向而来，不是两回事。这一趋向极明朗；但趋向只是趋向，不是目的。

一个人的生活

生活是最普泛最寻常的事，草木也生活，鸟兽也生活，小孩子疯癫白痴诸般神经病者也生活。他们的生活都很容易——并不是说他们很容易生存，是说他们生活的时候很没什么疑难。因为什么没有疑难？因为他们的生活是用不着拿意思去处理的，若是一个人的生活就难得很。

他是一个人，你是一个人，我是一个人，我们都是一个人，不是不是人，不是一个以上两个三个的人，也不是一个以下大半个小半个的人。倘然是一个人，这很难很难处理的事就加在了我们的头上，摆在了我们的面前：我怎么样去生活？

我怎样去生活？倘然我没有打好主意，我一步都走不了。我应当到大学来作教习不应当？很是疑问。岂但如此，我今天的饭应当吃不应当吃？很是疑问。我的眼应当睁开看天看地不应当？很是疑问。并不是不成问题。

我看见一位伍观淇先生，他说总没有打好了这个主意，不知道哪个主意好？一旦得到了这个主意，即或是要他拿刀杀人，他就去拿刀见人便杀，决不迟疑。现在最苦的事只为没打好这主意。伍先生的精神我们实在佩服。我愿意大家，我尤愿意我们少年，都像伍先生这个样子：第一是打主意，第二是打了主意就去行。我大声告我少年道：切莫走闭眼路！

但是伍先生要我们给他一个主意，我们没有主意给他；我们要大家开眼觅路时，我也没一条路给大家。质言之："我怎么样去生活"的问题没有唯一不二的答案，我们只能告诉人去觅他的路，觅了路如何走而已。大约这要觅路，如何觅路，如何走路，是大家可以共得的；其路则不须共也。

大约这“我怎么样去生活”的问题是少年中国学会的人都打量过一番了。因为我们已经标明了奋斗的字样，就这组织“少年中国学会”的事已是奋斗的实现，大家对于大家本身的生活都不是提起问题加以处理了的么？奋斗不是处理的积极进行么？所以不必再要大家去提起问题。“提起问题”这件事不过是我们对于社会上大多数人所希望的罢了。我常听见人说要建设民本政治，要改良社会，要提倡新思想，我觉得很难办。因为什么？因为现在社会上大多数人都是不拿意思去处理他的生活的，都是不发问的，虽非白痴疯癫也就几希的，你就是把民本政治等等东西送到他面前，他是不睬的呀！必须他发问他怎么去生活，然后才好告诉他如此如彼。故此启牖他的思想要他发问在这一般人最为紧要急切。

我们现在已然在奋斗，用不着启牖发问，但是怎样去实行还是很要紧。因为我们的答案并没答完毕；或是只答我目前如此如此，完整的人生观还没建立，或我以为完全解答了，他日意思变动了又生疑问。所以一边觅路一边走路，一边走路一边觅路，是大家的通例，也是很没错的法子。如此说来，我们就要问怎样觅我们的路？怎样走我们的路？这无别的道，就是诚实，唯一就是诚实。

你要晓得你是已经起了疑问，你对于你的疑问不容不应付，你那唯一应付的法子再无第二，只有诚实。你如不然，就会有大危险，不是别人加危险于你，是你自己已经违离了宁帖。小则苦恼，大则致精神的变态，如癫狂心疾之类，并非故甚其辞，大家默察可也。头一层，我问我怎样去生活？我须诚实的作答。未诚实去答，我一定不信赖这个答，那疑问岂不是始终悬在眼前，惶惶然没个着落么？所以非诚实的答不可。如果诚实的去答了，无论这个答圆满不圆满，也不得而知他圆满不圆满，但是在我已经是唯一不二的了。并不是他一定对，是因我所有的唯有诚实。我没能力可以越过我的诚实，所以我可以信赖的也不能再过于我这诚实的解答。即或自知未圆满也是信赖的，因现在我没有法子信赖别的。有一个信赖的答就过得今天的生活。换言之，倘然我不诚实地答我的问，我就过不得今天的生活。第二层，既答了就要行，觅着了路就要走，走路必须诚实。诚实地去走一条路，就是积极，就是奋斗。倘然不积极不奋斗，就不满我对我自己的要求。因为我问而得答的时候，我就要求如所答的生活，这个要求不是要求别人给我如此一个生活，是我要我如此去生活。如果我去，如果我积极地去，就满了这要求。如果我不去，我不积极地去，就不满这要求。不满这要求就没应付当初的疑问。已经答应了他，又不应付他，比未答应他时还要苦恼。（大家要晓不一定手脚齐忙是积极是奋斗，凡是一人对自己意思为断然处置的都是积极，都是很激烈的奋斗）已经答应了他，又不应付他，在“一个人”不应当有这种事，所以这样的生活即不能算“一个人的生活”。又诚实地去走路才不会走出两歧的路来。唯诚实地走路乃走一条路，一条逼直的路，唯走一条路乃为“一个人的生活”。倘然走出歧路来，一只脚往东一只脚往西，或者南辕北辙，岂不是一个以上或一个以下的人了么？那不得为“一个人的生活”也甚明。既看见了路又走差路，其当如何悔恨？不积极地走路，不过消极的未满自己的要求，走了差路是积极的乖反自己要来，其将如何的苦痛？

自从起意思的那一天——就是发问的那一天——一个人的生活便已开始，唯有诚实地往前，不容休息休息，不容往左往右往后，永无歇止，只有死而后已。不是我不容你，你倘然当初不是一个人，是一个小孩子白痴那很容易办。你已然是一个人，再要他恢复到小孩子白痴已是不可能了。你已然起了意思，你要在恢复没起意思状态已是不可能了。这生活开始以后，只有诚实地答问，诚实地走路，一分不诚实立刻就是一分的疚憾。无论你跑到什么地方，他总追到你，你没有法子解脱他，除非诚实。不为别的，但缘你已是有意思的人了，不然是白痴了。

我同你、同他、同我们所有少年中国学会的人，不是已经拿意思去处理自己的生活了么？从此以后，无有休止的时候，也无有休止的地方了，只有诚实地往前：我往我看见的那个前，你往你看见的那个前，他往他看见的那个前，俗话叫作“各自奔前程”。除非这“一个人的生活”完了的时候，方才拱手一声“告别了！”

人都会自己去走对的路

我相信凡是人都是会自己去走对的路的，所有的不对都在“我一定要怎么样怎么样”。这就是说，有些人想借某种权力去压下别的意思，推行自己的意见；只信任自己，不信任大家。我以为我们有什么意思尽管可以陈述；但不应该强众从我。因为大家本来都是自己能走对的路，如果真要靠我一人去纠正大家，即是已足表明此事之无甚希望。不信任人，是最不对的；人在直觉上都自然会找到对上去。所以知识上人格上的错处坏处，都是一时的，结果是终久要对的。用强力干涉，固然错误，忧愁这世界要愈弄愈坏，也是错误。我信人都是好的，没有坏的；最好是任听大家自己去走，自然走对。因此我全无悲观，总觉得无论如何都对。我从来未曾反对过谁的说话。同我极不对的话，都任凭去说，说了有好处的，因为经过了这一步，便可以顺次去走下一步。人都是要求善求真的，并且他都有求得到善和真的可能。这话看似平常，实甚重要。许多老先生们看着现在的局面觉很可悲，就是不信人类是这样的，实在也就是不信自己了。佛学家多说，任人去走他的路，一定不对；应该教人走佛的路。我觉得人是自然会走到佛的路上去的，不必教他；如其不然，宁愿舍佛就人。还有许多宗教家也都如他们那样说；又有些所谓道德家要讲禁恶禁欲等等都是不对的。北大已故教授杨昌济引过斯宾塞的话，说社会较好于个人，亦即此意。

生命的歧途

昨日阅某生日记云："人生有三件事，革命、文学与醇酒妇人，三者得一，亦算值得；三者苟能兼而有之，则人生之愿足矣。"又云："古人言人生有三不朽：立功、立言、立德；立德乃因以前中国无敌国外患，大家闲散，才来讲这鸟事！"这话在从前的人听到，会要生气；如何会将立德看为鸟事？在我们则可以原谅他，而加以分析，指出他的错误。

古人之立功立言立德，只许在其人一生之后由别人来说；不是一个人打算自己将要去立功或立言或立德。如自己考虑要去立功，功定不成；考虑要去立言，言亦必不能立；考虑要去立德，则更成为虚伪。凡有意要去立功、立言、立德，都是不行的。某生把立德看成这样，那当然只是个装模作样而已；所以他加以藐视而生反感，谓之鸟事。于此我要告诉大家一句话，人生是靠趣味的。对于什么事情无亲切意思，无深厚兴趣，则这件事一定干不下去。如我从事乡村运动，若没有亲切的意思与深厚的兴趣，而只想着要立德、立功，那简直是笑话，而且一定干不下去。立功之人，在他自己不知是立功，到末了由人家看他是立功而已。如有人误解立功立言立德之说，而自己先打算要去立功立言立德，这是被古人所骗；非古人骗他，而是他自己骗了自己。再如我现在不续娶，虽非以此为乐，亦是甘心情愿；倘若要立德而不续娶，那等于由立德而出卖了自己。这最不成功，亦最冤枉不过。

其次再说革命、文学与醇酒妇人。这话亦只是说说而已；说这话的人，于此三事都不会成功。把革命排列在文学酒色之间，这种革命哪得成功？或算不得什么革命。说这话的人，在革命上实亦不够格。文学亦是如此。只有超过文学能产生文学；有意乎文学，其为文学反倒有限。因他没有真的人生，对人生的酸甜苦辣无深刻体会，所以不会产生文学；即有文学，亦难产生极有价值的伟大作品。说这话的人仿佛有一点文人的味道，同时也可以看出其内部力量并不大，所写的也恐怕只是一点颓废的文字而抓不着什么人生的或社会的意义。至于醇酒妇人，说这话的人亦不会成功。一个人如果打算我将这一生沉湎于酒色里罢，他勉强去求未必得到。即得到，那意思也很薄了。趣味怕有意追求，追求则趣味没有了。醇酒妇人只是一种豪举，在这豪举上亦可让人拍拍掌而已。但这要豪性人碰到机会才有此豪举，非求可得。如有人说醇酒妇人多么好，痛快地乐一下吧！其结果可以告诉他："你一定失望，一定会感觉得索然无味，一定会厌恶弃绝。"就因为原系豪人之豪举，不能模仿，不能追求；一追求，什么都完了！所以说：说这话的人亦只说说而已，在他都不会成功。

在某生因对立德误解，由此而生反感，我们从他这反感上看去时，可以看出传统观念在他身上很少；从社会方面来的压迫，在他身上有力量来表示不服。本来在这时代因袭势力已经衰退，对个人已无多大压迫，青年人之反抗亦非难事。但究竟于此还可以看出有点力量，还可以看出高强的不平凡的心理。这是可取的一点。至于对革命文学醇酒妇人的想望，此系从其不健全心理发生的。他大概是感情不舒快，而要求舒快，不觉流露出来。除此之外没有旁的。这完全属于一时感情作用，产生不出什么结果。所谓健全心理，是沉着有力的、统一的，不单有感情，而且有理智，有意志。由此健全心理发出来的念头，才有力量，才是自由的、统一的。若只从片面感情求舒快，其本身方陷于问题中而无法超脱，这不是自由的，这是生命的歧途；值不得我们的同情的。

无反省则无领略

现在秋意渐深。四时皆能激发人：春使人活泼高兴；夏使人盛大；秋冬各有意思。我觉得秋天的意思最深，让人起许多感想，在心里动，而意味甚含蓄。不似其余节气或过于发露，或过于严刻。我觉得在秋天很易使人反省，使人动人生感慨。人在世上生活，如无人生的反省，则其一生就活得太粗浅，太无味了。无反省则无领略。秋天恰是一年发舒的气往回收，最能启人反省人生，而富感动的时候。但念头要转，感情要平。心平下来，平就对了。越落得对，其意味越深长；意味越深长越是对。我在秋天夜里醒时，心里感慨最多。每当微风吹动，身感薄凉的时候，感想之多，有如泉涌。可是最后归结，还是在人生的勉励上，仿佛是感触一番，还是收拾收拾往前走。我夙短于文学，但很知道文学就是对人生要有最大的领略与认识；他是与哲学相辅而行的。人人都应当受一点文学教育。这即是说人人都应当领略人生。心粗的人也当让他反省反省人生。也当让他有许多感想起来。当他在种种不同形式中生活时，如：四时、家庭、作客、作学生、当军人、一聚一散等等，都应使他反省其生活，领略其生活。这种感想的启发都是帮助人生向上的。

批评胡适之先生的人生态度并述我自己的人生态度

这个题目似乎于礼敬上不大好，适之先生是诸位同学的师长，是我们敬爱的朋友，似乎不应该批评到他的人，而且近许多年来社会上很不注重礼敬，我常觉得不好，今天这个讲题，自然也难免此弊。如果我是适之先生，一定心里也要想，我的人生态度何必要你批评呢？但是这有一个特别缘故。近几年来社会上仿佛有一种与从前不同的人生态度上的风气。这种风气如果有一个很有思想很有价值的人替他做中坚，把他的道理说得圆融通妙，便可以像是很站得住，于此便有一个极大的毛病，即是使人很难发觉他的缺点和流弊，倒还不如没有人替他做中坚的好。我们因为反对这种风气，当然须对于能使此种风气立得住脚的先生们下批评，适之先生可以算是其中的代表人物，所以我们要对于他下批评，实际上就是批评这种风气，并不是无端地向适之先生麻烦。这是我先要声明的。

但是我怎么能知道适之先生的人生态度呢？老实讲，其实无论谁也不能知道谁的人生态度，就是自己也不能知道自己的，因为现在大家所有的都仅仅是一片话。我对于适之先生的知道，当然也不过是他那一片话。适之先生在《新青年》第六卷第二号有一篇文章，题目是《不朽》。《不朽》的题目底下有“我的宗教”四个小字；文章后面有三行附注：“这一篇和本志四卷二号陈独秀先生的《人生真义》，陶孟和先生的《新青年之新道德》，四卷四号李守常先生的《今》大旨都相同，这四篇差不多可算是代表《新青年》的人生观的文字，读者可以参看。”这四篇文章意思都差不多，而以此篇为最能代表，文章做得真好，说理也很圆到。兹先叙其大意，然后批评。

他说社会是有机的；又引来勃尼慈[1]“世间上的人，每人受着全世界一切动作的影响”的话，说是有机的世界观。他说从这有机的社会观和有机的世界观上面，生出他的“社会的不朽论”的大旨是：

我这个“小我”不是独立存在的，是和无量数小我有直接或间接的交互关系的，是和社会的全体和世界的全体都有互为影响的关系的。种种从前的因，种种现在无数“小我”和无数他种势力所造成的因，都成了我这个“小我”的一部分。我这个“小我”，加上了种种从前的因，又加上了种种现在的因，传递下去，又要造成无数将来的“小我”。这种种过去的“小我”，和种种现在的“小我”，和种种将来无穷的“小我”，一代传一代，一点加一滴，一线相传，连绵不断，一水奔流，滔滔不绝——这便是一个“大我”。“小我”是会消灭的，“大我”是永远不灭的。“小我”是有死的，“大我”是永远不死、永远不朽的。“小我”虽然会死，但是每一个“小我”的一切作为，一切功德罪恶，一切语言行事，无论大小，无论是非，无论善恶，一一都永远留存在那个“大我”之中。那个“大我”便是古往今来一切“小我”的纪功碑，彰善祠，罪状判决书，孝子慈孙百世不能改的恶谥法。这个“大我”是永远不朽的，故一切“小我”的事业，人格，一举一动，一言一笑，一点念头，一场功劳，一桩罪过，也都永远不朽。这便是社会的不朽，“大我”的不朽。

说完了“小我”的关系，在末了他又提出他那“我的宗教”。他说：

我的宗教的教旨是：

我这个现在的“小我”，对于那永远不朽的“大我”的无穷过去，须负重大的责任，对于那永远不朽的“大我”的无穷未来，也须负重大的责任。我须要时时想着，我应该如何努力利用现在的“小我”，方才可以不辜负了那“大我”的无穷过去，方才可以不遗害那“大我”的无穷未来？

---

①来勃尼慈（Gottfried Wilhelm Leibniz，1646—1716），今通译为莱布尼茨，德国哲学家，数学家。作者下引的话为莱布尼茨对其单子论和先定和谐论的阐释。

这一篇话，说得的确很好。假如我不是以前本来站在别的一个立足点上，一定也要很受他的感化。况且这些话也实在可以于大家有许多益处，我也并非说有机的社会观是不对；我只是说这种人生态度是把重心放在外面的。本来社会上就容易如此：总要替他的生活“找”一个价值，“找”一个意义，总是怀抱着许多的意思向外去“找”，怎么可以有成就，怎么可以不失败。适之先生这一派的说法就恰好给这“向外找的态度”以一种圆融通妙的道理，使他居然像是站得住。陈仲甫先生和李守常先生的意思，大致也差不多，大意是我们应该对于社会负责任，应该努力创造许多幸福，大家享受，益且使后人也可享受。

我们批评这种人生态度，先说其浅薄无能力，然后稍稍指出他的错误。

像这样的一片话，在情志没甚不安的人可以听得入耳，如果在情志大动摇的人，如因失恋而几至自杀者，那就完全不相干。不但如此，就是对于深感人生的空虚和烦闷及对于人生十分疲乏的人，也是完全无效。因为那种造福负责任的话，太同他的问题没有关系。拿这样浅薄的道理来对付生活，必是未曾深深地尝过人生的滋味。大约失恋的痛苦，人生空虚疲乏之感，他都不曾领略过。真正尝过人生的酸甜苦辣的，一定晓得这片道理是无济于事的。他没有替青年解决烦闷的能力。

再进一步，这片道理不但没有救药的能力，实在恐怕还要更增加人的烦闷。因为人家本来很烦闷，听说有一片好道理可以替他解决，当然高兴，等到看见所谓顶好的道理也不过如此，岂不使他更失望更烦闷。所谓造福，不过是衣食男女；所谓负责任，不过是把衣食男女的功夫做得更好一点；这有什么意义呢？我为什么要替社会造福呢？我为什么要对社会负责任呢？愈问愈不得其解，即愈增其烦闷。

但是这种烦闷就没有法子解决吗？有的。原来这种烦闷的病源就是一个“找”。他本来在那里找，你更引他去找，结果愈找愈找不着。人生的意义与价值是不能找的；你去找，一定不能得。“人生意义与价值在何处”这个问题根本是不该当解答的，因为人生本无意义与价值。人生无所谓有意义与有价值，也无所[谓无]意义与无价值。所谓人生的意义，就是问“我为什么生活？”当他问的时候，就是想要“找”一个意思。可是我们平常所谓意义，所谓价值，都只是日常的片段的零碎生活偶然应用的一个名目。比如问“我现在为什么来讲演？”或者说是为的使大家可以多了解一点我的意思。当人作如是分别时，实已先有一个大标的在，这大标的虽不必是人有意去建立，但无意中实已存在。所谓意义，都只有对待此大标的而后可言。比如说话者是为什么的，即是先已有“我要活着”的大标的。合于这种大标的，通常叫作有意义；不合的就叫无意义，甚或还要加以屏斥。这样的虽然比较的算大，但还是生活中的小段，不是绝对的，还是有所为的。真正完全的整个的生活则不然；他不是关系于其他种种的。整个的意思，就是绝对的，非片段的。所有平常用的评算衡量，只能施于片段的生活而不能施于整个的生活。平常因为把生活看成片段惯了，把找意义的态度养成了习惯，便不觉地也去施用于整个的生活。其实整个的生活并不与其他种种有关系，根本说不到意义与价值。我还可以说，假使（实际上不会有的）你经过种种的研究商酌，确定了人生的意义与价值，其实还不是你的真的人生意义与价值，因为你无论如何是一个后来的追加。根本上“找”的态度就很可怜。你生活便生活好了，“找”什么呢？根本的救济方法，便是放下你“找”的态度。我只要一放下，便什么都有了：标的也有了，意义也有了，价值也有了。所谓责任，只能对自己，不对其他；我的责任只有当下的责之于己者。我觉得大家总是不重己的一面，总要向外拼命地去找，无论谁都是这样。那种种情形，如贼入室，如鼠出洞，东张西望，总想着手一点而去，实在真正可怜。我从前有一篇文章里曾有一段话也是这个意思，现在略述于下。

我们看着社会上一般人陷溺在不合理的生活中真是痛苦，真是可怜，不能不说几句话。《东方杂志》译载罗素所作《中国国民性的几特点》说中国人不好一面的特点头一件就是贪婪。这话在今日社会上贪风炽盛的时候，是无法否认的。但这是什么缘故呢？这由于他们人生态度的谬误。他们把生活的美满全放在物质的享乐上，如饮食男女起居服用等一切感觉上的受用。总之，他以为乐在外边而总要向外有所取得，两眼东觅西求，如贼如鼠。其实如此是得不到快乐的；他们把他们的乐已经丧失净尽，再也得不着真实甜美的乐趣。他们真是痛苦极了，可怜极了。在我想这种情形似乎是西洋风气进来之后才有这样厉害。几十年前中国人还是守着他们自来耻言利的态度，这是看过当时社会情形的人所耳熟能详的。中国国民性原来的特点恐怕还是比别的民族好讲清高，不见得比别的民族贪婪。

近来社会上贪风所以特别炽盛，是西洋人着重物质生活的幸福和倡言利的新观念所启发出来的。贪婪在个人是他的错谬和苦痛，在社会是种种罪恶的病原菌，例如最大的政治紊乱问题即出于此。如果今日这种贪婪的风气不改，中国民族的前途就无复希望，这是可以断言的。但是要改贪风，必须根本掉换过这种人生态度。我们看见近来论人生观的文章，如陈仲甫先生的《人生真义》，李守常先生的《今》，胡适之先生的《不朽》，所谓《新青年》一派的人生观，都不能使我们满意。他们那些话完全见出那种向外要有所取得的态度，虽然不应与贪婪的风气混为一说，但实在都是那一条路子，就是说同样的是向外找而不在自身上体认人生的价值。在这条路上无论话说得怎样的好，也不能让人免于流入贪婪或转移贪婪的风气，至于解决烦闷，奠定人生，更说不到了。

照我说：人生没有什么意义可指，如其寻问，那就只在人生生活上而有其意义，人生没有什么价值可评，如其寻问，那么不论何人当下都已圆满具足，无缺无欠（不待什么事业功德学问名誉或什么其他好的成就而后才有价值）：人生没有什么责任可负，如其寻问，那么只有当下自己所责之于自己的。尤其要切着大家错误点而说的，就是人生快乐即在生活本身上，即在活动上，而不在有所享受于外。所以应该改换过那求生活美满于外边享受的路子，而回头认取自身活动上的乐趣，各自就其适宜的地方去活动。人类的天性是爱活动的，就在活动上而有其乐趣。比如儿童的好动即其天性，他连几分钟的静坐都办不到。大人也是如此，乐的时候必想动，动的时候必然乐。因为活动就使他生机畅发，那就是他的快乐，并不要另向外面找快乐。大约一个人都蕴藏着一团力量在内里，要借着一种活动发挥出来，而后他的人生[才]是舒发的，快乐的，同时也就是合理的。我以为凡人都应当就自己的聪明才力找个相当的地方去活动：喜欢那一种科学就弄那种科学，喜欢那一种艺术就弄那种艺术，喜欢那一种事业就去从事做那种事业。总而言之，找个地方把自家的力气用在里头让他发挥尽致。这样便是人生的美满；这样就有了人生的价值；这样就有了人生的乐趣。

讲了这一大片，说话虽然没有什么修理，但是我同他们两边不同的态度已经可以见得出来。最后我还要声明：根本上我们大家所讲的都只是一片话，都是想拿一片话指导自己的生活，其实实际上的生活不一定能够如此。心里的意思时时仅仅是一个意思，并不能使实际生活全与符合。我现在虽然并不能将“找”的态度完全放下，但很想往那边做，因为我确实知道“只要一放下‘找’的念头，里边的乐趣便立刻涌现出来”。

我之人生观如是

广西省立二中留京学会同人以其学会会刊《友声杂志》复行出版，向我索几句赠言，我没有多少可说的话，我只能直摅我当下胸臆之所有者以奉答。

我不晓得我为什么看到旁人积极的有所作为，有那一种奋勉向前的样子，我总起一种欣喜、高兴、欢迎、赞成的心理。我不晓得我为什么看到旁人有一种社会的行谊——就是大家集合团结起来，有那一种同心协力的样子，我总起一种欣喜、高兴、欢迎、赞成的心理。

我对于二中学会同人，有这种学会的组织，和努力办一种杂志，为我们沉闷闭塞的广西作一点启牖的工夫，没有许多意思可说，还只是这一种不晓得为什么的欣喜、高兴、欢迎、赞成的心理罢了！

这种奋勉向前的情事是我们在人类社会中随在可见的——或于一个人或于一团体。这种同心协力的情事也是我们在人类社会中随在可见的——小而夫妇朋友之间，大而至于国家世界。便是我所谓不晓得为什么对此类情事便欣喜、高兴、欢迎、赞成的心理初非我所独有，而也是随在可见，人心之所同然的。我想大约在有史以前一直到现在恐怕常常是这般的，在大地之上恐怕到处都是这般的。只不晓得这般的到底是为什么？

有人说，这是因为人类要图谋他的生活所以如此，至于那同心协力的心理、奋勉向前的心理、和对此而表欢迎赞成的心理，则出于所谓创造的冲动互助的本能等等，而这些本能冲动又是从生物进化中经天择作用保留发展出来以便图谋生活的。我则以为不然。必说种种都是为谋生活，不知生活却为什么？自我观之，这般就是生活，并非这般所以谋生活；这般正是生活，并没这般所以为生活。则所谓图谋生活之“生活”果何指？其重要者当在食色二事耶？此二事者其一则营养而维持生命，其一则蕃殖而扩张生命。若然，则似乎只好说营养所以为生命而不好说生命所以为营养——只好说吃饭是为活着，不好说活着是为吃饭。蕃殖一事自然也是这样。营养蕃殖既不可以为生命本题所在，必谓凡人类之同心协力奋勉向前皆所以为此，殆不然欤。然则人类若是种种同心协力奋勉向前，却都是为什么呢？自我言之，生命者无目的之向上奋进也。所谓无目的者以其无止境不知所届。生物之进化无在不显示其势如此；而人类之结侣合群同心协力积极作为奋勉向前尤其豁露著明最可指见者也。即此无目的之向上奋进，是曰人生真义，亦即可以说即此同心协力奋勉向前便是人生真义。夫谁得而知其协力向前之果何所为耶？故曰“我不晓得我为什么……”其必指而强为生解曰，“是所以谋生活也！是所以谋生活也”！盖甚非甚非也！甚非甚非也！

吾每当春日，阳光和暖，忽睹柳色舒青，草木向荣，辄为感奋兴发莫明所为，辄不胜感奋兴发而莫明所为。吾每当家人环处进退之间，觉其熙熙融融，雍睦和合，辄为感奋兴发，辄不胜感奋兴发而莫明所为。吾每当团体集会行动之间，觉其同心协力，情好无间，辄为感奋兴发，辄不胜感奋兴发而莫明所为。吾或于秋夜偶醒，忽闻风声吹树，冷然动心，辄为感奋扬励，辄不胜感奋扬励而莫明所为。又或自己适有困厄，力莫能越，或睹社会众人沉陷苦难，力莫能拔，辄为感奋扬励，辄不胜感奋扬励而莫明所为。又或读书诵诗，睹古人之行事，聆古人之语言，其因而感奋兴起又多多焉。如我所信，我与二中学会同人与大地之上古往今来之人盖常常如是自奋而自勉焉。此之谓有生气。此之谓有活气，此之谓生物，此之谓活人，此之谓生活。生活者生活也，非谋生活也。事事指而目之曰“谋生活”则何处是生活？将谓吃饭睡觉安居享受之时乃为生活耶？是不知生发活动之为生活，其饮食则储蓄将以为生发活动之力者也，其休息则培补将以为生发活动之力者也，而倒转以饮食休息为生活，岂不惑耶？天下之为惑也久矣！率天下而为贪夫贱子半死之人者由此道也！昔者叶公问孔子于子路，子路不对。孔子曰。“女奚不曰，‘其为人也，发愤忘食，乐以忘忧，不知老之将至云尔’！”呜呼！是吾道也！吾将以是道昭苏天下垂死之人而复活之！今爰以勉吾二中学会同人，愿同人其勉焉！

我的信念

第一个信念：我觉得每人最初的动机都是好的，人与人都是可以合得来的，都可以相通的。不过同时每一个人亦都有些小的毛病。因人人都有毛病（不过有多少轻重之分），故让人与人之间，常有不合不通的现象。虽不合不通之事常有，但人在根本上说，向上要好，还是人同此心，心同此理，究竟有其可合可通之处。在我们应努力去扩大此可相通相合之点，与天下人作朋友，而不与人隔阂分家。这是我第一个信念。我总是相信人，我总觉得天下无不可合作之人，我始终抱定这信念而向前迈进，毫不犹疑！

第二个信念：我觉得一切的不同都是相对的，比较的。换言之，即一切的不同都是大同小异。自其异者而观之，则无往而不异；自其同者而观之，则实亦无何大不同。所以彼此纵有不同，不必看成绝对鸿沟之分。更进一步说，即不同，其实亦不要紧，天下事每每相反而实相成。章行严先生因墨子有尚同之说，故标尚异之说，以为要欢迎异的，要异才好。我们在见解主张上不必太狭隘、固执；要能“宽以居之”，方能将各方面容纳进去。如果对于方向路子拿得很狭隘，往前去作，难得开展。所以我于异同之见不大计较。此原则，我运用亦有时失败，不过那只是安排得不恰当；我现在唯有盼望我更智慧一点，不再蹈以前的错误。但我始终要本此态度做去。

我的生活实情

我自己行动多悔，差不多几十年来总是这样子。所谓心安理得者，在我心中很不容易继续，即很不容易比较没有问题，不后悔。这有两层原因：自己从小时起，要强，不同流俗的意气盛，这种意气支配了自己，就容易有悔有悟。反过来说，如一个平常流俗的人也许没有这样多的问题。这是一层。还有一层，就是时代正当到大转变，入于纷乱，无正轨可循，无路子可走。碰到这时代，很难做到平稳，若真是能做到常常心安理得，怡然理顺，必然是内里面生命力很强，功夫做到很高的程度。我既是那样一个人，所遭遇的又是这样一个时代，故很难没有问题；而同时心中自己对自己有问题，所以力量不大，因为许多力量都耗费在自己身上也。故一种奋爽有力的生活不能长，只是一阵而已。本来在这时代、在这世界，所需要的是对大局有判断，对自己生活能奋爽有力，而我生活上的奋爽有力却不能长，心中常常是徘徊游移。可说情绪方面不安。从眼前一件小的事情可以作例。就是我到广州去不去，在心中都不能爽快地决定。这就是不行，都是心中有毛病，没有力量。在不能爽快地决定时，即事后容易追悔的一个预兆。这件事情——到广州去——是一件小的事情，但还有比这更小的事情，譬如在一天中做什么事，或人家来信如何回答，或有问题如何处理，细细想来，所谓心安理得爽快有力，都做不到。我现在差不多没有旁的要求，我所求的是能够常常心安理得，内部很妥帖。自己行动很顺，少遗恨。那么，这个样子，我心里头可以说是舒服好过，而表现在外面的或许比现在有力量。

大概总是自己有许多毛病习气不能化除，而同时自己又不肯糊涂马虎。如真是糊涂马虎，也许就混过了。我希望大家各自看自己，这个没有旁的，只看自己没有可悔的，是不是自己都很顺，自己对自己有否满足的地方。马虎也许是让自己少苦的，可是马虎是一大危险。并且是，自己不知道马虎而马虎，还没有什么；若有意的马虎，心中一定很苦。

怕人类到今天顶不好办——精神上不好办，尤其是今日之中国人不好办，其精神上之苦闷，难得条理顺当。可是精神上不能条理顺当，则没有力量，不能创造，不能打开局面。所以，在这时想法作对精神的条顺功夫是非常必要的。

我自己的长短

我的长处，归结言之，可有两点：一点为好学深思，思想深刻；一点则为不肯苟同于人。至于短处，不能用一句话说出来，大概说来就是自己不会调理自己、运用自己。头脑好像一条长的绳索，发挥放射出去，就收不回来，如我之好犯失眠症即其显证。要治此病，我自己也有一个方法，就是“诚”。大家或许也看出我是一片真诚；不过，实在说来，也在某一些地方上的念头不单纯。意思多就是不诚。不诚，则自己全副生命不能凝集于一处。意思纷歧，念头就拴不住，仍然是不由自主地在活动。

在表面上似是自己能管理自己，旁人也看我是如此，如吃苦耐劳，屏绝嗜好，食色都很淡泊，其实这都是自己在勉强自己，勉强就等于以一个我管理一个我。他不是整个生命力的伟大活泼，就是不诚、不真切，这是不对的。我自己很知道生命力要是活泼的整个的才对，可是老是做不到。别人看我像是很好，其实内里也有毛病。

求到而做不到，这在我的确很苦，所以我求师求友之念极切，常想如何得遇哲人救我一下。孔子，是千载不遇的；就是遇到阳明先生及其弟子来教导我一下也好。我如果遇到，就把全生命交给他，要我如何我便如何。但这样的人在现在人类社会中仿佛没有，也或许是我求师求友之念不很真切吧？

大概一切生物都像机器一样，不停止地不自主地在那里转，只有中国和印度的古代贤哲是比较进步了好多，他了解自己是如何去转，能以自动的转，不是机械的转。我自己觉得我现在还是在那里不自主地转。在学理上，我是比普通所谓学者的能了解人是自主的、自由的，自己可以运用自己，即中国印度贤哲的境界我知道了一点（普通人大都是不自主而自己还不了解，此实糊涂危险）。但还是没有做到那一种地步。这是我的一个缺欠。

心理的调整

大家来到此地，都抱有求学研究之志，但我恳切地告诉大家说：单是求知识，没有用处，除非赶紧注意自己的缺欠，调理自己才行。要回头看自己，从自己的心思心情上求其健全，这才算是真学问，在这里能有一点，才算是真进步。

人类所以超过其他生物，因人类有一种优越力量，能变化外界，创造东西。要有此变化外界的能力，必须本身不是机械的。如果我们本身是机械的，我们即无改变环境之力。人类优长之处，即在其生命比其他物类少机械性。这从何处见出呢？就是在他能自觉，这是人类第一也是唯一的长处；而更进步的，是在回头看自己时，能调理自己。我们对外面的东西，都知道调理他，譬如我们种植花草，或养一个小猫小狗，更如教养小孩，如果我们爱惜他，就必须调理他。又如自己的寝室，须使其清洁整齐，这也是一种调理。我们对外界尚需要调理，则对自己而忘记调理，是不应该的。

不过调理自己与调理东西不甚一样。调理自己要注意心思与心情两面。心思方面最要紧的是要条理清楚。凡说一句话，或写一段文字，或做一篇文章，总要使其清楚明白，一篇东西，得要让它有总有分，对一个问题也要能仔细分辨。如缺乏条理，徒增多知识是无用的，因为知识是要用条理来驾驭的。至心思之清楚有条理，是与心情有关系的；在心情不平时，心思不会清楚，所以调理心情是最根本的。

对心情应注意的有两点：一是懈，一是乱。懈或散懈，是一种顶不好的毛病，偶然懈一下，这事便做不好，常常散懈，则这人一毫用处没有；社会上也不会有人去理他。在写日记时的苟且潦草敷衍对付，都是从懈来。日记写得短不要紧，最不好是存苟偷心理。一有这心理，便字不成字，话不成话，文不成文。苟且随便从散懈心理来，干什么事都不成不像，这就完了。

乱或暴乱，是心情不平，常是像有点激动，内部失掉均衡和平；容易自己与自己冲突，容易与旁人冲突，使自己与环境总得不到一个合适。暴乱或偏激，与散懈相反；散懈无力，暴乱初看似乎有力，其实一样的不行。因其都是一种机械性，都无能力对付外面变化，改造环境。这种无能的陷于机械性的人是可怜的。然则如何可不陷于机械而变成一个有能力的人？这是要在能自觉，不散懈，亦不暴乱，要调理自己，使心情平和有力，这就是改变气质的根本功夫。

调理自己需要精神，如果精力不够时，可以休息。在我们寻常言动时，绝不可有苟且随便的心情；而在做事的时候，尤须集中精力。除非不说不做，一说一做，就必须集中精力，心气平稳地去说去做。譬如写一篇文章，初上来心很乱，或初上来心气尚好，这时最好平心静气去想，不要苟且从事，如果一随便，就很难得成为一气。所以我们的东西不拿出则已，拿出来就要使他有力量。诸同学中有的却肯用心思，但在写文章时，条理上还是不够，有随便苟且之意，字句让人不易看清楚。有的同学还更差些，这不是一件小事体，这是一个很要紧的根本所在。

所以大家要常常回头看，发见自己的缺欠，注意去调理。做事则要集中精力去做，一面须从容安详，一面还要挺然。挺然是有精神，站立得起。安详则随时可以吸收新的材料，因为在安详悠闲时，心境才会宽舒；心境宽舒，才可以吸收外面材料而运用融会贯通。否则读书愈多愈无用。

言志

今日早晨想到《论语》上“盍各言尔志”一句话，现在就言我之志。

“你的志愿何在？”如果有人这样问我，那我可以回答：

我愿终身为民族社会尽力；并愿使自己成为社会所永久信赖的一个人。

在这混乱的中国社会，无论在思想上、在事实上，都正是彷徨无主的时候。这时候做人最难有把握，有脚跟。常见有许多人，在开头的时候都很有信望，但到后来每每失去了社会的信任，促使社会益发入于混乱。我觉得现在的中国，必须有人一面在言论上为大家指出一个方向，更且在心地上、行为上大家都有所信赖于他。然后散漫纷乱的社会才仿佛有所依归，有所宗信。一个复兴民族的力量，要在这个条件下才能形成。我之所以自勉者唯此；因我深切感到社会多年来所需要者唯此。

八十年来，中国这老社会为新环境所刺激压迫，而落于不幸的命运，民族自救运动一起再起，都一次一次地先后失败了。每一次都曾引动大家的热心渴望，都曾涨到一时的高潮；但而今这高潮都没落了，更看不见一个有力量的潮流可以系属多数的人心，而却是到处充满了灰心、丧气、失望、绝望。除了少数人盲目地干而外，多数人无非消极鬼混，挨磨日子，而其实呢，中国问题并不是这样一个可悲观的事。悲观只为蔽于眼前。若从前后左右通盘观测，定能于中国前途有很深的自信；只可惜多数人蔽于眼前，没有这眼光罢了！我是对中国前途充满了希望，绝对乐观的一个人。我胸中所有的是勇气，是自信，是兴趣，是热情。这种自信，并不是盲目的、随便而有的；这里面有我的眼光，有我的分析与判断

（我讲的《乡村建设理论》便是这个，不复赘）。我是看到了前途应有的转变与结局，我相信旁人亦能慢慢地看到；因为从事实上一天一天在暗示我们所应走的而唯一可能的方针路线（乡村建设）。我的自信不难成为大家的共信；我的勇气可以转移大家的灰颓之气。大概中国社会不转到大家有自信、有勇气之时，则中国将永远没有希望。然而民族自救的最后觉悟、最后潮流毕竟是到了！我们就是要发动这潮流，酿成这潮流！这方向指针我是能以贡献给社会的——我充分有这自信。单有方向指针还不够，还须有为社会大众所信托的人格，为大家希望之所寄。因此，我要自勉做一个有信用的人，不令大家失望。

发心与立志

许多人都觉得近来生活不安，我亦时常有此感觉。因此我知道一般人思想之杂乱、心里之不纯净，真是很难办的事！人多半都有种种私欲私意，要这个，要那个；本来我们的心量已经十分渺小，这么一来就更危险，怕更没有力量来干我们的事业了。古人有言："知病即药！"现在让我指点出来，使大家知道自己心杂无力即"病"。然后才可望常自觉醒警惕！

我听说有几位同学读佛书。我对于佛学前曾稍作探究。佛家的彻始彻终便是"发心"——"发菩提心"。发心是什么？这味道非常深醇，颇难言说。盖所谓发心，不但是悲，且是智慧的；他是超过一切，是对众生机械的生命，能有深厚的了解原谅与悲悯。而要求一个不机械的生命。儒家也是要求一个不机械的生命，但与佛家不同。儒家亦有彻始彻终的一点，在立志。然儒家的立志与佛家的发心其精神意味则不同：佛家是原谅与悲悯，而儒家则是刚正的态度。这二者内里自有彼此相通的地方。所以终极都是一个自由的活泼泼的有大力量的生命。

我们都是力量不够的人，要去可怜旁人，先须可怜自己。如何可怜自己？就是须培养开发自己的"愿力"（发心与立志都是愿力）。怎样开发？要在当初动念干这个乡村运动的地方去找，去反问自己为何有此意思？而此意思为何又在彼时真切？这样能将原来的真情真愿因反求而开大。当痛痒恻隐之情发露时而更深厚之，扩充之，则正念有力，杂念自可减少。唯有愿力才有大勇气，才有真精神，才有真事业。不论佛家儒家皆可，但须认取其能开发我们培养增长我们力量的那一点。我们只有努力自勉，才能完成我们伟大的使命！

志愿真诚

刚才时济云先生对于此次毕业分发出去服务的同学讲话，提出志愿真诚四字来勉励大家。志愿真诚四个字，话很平常，谁都会说；因为大家常说这个话，便几乎没有味道了。可是实在说，我们往前做事情，都要依靠这点，我想是对的。

第一，因为我们做的事是一个创新，乡农学校就是创新的一件事，不是方方面面已有轨道可循，而是任什么都在不定中，正须去探讨摸索创造。此时周围环境很不顺，不顺靠什么能顺呢？那非靠我们里面的劲——真诚老往前追求的劲，不能通得过去。在创造的时候，如无热心毅力，稍一碰钉子便将完了。探求新路子的时候，必须靠此，必须耐烦；志愿真诚才能耐烦，不真诚必是敷衍塞责；何能创造？创造要耐烦，耐烦才能通得过。在此时代，非如此不可。这是一层意思。

再则，我们此刻做事，最大的问题是对人问题，对事问题尚放在第二。大家出去做事，最先遇到的是对人问题。譬如县政府的人（或我们参加县政府工作的研究部同学），都与大家相关系，都会发生人的问题。对人问题顶要紧的是这一点真诚。巧滑的人固然巧于对付，不会被人挑剔，不会与人翻脸，眼前都能过得去；但结果他还是得罪人，大家终要讨厌他。如果是真诚，就有错误，大家也可原谅；到底真诚人能对付过去，巧滑人则不能。对人问题既要紧，故真诚为必要。大抵对人靠真诚，而对事则靠技术。不过，许多技术、许多方法，眼前开办时用不上。眼前完全是人的问题，故非靠真诚不可。这是第二层意思。

第三，我们做乡农学校的事情，如果能做得几分，则必完全靠每一校内四五个同学的和衷共济。此事很显明。如果这几个同学的力量互相牵制，彼此妨碍，好像一辆车，一个往东拉，一个往西拉，则一定不行，事情马上不能做，一定闹笑话。可是这四五个人如何能和衷共济？那么，必靠志愿真诚。志愿真诚，才能把心放在较公的地方（公就是志愿）。不然，四五个人四五个心，你有你的打算，我有我的打算，彼此的心都不放在一个地方，则很难相合。心能放在较公的地方，就是志愿。志愿真诚才能顾全大局；为顾全大局，校长才能照顾尊重其余四个人的意见，其余的四个人也才能尊重这个做校长的人。这几个人在事情上能遵从校长，校长也能容纳这几个人的意见，此之谓和衷共济。没有志愿，一定有许多小毛病出来，如顺嘴说闲话各图便宜等。志愿真诚，则毛病可以减少，彼此才能凑到一块去，四五个人如闹意见不合，一定把事弄糟。还不如一个人去做呢！我们做事情，既须和衷共济，所以最要的是志愿真诚。这是第三层意思。

朋友与信

朋友相信到什么程度，关系的深浅便到什么程度。不做朋友则已，做了朋友，就得彼此负责。交情到什么程度，就负责到什么程度。朋友不终，是很大的憾事；如同父子之间、兄弟之间、夫妇之间处不好是一样的缺憾。交朋友时，要从彼此心性认识，做到深刻透达的地方才成。若相信的程度不到，不要关系过密切了。

朋友之道，在中国从来是一听到朋友便说“信”字。但普通之所谓信，多半是“言而有信”的意思，就是要有信用。这样讲法固不错；但照我的经验，我觉得与朋友往还，另有很重要的一点；这一点也是信，但讲法却不同，不是信实的意思；而是说朋友与朋友间要信得及，信得过所谓知己的朋友，就是彼此信得及的朋友。我了解他的为人，了解他的智慧与情感，了解他的心性与脾气。清楚了这人之后，心里便有把握，知道他到家。朋友之间，要紧的是相知；相知者彼此都有了解之谓也。片面的关系不是朋友，必须是两面的关系，才能发生好的感情。因为没有好的感情便不能相知。彼此有感情，有了解，才是朋友。既成朋友，则无论在空间上隔多远，在时间上隔多么久，可是我准知道他不致背离；此方可谓之为信。

朋友与社会信用

一个人在社会上的地位或在社会上所取得的信用资望，与朋友很有关系。差不多真是可以以朋友作标准，而决定其在社会上之地位信用。仿佛一个人他自己不能有一个显著的颜色——自己固然有颜色给人看，可是朋友帮助他的颜色更显著。交什么朋友，就归到那一类去，为社会看为某一类的人。没有较高尚的朋友，在社会上自己不会被人看高一点。能不能有较高尚的朋友，那完全看自己的情感志气趣味如何。朋友相交，大概在趣味上相合，才能成功真朋友。从自己的趣味、好尚、品格，而定朋友高低；从朋友高低，而定自己在社会上的信用地位。那么，人不能交高尚的朋友，在社会上很难得到较好的地位，而自己趣味好尚不高时，也很难交得较好的朋友。

说到我的交友，可分为两个段落：头一个段落为我二三十岁时所交的朋友，差不多没有一个不比我年纪大的，如张难先、林宰平、伍庸伯、熊十力诸先生，都比我大十岁或二十岁，他们对我可算是忘年交，我看他们都是在师友之间的。不同年龄的人其趣味不同，而竟能成功很好的朋友，这都不是容易的。后一个段落里头的朋友，多半都比我小几岁，他们以我为中心，而形成一个朋友团体，一直到现在还一起共学共事。

现在中国社会与以前老社会不同。由个人相交而成朋友的，这是老的方式，以后朋友的关系要生变化，不单是个人彼此的关系，说朋友就是集团，是很多人在一起。或自己加入集团，或自己创造集团。

开诚布公以立信

现在社会上，实在找不出一个让多数人信得及的人或团体，他们——人或团体——在谈话时，都说得非常之好，非常动听；但是人却总不敢相信他，都以为他的背后还别有用意；这是现在中国社会上的一种普通现象。即以我们的乡村运动来说，别人在未了解以前，也同样地以为我们别有企图，而非真来做此工作。中国社会之不安，半由于斯。此种不相信之态度，实非好现象。不相信，一切事都难做通，事情唯有相信才可以做得通。如《大公报》几次抗日募捐，数目达到七十万元之巨，社会人士踊跃输将，而不稍有疑心；此其故，即以其信用已生根于社会，人人皆信得及，相信其不致有何差误，故敢坦然相托。中国今日民穷财困，达于极点，六七十万元在西洋社会原自不成问题，而在中国则着实不易；由此可以看出社会人士之重义，及要求公道之心理是如何迫切。但现在情形，到处乌烟瘴气，黑幕重重，使社会找不出一个信得及的人或团体，以致满怀热诚，无由发泄，虽欲援助亦无从援助起。故目前社会要求有信用的人或团体，真是如饥如渴！古人云："民无信不立"，旨哉言乎！此意思实甚重要。不相信的态度，实为一大乱源。因不相信，故各怀鬼胎，互为猜忌；事情原无恶意，但如此一来，便亦"好意当作恶冤家"了。

人与人之间是如此，社会与社会间亦恰无二致。如此下去，其危机不言可喻。现在的问题，是在如何才能使社会信得及。以我所见，这只有彻底地开诚布公，将一切暧暧昧昧遮遮掩掩的行为，根本铲除。好事情固可昭然于社会；即不好的事，也必须直言不讳，一切都公开。这样自然一面可以解除误会；一面也渐渐地可以使人对你信得及。的确，人心都是要求光明磊落的，凡是光明磊落说出做出的事情，即便不好，人也甘心。人最不乐意于藏头露尾，半吞半吐的把戏。此道理无论在家庭之间、政府与人民之间、一切人与人之间，皆是如此。如能看透此点，本此去公开做事，自然可以行得通。自身先不使人怀疑，人家才肯相信；人相信得及，才肯舍死相助，终至万众一心。

忏悔——自新

在人生的时间线上须臾不可放松的，就是如何对待自己。如果对于自己没有办法，对于一切事情也就没有办法。我们都是活人，不做乡村工作也得生活；但是如何把自己的生活，安排得顺顺当当，就不容易。假如此人是资质很平庸的，他自己内心的矛盾冲突或许少；这个意思就是说他还好办。若是资质很聪颖的人，他自己有点才气，其问题就越复杂，越难办！虽然他才气有，聪明有，但怕他私欲也比旁人盛，比旁人多。大概有聪明的人，好出风头，爱面子，对声色货利等等，格外比旁人贪，格外比旁人求；这是他斩不断的病。本来他要强的心也比旁人明白，可是他为坏的心也比旁人高；如果内心不澄清，认不清楚自己，这时他心里一定有很多问题。教他去做乡村工作，也一定有很多问题；因为他不能对付自己，则终日惝恍，精神上得不到安慰；自己先不安，还有何法去做乡村工作呢！

我自己过去的经过，大家于我“自述”一文中可以见到一个大概；不过还有很多的事情没有说。我在20岁的时候，曾有两度的自杀，那都可以表现出我内心的矛盾冲突来。就是自己要强的心太高，看不起人家，亦很容易讨厌自己；此原故是一面要强，一面自己的毛病又很多，所以“悔恨”的意思就重，使自己给自己打架；自己打架，打到糊涂得真是受不了的时候，他就要自杀。

如何才能够使内心的矛盾冲突平下呢？在这个地方，本来宗教很有力量，他能够帮助着人“忏悔”，帮助着人“自新”。也只有“忏悔”“自新”才能够解决这个问题。但是在我说，却不是得到宗教的帮助，所以也不能以宗教指点人。不过“忏悔”“自新”，是大家要刻刻在念的。如果谁能够对自己的责备越严，其“忏悔”也越深，这种人大概都是好人。不过在他心里有极烦闷复杂的问题而不得解决，所以容易出于自杀之途，这时候最要紧的是：帮助着他“忏悔”“自新”。

我的“忏悔”“自新”，不是从宗教来，可以说完全是从对人类生命有了解，对人类生命有同情这个地方来的，所以也每每从这个地方去领导人“忏悔”、“自新”。所谓对人类生命有了解是什么？就是了解人类生命当真是可悲悯的。因为人类生命是沿着动物的生命下来的；沿着动物的生命而来，则很近于一个动的机器，不用人摇而能自动的一个机器。机器是很可悲悯的，他完全不由自主。我之所谓可悲悯，就是不由他自主。很容易看见的是：我们活动久了就要疲劳睡觉，不吃饭就饿，很显著的像机器一样。其他好恶爱憎种种情欲，多半是不由自己。看这个贪，看那个爱，怠忽懒惰，甘自堕落，不知不觉的他就那样。照我所了解的，人能够管得住他自己的很少。假如好生气，管住不生气好难！在男女的关系上，见面不动心好难！他不知怎的念头就起了。更如好名、出风头等，有时自己也知道，好歹都明白，可是他管不了自己。

因为我对人类生命有了解，觉得实在可悲悯，可同情，所以对人的过错，口里虽然责备，而心里责备的意思很少。他所犯的毛病，我也容易有。平心说，我只是个幸而免。例如在男女的关系上发生什么不规则的行为、不对的事情，我回头看我自己，只是幸而免；因为这样的念头我都动过，不过没有成了事实，仅是幸免而已。这样对人类有了解，有同情，所以要帮助人“忏悔”“自新”，除此更有何法！人原来如此啊！你自己原谅你自己罢！大家也都各自原谅自己罢！“过去的不说了，我们再努力开拓新生命罢！”只有这么一句话。

中国古人袁了凡有两句话说得很好：“以往种种譬如昨日死；以后种种譬如今日生。”这个话实在说得好！如果内心有矛盾冲突的人，我们可以告诉他：“你忏悔自新罢！”“往者不可谏，来者犹可追”啊！可是当真去“忏悔”、“自新”，又必须看透自己过去所犯的毛病是机械、可怜、糟糕！这时他才能真对自己生一个悲悯心，把“悔恨”转为悲悯，自己可怜自己。到了悲悯的心境，自己就高超了一层；自己不打架，不矛盾冲突，这时就无物挡住自己，于是真能够“忏悔”“自新”，开拓新生命了。

在新生命开辟出来的时候，他与从前不同的是在什么地方呢？即是从前这个也贪，那个也爱，小的舒服，小的便宜，以及物质享受。这样的私欲私意多，心动的地方太多，没有走上一条大道，因此心才这儿跑，那儿跑，鬼鬼祟祟地乱窜乱穿。在“自新”的时候，就是回头一看，看清了许多都是机械、可怜、糟糕、要不得！把好恶的心，真的好恶的心透露出来，觉察出从前的杂杂碎碎，真是臭的，所谓“如恶恶臭”。由恶才能知其臭，才能看不上，才能够舍弃。如果真的对于这个东西恶，知道往好处去用力，生机就能够透露出来，仿佛鼻子闻出臭香来一样。闻出臭香来，就是鼻子的聪明。这样知道臭香，他才能“自新”。孟子很发挥指点这恶绝的意思，“毋为其所不为，毋欲其所不欲，如此而已矣。”这话说得实在到家。人原来分得出来是非——因人都有不偷东西的心思，不要做的就不做，这就是“义”；人都有不忍害人的心思，在此扩充，就是“仁”。都是指点在亲切的地方去“自觉”。好恶让他明显，让他有力量。

各个同学赶快反省吧！自己从前所犯的种种毛病赶快检点一下吧！不要说我没有较重大被人知道的事情，就是自己夸张、好出风头的心，都是要不得。这种心不死不行！此心不死，不能做乡村工作，即使旁的毛病没有。可是懒散不振也不行！这种懒散不振，就是机械性、不由自主的下贱性，是从内心的矛盾冲突来。自己虽然也有要强心，但是自己和自己一打起架来，就憧憧无凭，把不住舵，很容易懒散；懒散是不行的！我们做乡村工作，必须把大毛病小毛病都要杜塞，发挥真正的生命力量，很顺地发挥生命的力量，对自己有办法，自己先不成问题，这样下去做乡村工作才有办法。

然而如何杜绝毛病的流露呢？只有“忏悔”，只有“自新”，在“忏悔”中是一面深深地痛责，一面也要同情人类原来就是这么一回事，不要怪他。能在这里用力，气才壮，志才坚；所有过去的毛病，不掩他，不带他，务期崭然一新，如用过的纸张一样，毅然把他烧掉，另立日记本，重新开头；非如此不可。

我所说的话大概是这样。须大家在清静无人时，自己反省，鉴察过去；把从前不对的地方，深自“忏晦”掉泪，抛开过去。不“忏悔”，不抛开，不打主意，是不行的！越是自己要强的，越应要求解决这个问题。自己的问题，自己知道的最亲切；也就是说自己的问题，必须自己知道去解决。

智慧的要点是冷静

人类顶大的长处是智慧；但什么是智慧呢？智慧有一个要点，就是要冷静。譬如：正在计算数目，思索道理的时候，如果心里气恼，或喜乐、或悲伤，必致错误或简直不能进行。这是大家都明白的事。却是一般人对于解决社会问题，偏不明此理。他们总是为感情所蔽，而不能静心体察事理，从事理中寻出解决的办法。像是军阀问题，麻木不仁者不去关心；去想这问题的人，便不胜其憎恶排斥之情，不复能分析研究其所从来。那么，想出的办法，就不外是打倒军阀之类了。又如要求国家统一的人，不能分析研究中国陷于不统一的由来，总是急切地要求统一，那么就以武力来统一了。然而打倒军阀者，试问可曾打倒没有呢？以武力求统一者，试问统一了没有呢？

我想说一个猴子的故事给大家听。在汤姆孙[①]科学大纲上叙说一个科学家研究动物心理，养着几个猩猩猴子作实验。以一个高的玻璃瓶，拔去木塞，放两粒花生米进去。花生米自然落到瓶底，从玻璃外面可以看见，递给猴子。猴子接过，乱摇许久，偶然摇出花生米来，才得取食。此科学家又放进花生米如前，而指教他只须将瓶子一倒转，花生米立刻出来。但是猴子总不理会他的指教，每次总是乱摇，很费力气而不能必得。此时要研究猴子何以不能领受人的指教呢？没有旁的，只为他两眼看见花生米，一心急切求食，就再无余暇来理解与学习了。要学习，必须他两眼不去看花生米，而移其视线来看人的手势与瓶子的倒转，才

① 汤姆孙（Thomson，生卒年不详），今通译为汤姆逊，亦译作汤姆生，美国科普作家。

行。要移转视线，必须他平下心去，不为食欲冲动所蔽，才行。然而他竟不会也。猴子智慧的贫乏，就在此等处。

人们不感觉问题，是麻痹；然为问题所刺激，辄耐不住，亦不行。要将问题放在意识深处，而游心于远，从容以察事理。天下事必能了解他，才能控制他。情急之人何以异于猴子耶？

还要注意：人的心思，每易从其要求之所指而思索办法；观察事理，亦顺着这一条线而观察。于是事理也，办法也，随着主观都有了。其实只是自欺，只是一种自圆其说。智慧的优长或贫乏，待看他真冷静与否。

没有勇气不行

没有智慧不行，没有勇气也不行。我不敢说有智慧的人一定有勇气；但短于智慧的人，大约也没有勇气，或者其勇气亦是不足取的。怎样是有勇气？不为外面威力所慑，视任何强大势力若无物，担荷若何艰巨工作而无所怯。譬如：军阀问题，有的人激于义愤要打倒他；但同时更有许多人看成是无可奈何的局面，只有迁就他，只有随顺而利用他，自觉我们无拳无勇的人，对他有什么办法呢？此即没勇气。没勇气的人，容易看重既成的局面，往往把既成的局面看成是一不可改的。说到这里，我们不得不佩服孙中山先生，他真是一个有大勇的人。他以一个匹夫，竟然想推翻二百多年大清帝国的统治。没有疯狂似的野心巨胆，是不能作此想的。然而没有智慧，则此想亦不能发生。他何以不为强大无比的清朝所慑服呢？他并非不知其强大；但同时他知此原非定局，而是可以变的。他何以不自看渺小？他晓得是可以增长起来的。这便是他的智慧。有此观察理解，则其勇气更大。而正唯其有勇气，心思乃益活泼敏妙。智也，勇也，都不外其生命之伟大高强处，原是一回事而非二。反之，一般人气慑，则思呆也。所以说没有勇气不行。无论什么事，你总要看他是可能的，不是不可能的。无论若何艰难巨大的工程，你总要“气吞事”，而不要被事慑着你。

人生在创造

宇宙是一个大生命。从生物的进化史，一直到人类社会的进化史，一脉下来，都是这个大生命无尽无已的创造。一切生物，自然都是这大生命的表现；但全生物界，除去人类，却已陷于盘旋不进状态，都成了刻板文章，无复创造可言。其能代表这大生命活泼创造之势，而不断向上翻新者，现在唯有人类。故人类生命的意义在创造。

人类为什么还能充分具有这大生命的创造性呢？就因为人的生命中具有智慧。本来脊椎动物就是走向智慧这边来（对本能那边而言）；却是就中除去人类，都没有成就得智慧（人类是脊椎动物中最高等的）。智慧是什么？智慧就是生下来一无所能，而其后竟无所不能的那副聪明才质。换句话说，亦就是能创造的那副才质。严格地讲，人类的生活，一言一动，一颦一笑，都不能不说是创造。但我们普通说话，言及创造，必特指其超出寻常，前所未有者，有重大价值者。

创造可大别为两种：一是成己，一是成物。成己就是在个体生命上的成就，例如才艺德性等；成物就是对于社会或文化上的贡献，例如一种新发明或功业等。这是粗略的分法。细研究起来，如一个艺术家，在音乐美术上有好的成功，算是成己呢？算是成物呢？从他自己天才的开展锻炼一面说，算是成己；但同时他又给社会和文化上以好的贡献了，应属成物。再如德性，亦独非其个体生命一种成功；而同时对于社会直接间接有形无形的贡献也很大。还有那有大功于世的人，自然算是成物；但同时亦成就了他生命的伟大，而是成己。有时为社会杀身，亦是成己。古人“杀身成仁”一句话，其“仁”字即指生命伟大说。所以任何一个创造，大概都是两面的：一面属于成己，一面属于成物。因此，一个较细密的分法，是分为：一是表现于外者，一是外面不易见者。一切表现于外者，都属于成物。只有那自己生命上日进于开大通透，刚劲稳实，深细敏活，而映现无数无尽之理致者，为成己。——这些，是旁人从外面不易见出的。或者勉强说为：一是外面的创造，一是内里的创造。人类文化一天一天向上翻新进步无已，自然是靠外面的创造；然而为外面创造之根本的，却还是个体生命；那么，又是内里的创造要紧了。

教育就是帮助人创造。他的工夫用在许多个体生命上，求其内在的进益开展，而收效于外。无论为个人计，或为社会打算，教育的贵重，应当重于一切。可惜人类直至于今，仍然忽视创造，亦就不看重教育（还有许多不合教育的教育），人类生命的长处，全被压抑而不得发挥表现。说起来，可为伤痛叹息！我们理想的社会：第一，人与人没有生存竞争，而人与人合起来控制自然利用自然；第二，社会帮助人生向上，一切合于教育意义，形成一个完全教育化的环境，启人向学之诚，而萃力于创造自己；其结果，亦就是学术发明文化进步，而收效于社会。这样，才合于“人生在创造”那意义。

第四辑

人世间一切皆有定数

一般人对道德的三种误解

按我的解释，道德就是生命的和谐。普通人对道德有三种不同的误解：

（一）认为道德是拘谨的。拘谨都是迁就外边，照顾外边，求外边不出乱子，不遭人非议，这很与乡愿接近。所谓道德，并不是拘谨；道德是一种力量，没有力量不成道德。道德是生命的精彩，生命发光的地方，生命动人的地方，让人看着很痛快、很舒服的地方，这是很明白的。我们的行动背后，都有感情与意志的存在（或者说都有情感要求在内）。情感要求越直接，越有力量；情感要求越深细，越有味道。反过来说，虽然有要求，可是很迂缓、很间接，这样行动就没有力量，没有光彩。还有，情感要求虽然是直接，可是很粗，也没有味道。

（二）认为道德是枯燥的。普通人看道德是枯燥的，仿佛很难有趣味。这是不对的。道德本身就是有趣味的。所以说“德者得也”；凡有道之士，都能有以自得——人生不能无趣味，没趣味就不能活下去。人之趣味高下，即其人格之高下，人格高下，从其趣味高下之不同而来；可是，都同样靠趣味，离开趣味都不能生活。道德是最深最永的趣味，因为道德乃是生命的和谐，也就是人生的艺术。所谓生命的和谐，即人生生理心理——知、情、意——的和谐；同时亦是我的生命与社会其他的人的生命的和谐。所谓人生的艺术，就是会让生命和谐，会做人，做得痛快漂亮。普通人在他生命的某一点上，偶尔得到和谐，值得大家佩服赞叹，不过这是从其生命之自然流露而有，并未在此讲求。儒家则于此注意讲求，所以与普通人不同。儒家圣人让你会要在他的整个生活——举凡一颦一笑一呼吸之间，都佩服赞叹，从他的生命能受到感动变化。他的生命无时不得到最和谐，无时不精彩，也就是无时不趣味盎然。我们在这里可以知道，一个人常对自己无办法，与大家不调和，这大概就是生命的不和谐，道德的不够。

（三）认为道德是格外的事情，仿佛在日常生活之外，很高远的、多添的一件事情。而其实只是在寻常日用中，能够使生命和谐，生命有精彩，生活充实有力而已。道德虽然有时候可以发挥为一个不平常的事；然而就是不平常的事，也还是平常人人心里有的道理。道德并不以新奇为贵，故曰庸言庸行。

道德为人生艺术

普通人对于道德容易误会是拘谨的、枯燥无趣味的、格外的或较高远的，仿佛在日常生活之外的一件事情。按道德可从两方面去说明：一面是从社会学方面去说明，一面是从人生方面去说明。现在我从人生方面来说明。

上次所说的普通人对于道德的三点误会，由于他对道德没有认识使然；否则，便不会有这种误会。道德是什么？即是生命的和谐；也就是人生的艺术。所谓生命的和谐，即人生生理心理——知、情、意——的和谐，同时，亦是我的生命与社会其他的人的生命的和谐。所谓人生的艺术，就是会让生命和谐，会做人，做得痛快漂亮。凡是一个人在他生命某一点上，值得旁人看见佩服、点头、崇拜及感动的，就因他在这个地方，生命流露精彩，这与写字、画画、唱戏、作诗、作文等做到好处差不多。不过，在不学之人，其可歌可泣之事，从生命自然而有，并未于此讲求。然在儒家则与普通人不同，他注意讲求人生艺术。儒家圣人让你会要在他整个生活举凡一颦一笑一呼吸之间，都感动佩服，从而他使你的生命受到影响变化。以下再来分疏误会。

说到以拘谨、守规矩为道德，记起我和印度泰戈尔的一段谈话。在民国十三年时，泰戈尔先生到中国来，许多朋友要我与他谈话，我本也有话想同他谈，但因访他的人太多，所以未去。待他将离北平时，徐志摩先生约我去谈，并为我们做翻译。到那里，正值泰戈尔与杨丙辰先生谈宗教问题。杨先生以儒家为宗教，而泰戈尔则说不是的。当时徐先生指着我说：“梁先生是孔子之徒。”泰戈尔说：“我早知道了，很愿听梁先生谈谈儒家道理。”我本无准备，只就他们的话而有所辩明。泰戈尔为什么不认儒家是宗教呢？他以为宗教是在人类生命的深处有其根据的，所以能够影响人。尤其是伟大的宗教，其根于人类生命者愈深不可拔，其影响更大，空间上传播得很广，时间上亦传得很久远，不会被推倒。然而他看儒家似不是这样。仿佛孔子在人伦的方面和人生的各项事情上，讲究得很妥当周到，如父应慈、子应孝、朋友应有信义，以及居处恭、执事敬、与人忠等等，好像一部法典，规定得很完全。这些规定，自然都很妥当，都四平八稳的；可是不免离生命就远了。因为这些规定，要照顾各方，要得乎其中；顾外则遗内，求中则离根。因此泰戈尔判定儒家不算宗教；而很奇怪儒家为什么能在人类社会上与其他各大宗教却有同样长久伟大的势力！我当时答他说："孔子不是宗教是对的；但孔子的道理却不尽在伦理纲常中。伦理纲常是社会一面。"《论语》上说："吾十有五而志于学，三十而立，四十而不惑，五十而知天命，六十而耳顺，七十而从心所欲不逾矩。"所有这一层一层的内容，我们虽不十分明白，但可以看出他说的是自己生活，并未说到社会。又如《论语》上孔子称赞其门弟子颜回的两点："不迁怒，不贰过"，也都是说其个人本身的事情，未曾说到外面。无论自己为学或教人，其着重之点，岂不明白吗？为何单从伦理纲常那外面粗的地方来看孔子呢？这是第一点。还有第二点，孔子不一定要四平八稳，得乎其中。你看孔子说："不得中行而与之，必也狂狷乎！"狂者志气很大，很豪放，不顾外面；狷者狷介，有所不为，对里面很认真；好像各趋一偏，一个左倾，一个右倾，两者相反，都不妥当。然而孔子却认为可以要得，因为中庸不可能，则还是这个好。其所以可取处，即在各自其生命真处发出来，没有什么敷衍迁就。反之，孔子所最不高兴的是乡愿，如谓："乡愿，德之贼也。"又说："过我门而不入我室，我不憾焉者，其唯乡愿乎！"乡愿是什么？即是他没有他自己生命的真力量，而在社会上四面八方却都应付得很好，人家称他是好人。孟子指点得最明白："非之无举也，刺之无刺也，同乎流俗，合乎污世，居之似忠信，行之似廉洁，众皆悦之，自以为是，而不可与人尧舜之道。"那就是说外面难说不妥当，可惜内里缺乏真的。狂狷虽偏，偏虽不好，然而真的就好。——这是孔孟学派的真精神真态度，这与泰戈尔所想象的儒家相差多远啊！泰戈尔听我说过之后，很高兴地说："我长这样大没有听人说过儒家这道理；现在听梁先生的话，心里才明白。"世俗误会拘谨、守规矩为道德，正同泰戈尔的误会差不多。其实那样正难免落归乡愿一途，正恐是德之贼呢！

误以为道德是枯燥没趣味的，或者与误认拘谨守规矩为道德的相连。道德诚然不是放纵浪漫；像平常人所想象的快乐仿佛都在放纵浪漫中，那自然为这里（道德）所无。然如你了解道德是生命的和谐，而非拘谨守规矩之谓，则生命和谐中趣味最深最永。“德者得也”，正谓有得于己，正谓有以自得。自得之乐，无待于外面的什么条件，所以其味永，其味深。我曾说过人生靠趣味，无趣味则人活不下去。活且活不下去，况讲到道德乎？这于道德完全隔膜。明儒王心斋先生有《乐学歌》（可看《明儒学案》），歌曰：“乐是乐此学，学是学此乐，不乐不是学，不学不是乐。”其所指之学，便是道德；当真，不乐就不是道德呀！

道德也不是格外的事。记得梁任公先生、胡适之先生等解释人生道德，喜欢说小我大我的话，以为人生价值要在大我上求，他们好像必须把“我”扩大，才可把道德收进来。这话最不对！含着很多毛病。其实“我”不需扩大，宇宙只是一个“我”，只有在我们精神往下陷落时，宇宙与我才分开。如果我们精神不断向上奋进，生命与宇宙通而为一，实在分不开内外，分不开人家与我。孟子说：“今人乍见孺子将入于井，皆有怵惕恻隐之心。”这时实分不出我与他（孺子）。“我”是无边际的，哪有什么小我大我呢？虽然我们为人类社会着想，或为朋友为大众卖力气，然而均非格外的，等于我身上痒，我要搔一搔而已。

谈乐天知命

古人有许多说话，早先我自以为能领会其意义，其实所领会的极其粗浅。年过八旬后，感受时事环境教训，乃有较深领会于心。此一不同，唯自己心里明白而已，难以语人。今略记之于下；人之领会于吾言者如何，又将视其在人生实践上为深为浅而不同焉。

例如五十年前旧著《东西文化及其哲学》，曾比照"智者不惑，勇者不惧"，指出"仁者不忧"之大可注意，自谓能晓然其意义矣；其实甚浅甚浅。今所悟者乃始与《易·系辞》"乐天知命故不忧"一语若有合焉。乐天知命是根本；仁者不忧根本全在乐天知命。

何谓乐天知命？天命二字宜从孟子所云"莫之为而为者，天也；莫之致而至者，命也"来理解，即：一切是事实的自然演变，没有什么超自然的主宰在支配。自然演变有其规律，吾人有的渐渐知道了，有的还不明白。但一切有定数，非杂乱，非偶然。这好像定命论，实则为机械观与目的观之合一，与柏格森之创化论相近，不相违。吾人生命与宇宙大自然原是浑一通彻无隔碍的，只为有私意便隔碍了。无私意便无隔碍，任天而动，天理流行，那便是乐天知命了。其坦然不忧者在此。然而亦不是没有忧，如云"忧道不忧贫"，其忧也，不碍其乐。忧而不碍其乐者，天理廓然流行无滞故耳。孔子自己说，"其为人也，发愤忘食，乐以忘忧，不知老之将至"，意思可见。孔子又云，"五十而知天命"，殆自言其学养功夫到五十之年自家生命乃息息通于宇宙大生命也。

在平素缺乏学养的我如上所说，不过朦胧地远远望见推度之词。即从如上所见而存有如下信念：一切祸福、荣辱、得失之来完全接受，不疑讶，不骇异，不怨不尤。但所以信念如此者，必在日常生活上有其前提：“战战兢兢，如临深渊，如履薄冰”是也。

临深履薄之教言，闻之久矣。特在信服伍庸伯先生所言反躬慎独之后，意旨更明。然我因一向慷慨担当之豪气（是个人英雄主义，未是无产阶级革命的英雄主义），不能实行。及今乃晓得纵然良知希见苗露，未足以言“戒慎乎其所不睹，恐惧乎其所不闻”，却是敛肃此心，保持如临深履薄的态度是日常生活所必要的。此一新体会也。

信得及一切有定数（但非百分之百），便什么也不贪，什么也不怕了。随感而应，行乎其所当行；过而不留，止乎其所休息。此亦是从临深履薄态度自然而来的结果。

漱注：

一切有定数，但又非百分之百者，盖在智慧高强的人其创造力强也。一般庸俗人大都陷入宿命论中矣。

谈修养

什么是修养？

我们先要问，什么是修养？修养是一种功夫。什么功夫呢？是认识自己，使自己力量增强的功夫。或许可以说，修养是对于生命本身的认识。我们自己是活的人，是生命，要认识自己的生命，认识人类的生命，而使生命之力量增强。我想这便是叫修养。

大家要注意，这种功夫是对生命而下的功夫。如我们办教育也对生命下功夫（小学生是活泼的生命），但教育虽然是对生命的功夫，不过是对旁人用的功夫，而修养是对自己下的功夫。

修养方法

一、要思想上有出路——因为人类是理性的，对中国眼前的社会问题，民族的前途，人类的前途，都要有眼光去认识了解，才算思想上有路子！思想有路子之时，即是有自信的时候！一切有办法，他知道社会的出路、民族的出路何在。

二、要发愿——要发深心大愿，即要有大志愿，由大志愿而有大勇气。发愿为社会民族求出路。如果，你不能发愿，转来转去是一个人的问题，无大志愿，那结果不行！但我们并不是说不必注意自己生计问题。然而我们要知道，很重要的，如果你能为社会服务，社会决不能饿死你。有许多无用青年先求自己出路，结果愈无出路。要占便宜，天下何有许多便宜？苦叫谁吃？最老实的话是为大家服务才有出路，更好的，要忘掉自己问题，只有社会民族问题。

三、要反省——常常要反省。发愿是动，反省是静，要动静交养。反省是很重要的，我们一天所做之事，常要反省一下。我们一天已动念的事而未做，也要反省。批评自己，然后再发愿；有动作，再有反省，再发愿，又反省……总之，要动静交养。

四、有规律的生活——如要有规律的生命，要有日课表，日课表中生活要调匀不偏，工作太多也不好，休息不足也不好，读书多也不好。总之，身心各方面要调匀！

结语

最末，有一句话很重要。是什么？是要“有以自乐”。工作愈重，做事愈多，如果在工作中不能自乐，那真苦死了！要想培养生命更大的力量，要愈工作愈乐！愈做愈有力！别人看他太苦，但在他很好，很乐。非做到“有以自乐”不可！

谈戏剧

我对于戏剧所知甚少，没有什么研究，不过我有我的戏剧观。记得俗语上有两句话，很足以说明戏剧："唱戏的是疯子，看戏的是傻子。"这两句话很好。我虽然不会唱戏，可是在我想，若是在唱戏的时候，没有疯子的味道，大概是不会唱得很好；看戏的不傻，也一定不会看得很好。戏剧最大的特征，即在能使人情绪发扬鼓舞，忘怀一切，别人的讪笑他全不管。有意的忘还不成，连忘的意思都没有，那才真可及于化境了。能入化境，这是人的生命顶活泼的时候。化是什么？化就是生命与宇宙的合一，不分家，没彼此，这真是人生最理想的境界。因此想到我所了解的中国圣人，他们的生命，大概常是可与天地宇宙合一，不分彼此，没有计较之念的。所谓"仁者浑然与物同体"者是。这时心里是廓然大公的，生命是流畅活泼自然自得的，能这个样子便是圣人。由唱戏说到圣人，似乎有些不伦不类，其实其中是有些相通的地方。

人之所以不同于其他动物者，也就是人类的最大长处，即在其头脑能冷静；头脑能冷静才能分别计算，这就是理智。但人类之最大危险亦正在此，即在其心理上易流于阴冷。在人情世故利害得失上易有许多计较，化一切生活为手段，不能当下得到满足。譬如我讲话，假使觉得这是我的职务，不得不如是应付，固然很不好；即使希望大家叫好，而拿讲话作手段，这也是在当下不能满足，而是一个危险。

心眼多、爱计算的人，就惯会化一切生活为手段，他的情绪常是被压抑而不能发扬出来，他的生命常是不活泼的，是阴冷、涩滞的。这个危险常随着人类进化而机会愈多，更容易发现。反过来，譬如野蛮人，他们的生命却常是发扬的，情绪常是冲动的。越文明越是不疯不傻，但也正是一个危险。所以据我推想，戏剧怕是越到将来越需要的，需要它来调剂人的生活，培养人的心情。

在这里我还可以加说一句话——就是礼乐。我所了解中国的礼乐，仿佛就是唱戏，将人都放在戏中去唱大戏，唱完了戏还完全不知道是在唱戏。我对戏剧是看重歌剧，不重话剧。话剧离我所说的意思远，因其理智分数多过于情感分数，情绪发扬之意少，与生活太接近、太现实。我觉得艺术就是离现实远的意思，太现实便无所谓艺术了。戏剧在西洋多话剧，在中国旧日以歌剧为多，其中恐怕也是这个关系——西洋理智发达，中国情感发达。

在我从没有看见过一个满意的戏剧。我对文学艺术之类老用不上心去；可是在我心中常存一个意思，就是觉得这里宝藏着很多有意义的东西，值得欣赏。记得在北京开始提倡戏剧最下力的，是办北京《晨报》的蒲伯英先生，他曾创办一个人艺戏剧专校（后来的山东省立剧院院长王泊生即为他当时的学生）。我常惦记着想去看他们做的究竟如何，希望着他们或会做得好。后来在这学校将停办的前几天，公演一次，我曾去看，剧名《阔人的孝道》，我看后仍是觉得不能满足。还有俄国的旅行剧团到北平，《晨报》很替他们鼓吹，我还找了一个空闲，同张竞生先生去看过一次。剧是歌剧，剧情是描述一件古代皇宫中的故事。看过几幕，我觉得非走不可，因其粗野讨厌得简直不堪入目。我很愿意有暇能到各处看一下，到底有否我心中理想的戏剧。

谈禅宗

自达摩西来，至六祖传心，初无“参公案”“看话头”之说。至黄蘖始教人看话头，至大慧始教人参一则古人公案，其用意皆在把断意识，如斩乱丝，堵截习心妄想，而后生命上庶得一新境界。其法大致将一则无意义的话与你咬定，其起始谓之起疑情，昼里夜里，茶里饭里，行时住时，坐时卧时，静时闹时，只管向内里凝注，不移不摇，如撞墙壁相似，久久撕挨，不知何时磕着碰着，蓦然心华发明，谓之破参。如此过程即所谓参禅。禅宗传心，原无定法，但达摩垂示“外息诸缘，内心无喘，心如墙壁”者至此时却演变出一条轨辙来，若可依循而行。

如上所云只不过如电光石火一般，谓之破初参，嗣后尚大有功夫待做。

漱注：

黄蘗禅师为唐武宗时人，约当公元九世纪。大慧禅师为南宋高宗时人，约当十二世纪。

谈静

儒家、佛家、道家皆要静，皆以静入手。然则何谓静？

如前所云：犹豫之延长为冷静。冷静是在行动之前的，与行动相对待的，不是随顺着一切生物向前有所贪欲，有所探求的那种趋势，而宁逆反着的。此只在人乃有可能。因为只有人从犹豫延长的那种发展中才突变——质变出不为着行动的冷静来。那亦即是突破了本能，达成了理智。

古语云：休心为上，却念为下。佛经云：歇即菩提。大凡生心动念都在有所贪取有所探求。曰休曰歇，其旨皆在静，很明白的。休心所以胜于却念者，以却念又是一念，以念止念其势盖难。尤其要紧的是：与动静相对之静，非真静。真静——绝对之静，非动非静、即动即静者乃是耳。

儒家何以要静？为心静乃明故。明者，明于是非取舍也。是非取舍即行动所由以决定也。《乐记》有云：人生而静，天之性也，感于物而动，性之欲也。……以至其“天理”“人欲”之说，可以代表儒家对于人心人生的认识。公道、正直皆所谓天理，一有所私皆人欲。熊先生书中有“健为静君，仁为寂主”的话，甚好。儒家所贵正是这个寂而仁、静而健的人心。儒者在世间法上所以表见其伟大作用者亦即在此。

然儒家之静亦止于此（他是不绝欲的）。《中庸》所谓“天命之谓性，率性之谓道”，在佛家断不说“天命之谓性”的话。在道家断不说“率性之谓道”的话。儒家只是要成其为人（践形尽性）而已。“天地之性，人为贵”，其所贵者只这人类的人，未尝贵乎超于人之佛或仙也。

道家何以要静？像一般这样的人（俗人）非道家之所贵。他所贵的是其所谓至人、真人、神人等。他要求比一般人类有更高的主动性（主动能力），更少受身外的拘碍束缚。在饮食男女两大问题上，他第一要断欲——男女之欲，在饮食上亦要有很大的伸缩自由。他所要的静似乎更深。他之逆反乎向前有所贪取有所探求的生物趋势更甚（对比儒家说）。

但其实不然。这应从两面看：说更深更甚，是其一面；另一面，儒家之静得之于毋必毋意毋固毋我，是不与动对待的静，又高超圆融过道家。

《参同契》陈致虚注云：顺行而生，生人生物；逆用而成，成佛成仙。又云致虚极，守静笃，精自然化炁，炁自然化神，神自然还虚。（精即男子精液。炁即气。）

佛家何以要静？佛家之静较前两家为彻底。儒家道家皆不过破除分别我执而已，俱生我执未破也。生物之动势（向前有所贪取或探求）本于俱生我执而来。只有佛家才当真破除了这俱生我执，亦即破了这动势的根本。此其所为彻底也。

何谓理性

何谓理性？我们在本书中将逐步来说明它。第一步之说明：理性始于思想或说话。心理学家说："思想是不出声的说话，说话是出声的思想。"这大体是对的，所以二者不需多分别。理性可从人的思想上或说话上启发出来；而人之所以能思想或说话者，亦正源于他的理性。

你愿认出理性何在吗？你可以观察他人或反省自家，当其心气平和空洞无事，旁人说话最能听得入（听觉清楚更且领会其含义），彼此说什么话（商讨一问题）顶容易说得通的时候，那便是一个人有理性之时。所谓理性者，要亦不外吾人平静通达的心理而已。这似乎很浅近，很寻常；然而这实在是宇宙间顶可宝贵的东西！

显然与理性相违反者有二。一是愚蔽（迷信或独断，Dogmatic）——其中有偏执的感情；又是一强暴（粗暴动武）——其中有冲动的感情。实际上不论其程度的强弱，一切偏执或冲动的感情，皆足以妨碍理性。儒书上说，"心有所忿，则不得其正；有所恐惧，则不得其正；有所好乐，则不得其正；有所忧患，则不得其正"。"正"指理性而言，"不得其正"谓失其理性。

孔子的道理与中国的人生

中国的人生无他，只是自得——从自己努力上自得而已；此即其东别于印度，而西异于西洋者。此“自得”二字可以上贯周孔精神，而下逮数千年中国社会无知无识匹夫匹妇之态度，虽有真伪高下浅深久暂千百其层次而无所不可包，此实为一种“艺术的人生”，而我所谓人生第二态度，其所以几于措宗教于不用者，盖为此。

前引冯友兰先生论文，谓中国儒家将古代宗教修正为诗，盖正是以礼乐代宗教耳。在初时，非周公礼乐不能替换宗教；然二三千年来为此一大民族社会文化中心之寄者，则孔子道理也。我们前说，“以偌大民族，以偌大地域，各方风土人情之异，语言之多隔，交通之不便，所以维持树立其文化的统一者，其必有为彼一民族社会所共信共喻涵育生息之一精神中心在；唯以此中心，而后文化推广得出，民族生命扩延得久，异族迭入而先后同化不为碍”，正谓“极高明而道中庸”的孔子之遗教。此中心在那样古代社会照例必然是一个大宗教——中国原来是需要宗教的，但为有了孔子就不需要它。这好比太阳底下不用灯；有灯亦不亮一样。孔子的教训总是指点人回头看自己，在自家本身上用力；唤起人的自省（理性）与自求（意志）。这与宗教之教人舍其自信而信他、弃自力而靠他力恰好相反；亦明明是人类心理发育开展上一高一下两个阶段。却是人们一经这样教训，要再返于那下阶段就难了。所以礼崩乐亡，而中国人总不翻回去请出一个宗教来——不再用灯。散碎的宗教迷信不绝于社会间而总起不来——灯总不亮。中国人自经孔子的教训，就在社会上蔚呈一大异彩，以道德易宗教，或更深切确凿地说，以是非观念易罪福观念。

这好比太阳底下不用灯——儒家独具之精神

儒家独具之精神就在他相信人有理性，而完全信赖人类自己。所谓“是非之心，人皆有之”；什么事该做，什么事不该做，从理性上原自明白。万一不明白，试想一想看，终可明白。因此孔子没有独断的标准给人，而要人自己反省。例如宰我嫌三年丧太久，似乎一周年亦可以了。孔子绝不直斥其非，和婉地问他：“食夫稻，衣夫锦，于汝安乎？”他答曰“安”。便说“汝安则为之。夫君子之居丧，食旨不甘，闻乐不乐，居处不安，故不为也。今汝安，则为之”！说明理由，仍让他自己判断。又如子贡欲去告朔之饩羊，孔子亦只婉叹地说：“赐也！尔爱其羊，我爱其礼！”指出彼此观点，不作断案。儒家极重礼，却可如此随意拿来讨论改作。各大宗教亦莫不各有其礼，而往往因末节一点出入引起凶争惨祸；其固执不通，可骇亦复可笑。此无他，宗教上固是奉行神的教诫，不出于人的制作，其标准为外在的、呆定的、绝对的；而儒家之礼则是人行其自己应行之事，斟酌于人情之所宜，标准不在外而在内，不是呆定的而是活动的。

孔子未尝排斥或批评宗教（这是在当时不免为愚笨之举的），但他实在是宗教最有力的对头敌人，因他专从启发人类理性上作功夫。中国经书在世界一切古代经典中，具有谁莫与比的开明气息，最少不近理的神话。或者为原来就不多，或因为孔子的删订。这样就使得中国人头脑少许多障蔽。到了《论语》，则当时之务为理性的启发，完全可见。他总是指点人回头看自己，指点人去理会事情而在自家身上用力，唤起人的自省与自求。恰恰与宗教之教人舍其自信而信他，弃其自力而靠他力者相反。此在人类心理的发育开展上，明明有高下之分。既进于开明之后，要再退下来甚难。宗教在中国于是再无可能。这好比太阳底下不用灯——其后中国虽礼崩乐亡而总不翻回去请出一个宗教来。有灯亦不亮——散碎的宗教迷信不绝于社会间，而总起不来。

思索与领悟

世界只有两个先觉：佛是走逆着去解脱本能的路的先觉；孔子是走顺着调理本能的路的先觉。（按：此语为四十年前所说，今日看来待酌。）

一九八二年加批：有两个先觉的话见于旧著《东西文化及其哲学》，其所云佛是走逆着去解脱本能的路者尚无误，所云孔子是走顺着调理本能的路一语则未善，应当说：一般动物依从本能生活，心为形役，而人类却有形为心役的可能性，亦即是说，人心是超乎其身的，主宰乎其身的；杀身成仁，舍生取义，全在于此。此是可能的，而非必然，所以可贵。

思索与领悟（选辑之一）

自觉

“自主”有待“自觉”，失去自觉即不自主。

收拢精神而集中于当下意念之萌动，是谓慎。由慎而入于内无己外无人之境，是谓独。阳明先生咏良知诗云：“无声无嗅独知时”者是也。《大学》《中庸》两篇明示此一功夫。此功夫只有在慎独，其他无可用力。——其他的用力均错误。（伊川、晦庵均有此误。）

不偷不肆是谓敬（偷谓苟偷，肆谓放肆）。

理解得修身为本，犹如画龙，既具有其活泼之势，加之以慎独功夫则点睛矣。人必从慎独功夫好学力行中才生出其活泼的真力量来。人孰不视听言动？然却有真伪之分。一般人的视听言动大多不免伪妄，等于未曾视听言动。圣人无他长，只视听言动之一一为真耳。盖人有明德，是能自觉（知）自动（行）的，惜乎一般人顾自蹈牵缠束缚之中，活泼自如的真力量发不出来，一言一动非伪即妄。要得不伪妄，必慎其独。

自觉时而暗弱、时而明强者常人也。孔门学问正在此心之常明。何以能常明不失？则更能觉识得此自觉，非止如常人徒有其与生命俱来的自觉而已。所谓“默而识之”识此也。识得是根本，不失是功夫。孔子称颜回“不贰过”，“有不善，未尝不知，知之未尝复行”。孔子自云“盖有不知之者，我无是也”。此知即自觉之觉知。“知之为知之，不知为不知，是知也”，此第五个“知”字正指内蕴之自觉而言。人心内蕴自觉要明朗，要昭昭然当空四照。

孔子之学全在乎身体力行。孔子之学是实践乎人生大道之学。后之人以教古人虽不得不资借书册文字，却不容泥滞文字，玩弄语句，竟忘其必须还原到具体事物和现实问题上。申言之，即必须反躬从自家生命上来体认古人说的话果何所指。于此，躬行实践其又为体认之本乎？不能切己反求，不能身体力行，辄以浅表妄臆强为生解，安于不知以为知，如荀子所谓其学在口耳数寸之间者则甚无谓。

古之学者为己，今之学者为人。此语在今人殆难得其解。今人念念驰向外去，方且以区区数尺者为己，盖久不知有己矣。吾人浑然与物同体，痛痒之情何所不到，己只是当下痛痒亲切处，非谓此身。切己近里（切问而近思）有以自得，是为学之道也。痛痒不明乃以利他为言，驰骛于外乃以知识相标榜，总是孟子所谓放其心而不知求者，可哀莫大焉。

思索与领悟（选辑之二）

道德

从一切生物所有生活看去，要不外个体生存、种族繁衍两大问题而已。毕生所事，唯在图存而传种于后。

人类生活同样萦回于两大问题是其一面，人类生活卒非两大问题所得而限之者是其又一面。人类生命卒乃根本发生变化，从而突破了两大问题之局限。

人之能自主其行事，来从自觉之明，所以成其自觉自律的道德在此。非此不为真道德。

道德则要人率真行事，只要你一切老实率真，品德自然渐渐提高也。

唯人类得从动物式本能解放出来，为宇宙间唯一能代表生命本性者，斯有率性不率性问题，斯有道德不道德问题焉。

独立思考，表里如一，即求言行独立自主，不惮违俗。缺乏自主独立，此庸俗道德。乡愿，德之贼也。非讲求真道德之所取者。

具有无私的感情是人类之所以伟大之由。

本能活动无不伴有与其相应之感情冲动以俱来。一切伴随本能而与之相应的感情亦皆有所为而发，……则其情谓之私情可也。人类固不能免于此，却不尽然。若求真之心，其求真就是求真，非别有所为者……却与利害得失无涉，我固谓之无私的感情。两种感情有着本质的不同。原初伴随本能恒必因依乎利害得失的感情，一乃廓然转化而现为无私的感情。

内心生活最重要之事例乃在人生之自勉、向上、知耻、力行，不安于退堕。此即人之所不同乎动物独有道德责任之可言者。

道德都是内有觉而外无所为。

道德都不是现成的（不经争取的、自流自发的），但亦不是不自然的，格外造作的。

山东敌后历险

关心我们朋友学生抗敌工作而想加以抚慰鼓励，是我赴华北视察目的之一，前曾经说过。所以这里临末还须交代一下。这就要叙到一幕惊险剧了。

我们的第三政治大队，除第五支队留于豫北工作外，其余由大队长秦亦文君率领开入鲁境。因奉部令归省政府直接指挥，所以大队部即住东里店附近。如前所叙，当我到达东里店，与各方会见的几天（六月一日至六日），便遭敌人围攻。我与秦君等即彼此相失，互寻不见。久之又久，忽然得讯，秦君率部驻于蒙阴的北岱崮，距离我们隐藏之地往北百余里。于是我偕随行诸友，往北去就他。

哪里晓得，秦部五百余人，还有省府其他人员相随，目标过大，又留驻该地达十日之久，已被敌人侦知，派兵三路进击。我往北去就他，我的背后正有敌兵亦同走一路向北前进。我到达该处，秦部已得谍报，敌人拂晓进攻，急须转徙以避之。所以不及多休息，傍晚天黑齐队向西而行。行前，秦君指定秘书公竹川君并警卫队六十名专卫护我，遇必要时，我得另自走。

当天黑齐队时，天已落雨。愈走而雨愈大，山路愈滑。又崎岖坑谷，漆黑无光（用光火恐为敌见），出手不辨五指。前后彼此牵衣而行，不许交言，古所谓衔枚而进。脚下高低深浅，亦不得知。两次有人滑坠涧谷，不知其性命如何。如是走一通夜，雨落一通夜，衣裤淋漓，难于移步，寒透肌骨，既饥且疲。走到天明，举目看看，方知只走出五六里路（人多亦为行慢之一因）。

此时雨落更大，前面有一小村庄，名“对经峪”。大家皆渴求休息。而村小不能容，秦君先请我及随带警备队进村。他们大队再前进不远，进另一小村庄名

“石人坡”的去休息。我们进村，入老百姓家，全不见一人，而屋内衣物食具却未携去，极为惊诧。试问通宵大雨，老百姓为何不在？既出走，为何衣物食具全在？显见得，其为临时惊慌逃去，此地不远必有敌人。我们实在应当马上走开，不应休息，却为饥寒所困，不免耽搁。正在解衣拧干雨水之际，耳边枪声大作，知道不好。我本来骑马，幸未解鞍，赶紧上马向东而逃。——因枪声在西面。

原来敌人在近处一山头，看见我们队伍进村。而我们则以大雨迷蒙，人马疲困，却未见他。所以他们立刻下山，将石人坡包围，四面架起机关枪。大队人马，有的冲出，有的阵亡，有的遭擒。有的藏身屋内，被敌纵火焚毙。事后，我曾派黄君公君等返回调查，掩埋死者，抚慰伤者（隐于老百姓家），得知其详。

就在敌人包围石人坡之时，给我机会逃走。我策马仰登一山头，一个完全没有路径的山头。山颇高，到山顶便入云端，敌人不能见。于是一时逃过了。然而雨仍大，且山高，风又大，不能久停。慢慢寻路下山，见有两三人家，便去觅食烤火。将在解衣烘烤和进食之际，随员报告敌人即至。不得已又出来，隐身于草树茂密之处。举目向远处望去，果见有两路队伍，循两山岭而来。一路在前的，为中国队伍，有我们的大队，亦有其他军队。一路在后的，则为敌兵。看看走近，知非隐身草树所解决，适见老百姓向一山谷逃避，我亦随之。末后，藏在一大山洞内。

洞内先有人在，老弱妇孺为多。我和随行者共六人，入洞时，老百姓指示我们隐于最后，并以我们行装易被认出，解衣衣我，以资掩蔽。此时两军即已开火，枪声，大炮声，最后并有飞机助战，正在我们的山上面。洞内屏息静听，自晨至午，自午至黄昏。黄昏后，枪声渐稀，入夜全停。此时老百姓出而劝我们，离洞他逃。我们始亦愿他去，暗中摸索而出。无奈，两军并未撤离一步，警戒甚严。哨兵于黑暗中有所见，即射击，我们没法可走，只得仍折回洞内。

我们折回洞内，老百姓极不愿意。他们说天明战事完了，敌人必然来洞搜索。我们身上皆佩短枪，不是开火，就是被擒，一定连累他们。但我们实在无处可去。大家无言，昏昏入睡。天尚未明，睁目看时，老百姓已多不知所往。天明，则除我六人外，洞内没有人了。此时战事又作，激烈如昨。洞内无人，便于移动，可以偷望对面山头敌阵。旗帜、敌军官、望远镜、指挥刀，历历在目。过午枪声渐稀，望见敌兵三五自山头而下，不久竟沿路转来洞边，大皮靴声音直从洞口过去。当时同人皆扣枪待放，他如果向洞内望一望，我们便拼了。这是最险的一刹那。

午后约三时顷，战事停。我们出洞来看，两山两军皆已撤退。大家放心，而肚内饥不可耐，差不多两天没吃饭了。只好将洞内老百姓遗留的筐篮锅盆，一一翻检，寻些食物。我们正在大嚼，老百姓却回来了。我们脸上甚不好意思，老百姓倒笑语相慰，并各取出饮食相饷。但他们仍不敢引我们到家，日落时，领我们到二十里外另一个洞去住。

险剧既过，不必接续述下。第三政治大队经此两役，损失大半（秘书主任、秘书、会计被俘身死，其余不计），残部径返鲁西。因为原留有第二支队在鲁西，合起来仍有三百人之数。支持到上年（廿九年）年尾，亦不能存在。我自己，离洞以后，六十名警卫队已寻不见。幸好公秘书竹川相随，他是蒙阴本地人。蒙阴公姓甚多，有“蒙阴县，公一半”之谣。于是我六人随着他，投止于公姓家。从第一个公家，到第二个公家，再到第三个公家……如是一路从蒙阴北境走出蒙阴南境。他送我到较平安地带，即返回家去。却不料不久竟为八路军所错杀，弃尸无头。

初访延安所见

我于廿七年（一九三八年）一月五日由西安往延安去，于二十五日返回西安，往返共三星期。随行者有黎君、邹君两位。车是军用大卡车，无篷。路是军用公路，一切宽度、坡度、转弯角度，均不合于公路规矩。而自西安往北，愈走愈高，缺乏桥梁涵洞，车行危险而且费事。时当严冬，奇冷难支，举目所见，荒凉凄惨。人口之稀少，地方之穷苦，一望而知，可不待问。而愈问愈惊，多有出人意表者。

所谓陕甘宁边区者，闻其代主席张国焘（主席为林祖涵先生）言之，共有廿一个县又半。人口是九十余万，而实只五十余万（张言如此）。即平均一县两万多人，岂不奇怪。愈荒即愈苦，其苦自不待言。许多游记笔记，于那里生活情况，各有记述，亦不必详及。我只证言约近四年前的延安确是苦（后来亦许不同）。

然而在极苦的物质环境中，那里的气象确是活泼，精神确是发扬。政府、党部、机关、学校都是散在城外四郊，傍山掘洞穴以成。满街满谷，除乡下人外，男男女女皆穿制服的，稀见长袍与洋装。人都很忙！无悠闲雅静之意。军队皆开赴前方，只有些保安队。所见那些制服的人，多数为学生。

学校似有六处，所谓抗日军政大学、陕北公学、马列主义学校（简称党校）、鲁迅师范、摩托学校（机械学校），如是等等。花样新鲜，趣味丰富。内容组织、课程科目、教学方法、生活上各种安排，值得欣赏之点甚多。自然其中鲁莽灭裂，肤浅可笑者亦正不少。这是大胆创造时，所不能免，不足深怪。并且事实上证明，他们是成功的。因为许多学生来自北平、天津、上海、南洋等处，现在的起居饮食，比了从前不知苦多少倍，而求学兴趣转胜，一般身体并不见差，不是成功吗？[①]

一般看去，各项人等，生活水准都差不多，没有享受优厚的人，是一种好的风气。人人喜欢研究，喜欢学习，不仅学生。或者说人人都像学生。这又是一种好的风气。爱唱歌，爱开会，亦是他们的一种风气。天色微明，从被窝中坐起，便口中哼啊抑扬，此唱彼和，仿佛一切劳苦都由此而忘却！人与人之间情趣增加，精神上互为感召流通。——凡此印象，我脑中尚存留，但不知今日延安尚保持得否？

政府党部及司法机关，皆曾参观。边区政府亦分民财教建四厅。县政府则有两个：一个是边区所属的，一个是自省政府来的。法院院长为广西雷君，据谈他们的法律大半遵照国民政府，而亦有自己撰作的。还有一种露天开会的审判，最为特别（偶一行之）。监狱内亦有可记之处，惜记忆不清。

共党人物多半会见。唯军事领袖朱、彭、刘、贺、林诸位不在延安，未见到。又惜未多住些时，谋与乡民接近，借知其所感受者如何。

关于边区的民主政制，从条文及传说中曾得其略。上自政府主席，下至村乡长，都是选举出来的。并且各级都有议会。手边无材料可资叙述，暂亦不愿随便批评。虽然是一个要紧问题，却从略了。

---

①关于这些教育（或称训练），我本嘱随行的友人考察记录，不过材料不在手边，只好从略。但我为使上面的话不落空，为使大家深切予以注意起见，我特指出那学生生活的苦况。吃饭总是吃小米饭，没有调换，菜只一样，萝卜汤，有点盐，没有油，滋养二字，不能谈。睡在窑洞内，空气光线皆不足，而且潮湿，又是人与人挤拢一起，铺位分不开，跳蚤虱子纵横无法清除。最苦不堪的，是早起没有洗脸水，因为担水上山来不易，水都冻冰，要柴来烧，而柴是贵的。所以一盆水，第一个人洗过，第二人洗，第二人洗过，第三人洗，第三人洗过，第四人洗，如此，洗到七八个人才算完。这种情形，卫生二字向谁讲？我留延安半月以上，随我去的邹君参加到他们学生队中，故知之详且确，没有虚假，奇怪的是身体并不见差（面色不见黄瘦难看），兴趣都很好！这不是一种成功吗？——漱注

统一与民主——现代中国政治的两大问题

我四十年来皆为中国政治问题所苦恼，亦不断用心。有些见解自认已经成熟。今用平实的话说出来，给予大家参考，好瞭望出一条出路。

中国政治问题有二：一、统一问题；二、民主问题。所谓中国政治问题乃指现代中国政治问题而言。比如统一问题原是老问题，即历史上曾有不统一之问题。目前我们所研究的却不是那个老问题，乃是指中西交通、大变革之后的统一问题。此变革乃不可避免的。今天所讲的就是指出如何在变中去求统一的问题，亦可以说是由于第二问题——民主问题所引起者。自晚清辛亥革命以来，中国即陷于不统一。此种不统一即是由于民主问题所引起。今天的不统一，乃是其势不能仍在古老的统一去统一；而是必须民主的统一。因此就加重了统一的困难。我们有时感慨地说：只要统一就好了，不管它民主不民主。但有时又说：这种统一我们不要。我们要的乃是民主的统一。于此可见这显然是两种不同的要求。

有没有第三种要求呢？没有。比如工业化是新中国的要求，但不是政治问题。政治问题只有统一与民主两个问题。除此以外，再没有新鲜的、独立的问题。为什么呢？因为政治不外乎权——权利、权力的问题。统一是代表权的一方向；民主则是代表权的另一方向；再没有第三个方向。

统一与民主哪一个问题更要紧呢？此一问显然是不必要的。有时我们强烈地要求统一，有时我们又强烈地要求民主。此是从主观上说。事实上我们不能判定说谁要紧谁不要紧。大约主观上强烈的要求，亦即客观上最急切的需要。不过，民主只能在统一中求得，统一可能离开民主，民主却离不开统一。四分五裂，谈不上民主。从这点说，统一高过民主。即是统一第一，民主第二。但这话并不是说要先做到了统一，再去做到民主。我们说那两句话的意思正是表明民主与统一之不可分；而不是说这两者可以分为两个步骤去完成。我们研究时把统一与民主分作两回事，但后来可能只是一个问题。

答政府见召书

请转呈：

（上略）今被征召，岂复有意再辞。第以漱从来之所见，宪政可以为远图，而非所谓急务；使预筹备之役，直觉与夙怀相谬。关于此层，只须问之雪艇先生（王世杰）便可取证，二十八年（一九三九年）秋末，漱从诸同人之后，有“统一建国同志会”之组织。十一月廿九日晋谒最高当局陈述其事，雪艇、岳军（张群）两先生同在座。事毕，附雪艇先生车回青年会寓所。雪公于车中问曰：此当是一政党邪？漱答曰：否。此固不足以言政党；抑我根本反对在既成政党外，再添多一个竞争单位。欧美式宪政不合中国需要，平时为然，战时尤然，战时为然，战后亦然。吾人志在求得全国团结，党派合作；其为此组织，盖所以形成一推动力而已。标名“统一建国”其命意亦即可见，此一段谈话，雪公或不遽忘之也。

然鄙意所存，雪公实不了然。较为了解者，唯岳军先生。其时正当参政会上通过早施宪政案之后，宪政运动一时遍满市衢。而漱则方自华北游击区目睹党派交恶短兵相接之实况而归来，曾访岳军先生长谈两句钟。愚谓宪政在此时，实属“文不对题”，岳军大以为然，若深有同感者。愚又亟言，今日莫急于团结统一，然非将全国军队统一于国家，不足以举国家统一之实。其实行又必自军队脱离党派关系始，此则必须先解决党派问题。因陈其综合各党，成立大国民党之计划（此计划于二十七年[一九三八年]十二月曾为文论之，格于审查未得发表，经叶楚伧、刘百闵二公退还作者），当时岳公虽笑我之迂，而于区区之诚则似有喻焉（事隔两年之后，三十年[一九四一年]三月四日岳公访我于特园，犹及往日谈话，而致其许可勉励，足见注意不忘）。

此外则时常见面如沈衡老，如左舜生、张申府诸兄，更莫不知漱之固执己见者。盖诸公所为宪政座谈会、宪政协进会，漱皆谢不参加也。夫漱非敢立异于时贤也，距今十年前（民国廿三年[一九三四年]）立法院表宪草，征集意见；其时天津《大公报》初辟星期论文栏，漱既为文论之矣。其标题便是《我们尚不到有宪法成功的时候》。窃抱此见地，至今殆积十有五年以上。如此大事，苟同且不敢，苟异更不敢。特虑之已熟，见之甚审，进止之间自有定耳。根据上述诸事实，则漱今日不应此次之征，其亦可邀谅矣乎！

劝我应征者，将必曰：予以宪政期之未来，今政府固亦取渐进；夫何相谬之有？斯言甚善；愚蕲望如此，第恐未必然耳。请就往事论之。当年宪政之议，漱固不愿苟同于时贤；然诸贤之出于此，必有所为则决然也。于此，漱实又不胜其同情。方抗战之初国内颇有团结气象。顾自南京弃守而武汉，武汉弃守而入川，国土日蹙，国人之不相能也乃亦日甚。前所云游击区之实况者，即其一方面。其在大后方，则执政党对于党外之压制，转迫转紧，浸至无所不用其极。人不入党，几不得以自存；言不希旨，绝难宣之于笔口。盖无互竞对抗之武力存在，自又别是一番景况也。如漱溟者正同处此境地，而身受其苦之一人。凡各方之纷纷吁求宪政者，殆有若痛极而呼耳，漱宁有不同情者。试检当时各提案原文大抵诉苦陈情之词多，而坚执宪政积极发挥者少。其单提直指，以即开国民大会颁定宪法为请者，唯执政党参政员七十余公（以孔庚领衔）之一提案耳。计提案有七，此为最后提出，政府决策，因此可见。愚深感失望矣。愚敢信：政府若自始为渐进于宪政之措施，而非悖乎其方向者，此纷纷之议可不发生。及其发生，而能相见以诚，有所矫正，亦可不烦言而解。乃于此际，竟漫然许之。即其漫然许之，其卒必又收回成命，早可预决。所谓政府之将渐进于宪政者，吾窃未之见也。

五六年来，民有痛痒务掩之，士有气节必摧之，政之为政，党之为党，如此而已。至于今日，民心士气消沉极矣！以此而曰，胜利可求，将谁欺？欺天乎！若知恃强逞霸之不可以为政，而翻然改图焉；则民族之幸，谁不额手。古人忠恕之道，今人民主之义，一分行之，一分实效，感应至神，不言而信；不必以宪政为号召也。民主之与宪政，颇若相类，而不可以无辨。宪政较为具体，往往落于形式。而今日所急，在精神不在形式。宪政虽为远图，而民主精神则为眼前所切需。此三年来漱及同人所以揭“实践民主精神”为要求也（见民主政团同盟纲领第二条）。言宪政必备其条件，是以有筹备宪政之说，至于民主精神，何所求备于外；古人所谓“我欲仁斯仁至矣”。政府诚有取于民主精神，政府自实践之，何用许多人来筹备。不此之务，日日为言说，层叠开会议。腾之笔口，涂饰耳目。诚恐益失国内外之望；爱政府爱国家者不为也。

鄙言至此，可作一总结：实施宪政，非所愿闻；践行民主，宁待筹备。昔人有云“为政不在多言，顾力行如何耳”。此言在今日，弥感亲切。漱不赴征，诚自顾无所取，非怀挟异见，自外于抗战之政府也。知我罪我，是在诸公。倘不以为不可教，而卒教之，固所厚幸！

（右书三十二年十月八日桂林发邮）

国庆日的一篇老实话

去年今日开国盛典，我还在四川北碚；今年我却在北京了。我是今年元旦离川来京的。自到京那一天，直到现在，我都在观察、体会、领略这开国气象。尤其是从四月初间到最后九月半，我参观访问了山东、平原、河南各省和东北各省地方，亲眼看见许多新气象，使我不由暗自点头承认：这确是一新中国的开始！

我虽在许多老前辈面前，还是一个年轻人，然而当一九一一年革命时，却亦是其中小卒之一了。不管如何渺小，那次革命我曾尽一份心力。所以过去每当双十国庆，我是感觉有意味的。而这次解放战争呢，我却没有参加。从一九四六年秋到一九四九年冬，我一直闭户不出。而且当中共中央和许多民主党派号召开新政协，我还写信给毛主席和周恩来先生声明我不来。（注：信是一九四九年一月从重庆托人带出，声明我对于国事将只发言而不行动，请恕我不能来。）就为此，所以去年今日我没在京。说老实话，对于今天这新的国庆日，假如不是事后有所体认，那在我心中将不起什么兴味。

今天的国庆日，我的确感到心中起劲，因为我体认到中国民族一新生命确在开始了。究竟在哪些事情上使我有此体认？可喜的新气象到处可见，具体事例数说不完。特别是在外省比在北京多，在农工百业上比在政治上多。五个月游历的见闻和感想，我将写《中国建国问题》一书以就正于国人，这里不多说。这里我只说那最基本的。

最基本的就是我看见许许多多人简直是死了，现在又竟活起来。这话怎么说呢？过去我满眼看见的都是些死人。所谓“行尸走肉”，其身未死，其心已死。

大多数是混饭吃，混一天算一天，其他好歹不管。本来要管亦管不了，他们原是被人管的。而那些管人的人呢，把持国事，油腔滑调，言不由衷，好话说尽，坏事做尽——其坏事做尽，正为其好话说尽。可怕的莫过言不由衷，恬不知耻；其心死绝就在这里。全国在他们领导下，怎不被拖向死途！今天不然了。我走到各处都可以看见不少人站在各自岗位上正经干，很起劲地干，乃至彼此互相鼓励着干，有组织配合地干。大家心思聪明都用在正经地方。在工人就技艺日进，创造发明层出不穷。在农民则散漫了数千年，居然亦能组织得很好。这不是活起来，是什么？由死到活，起死回生，不能不归功共产党的领导。共产党大心大愿，会组织，有办法，这是人都晓得的。但我发现他们的不同处，是话不一定拣好的说，事情却能拣好的做。“言不由衷”的那种死症，在他们比较少。他们不要假面子，而想干真事儿。所以不护短，不掩饰，错了就改。有痛有痒，好恶真切，这便是唯一生机所在。从这一点生机扩大起来，就有今天广大局面中的新鲜活气，并将以开出今后无尽的前途。

真有信心的人，用不着夸大其词做什么“好文章”。只这篇起码的老实话，我以为在庆祝今天国庆上足够了。

孔子真面目将于何求？

今天得来到贵校演讲，鄙人觉得非常荣幸。所要谈的题目是“孔子真面目将于何求？”。今天只能说到哪里去找孔子的真面目，至于孔子的真面目是什么，不是今天所能讨论的。我们要讲明到哪里去求，不可不先晓得“取材”和“方法”这两个条件，先说明了这两个条件，然后再论及孔子的真面目到底往什么地方求去。

（一）取材 中国的书籍，真是“浩如烟海”。在这“浩如烟海”的书籍里，关于孔家的也多至不可数量。打算寻出一个头绪来，实属困难。现在只好就孔子手定的六经来讲，但是学者对于六经，尚有如“今古文”的争论，迄今无有定局。我们现在要研究他，也只好以争论较少的书为凭。如此我们的取材，可以分作两样：

（甲）严格狭窄的取材：六经中比较着少有问题的是《论语》和《易经》；但《易经》的《系辞传》是否为孔子写的，也不能确定；所以最少有问题的，就是《论语》了。《论语》里虽也有假托的，如孔子对子路谈“六言六蔽”，然而大部分还靠得住。

（乙）宽泛的取材：不但那些假托的书籍中可以取材，那些先后各学派的书籍中也可以；至取材以通俗一般人对于孔子的见解，亦可作为研究的材料。他们所说的，不一定是对的；就是错了，我们可以问，到底为什么单错到这边来而不错到那边去？这是很可研究的。譬如一般人以孔家为迂缓或文弱，这必定有个缘故。他们的见解，虽然不对，但是可以指给我们一个大概的方向，让我们不往别的方向去寻孔子。我们所找得的结果，不一定就是迂缓或文弱，然而可以给那错看孔子的人说出一个缘故来。如不能说明这个缘故，那末，我们所得的结果，仍非其根本精神所在处。

（二）方法　孔子所谈论的问题是很实际的。他拿生活的事实来讲授给人；他的每一句话，都可以代其一件生活的事实。我们讲孔子，不应只在文字上求，文字不过是代表观念的符号。譬如“仁”“慎独”……全是代表观念的符号。后人则仅在这种话头上转来转去；虽然也能说出一点意思来，不过是极其“恍兮惚兮”“迷离惝恍”的。我们要揭去符号的皮壳，找到它所代表的事实，好知道这究竟是指着什么说的，让那件事实灼然可见。这样，全不必引用书中的名言词句，也就可以明白了。如此，才有了根据，使我们可以开辟新的意思，可以继续着寻求。

凭借以上所说的取材和方法，我们现在来问：孔子的学问究竟是什么东西？从《论语》上所找来的结果：孔子所谓学问，是自己的生活，《论语》上说：

子曰：吾十有五而志于学，三十而立，四十而不惑，五十而知天命，六十而耳顺，七十而从心所欲不逾矩。

我们不必瞎猜：“所学”，“而立”，“不惑”……这些名词的内容，究竟是指什么说的，我们现在通通的不知道。但是我们所能知道的，从孔子的幼年以至于老，无论是“不惑”“知天命”“耳顺”……都是说他的生活。他所谓学问，就是他的生活。他一生用力之所在，没在旁处，只在他的生活上。我们可以再从《论语》里，说两个佐证：

哀公问，弟子孰为好学。孔子对曰：“有颜回者好学，不迁怒，不贰过，不幸短命死矣！今也则亡，未闻好学者也。”

木匠的好学生当然是善做木工了。画匠的好学生当然是善画了。至于孔子的好学生，到底是会干什么呢？颜回是孔子顶好的学生，而他所以值得孔子的夸奖和赞叹，就在这“不迁怒，不贰过”的两点上。我们在这两点上，也不敢乱讲，说是什么意思。但是的确知道，孔子是指着颜回如此的生活，而夸奖而赞叹的。再看第二个佐证：

子曰：回也，其心三月不违仁。其余则日月至焉而已矣。

颜回顶大的本领，是“其心三月不违仁”。到底“不违仁”这个符号是怎讲，我们现在也无从知道；但是孔子所说的系指颜回的生活，这个符号，就是代表生活，是可以断言的。

从此可知孔子自己的学问是生活；他的学生所以值得他赞叹，也是因为生活。根据这个结果，我们有以下的讨论：

（甲）我们将大方向已经确定了：就是知道孔子和他的学生一生所着力的是在生活上，我们就应当从生活上求孔子的真面目。若对于他的生活，能彻底的了解；对于他的面目，自然就认识了。认识了他的面目，然后才可去谈他的其他学问。

（乙）我们从此可以证明出来，在孔子主要的只有他老老实实的生活，没有别的学问。说他的学问是知识、技能、艺术或其他，都不对的，因为他没想发明许[多]理论供给人听。比较着可以说是哲学，但哲学也仅是他生活中的副产物。所以本着哲学的意思去讲孔子，准讲不到孔子的真面目上去。因为他的道理，是在他的生活上，不了解他的生活，怎能了解他的理呢?

（丙）平常人主张孔子的，攻击孔子的，多讲“三纲五常”，以为这就是孔子的精神所在，其实这原是与孔子的真面目不大相干的。“三纲五常”是否为孔子的东西，我们无从知道。这些东西，全是属于社会方面的。若所谓“不惑”“知天命”等等，只是他个人的生活，并未曾说到社会。即认“三纲五常”是孔子的东西，那也是由他生活上发出来而展布于社会的。所以打算主张孔子，或攻击孔子，要根本地着眼在他的生活上才是；若仅主张或攻击“三纲五常”，就不对了，那也是主张攻击到旁处去了，断没论到孔子的根本精神上。

（丁）新经学家如廖平、康有为辈，都以《礼运》上的“小康”“大同”来主张孔子。《礼运》是否为孔子所作，本已可疑；即认定为孔子的东西，也不过是社会政治的几方面，那也讲到旁处去了。只有去讲孔子一生着力所在的——生活——那才是讲孔子。若对于他的根本的学问没有了解，讲旁的，有什么相干？

（戊）证明胡适之先生《中国哲学史大纲》里面一条的不对：胡先生以为《学》《庸》应在孟、荀之前，因为“儒家到了《大学》《中庸》时代，已从外务的儒学进入内观的儒学。那些最早的儒家只注重实际的伦理和政治，只注重礼乐仪节，不讲究心理的内观”。然而试看孔子的生活和“回也，其心三月不违仁”，那不是心理的内观吗（用“内观”二字我本不赞成）？所谓“不迁怒”“不贰过”，更全是内心的生活；若说是“外务”，那便大错了。孔子自己说：“默而识之，学而不厌”，要先“默”，才去“学”，这岂是“只注重礼乐仪节”呢？

我们所能晓得孔子的，主要的是他的生活。从书中找他讲论生活的地方，又只有到《论语》里去找。但是《论语》一书不同于《孟子》。孟子好辩，有长篇大论的文章容易观察出他的精神所在。《论语》只是零零散散的话语凑合成的，打算找孔子的特色，非得费一番整理的工夫不可。我们什么时候能将散乱的《论语》一条一条地整理出来，然后拿一个最重要的条件，贯穿全部，就算得孔子了。例如：

古者言之不出，耻躬之不逮也。

君子欲讷于言，而敏于行。

仁者其言也切。

子贡问君子。子曰：“先行其言，而后从之。”

君子耻其言而过其行。

其言之不怍，则为之也难。

巧言令色，鲜矣仁。

刚毅木讷，近仁。

以上这些话，可以归作一条去研究，即是说当作一个态度去研究。我们所归纳出的态度是：不要讲许多好话，只要实实在在地按着所讲的去实行在自己的生活里就够了。

再将别的一类的话，用同样的方法，归并成一条一条的，作为一个态度一个态度的去研究。这样，全部散碎的《论语》，只有几条，那时便容易下手研究了。

现在将孔子的生活的态度，举几条作例，给大家看：

（子）最昭著最显明的生活，就是“乐”。试看孔子自己怎样表明他生活的“乐”：

子曰：学而时习之，不亦说乎？有朋自远方来，不亦乐乎？人不知而不愠，不亦君子乎？

单从这几句话里，我们可以看出他的生活是何等舒畅自得！

叶公问孔子于子路，子路不对。子曰：“汝奚不曰：其为人也，发愤忘食，乐以忘忧，不知老之将至云尔。”

这可以见出孔子里边的那种乐趣，畅快，力量，是非常之大的了。

子曰：“贤哉回也！一箪食，一瓢饮，在陋巷，人不堪其忧，回也不改其乐，贤哉回也！”

孔子自己的生活是如此的乐，他顶好的弟子的生活，也是如此的乐。这“乐”字在《论语》里是常见的，并且没有一个“苦”字。

子曰：“君子道者三，我无能焉：仁者不忧，知者不惑，勇者不惧。”子贡曰：“夫子自道也。”

他的弟子子贡承认他是能这样做的，所以说“夫子自道”。“知”与“惑”，“勇”与“惧”，“仁”与“忧”，都是对待的字。孔子说“仁者不忧”。到底仁者是怎样的呢？仁者就是“不忧”的人。反过来说忧者就是不仁了。要打算做仁者必得要不忧，不忧就是乐了。所以也可说，仁者就是乐的。更有许多话可引的，如：

知之者不如好之者，好之者不如乐之者。

知者乐水，仁者乐山……知者乐，仁者寿。

默而识之，学而不厌，诲人不倦。

饭疏食饮水，曲肱而枕之，乐亦在其中矣。

看他这般的乐，不厌、不倦，无时无地不是乐的，“乐”真是他生活中最昭著的色彩呵！此外还有一个最有关系的例：

君子坦荡荡，小人长戚戚。

荡荡戚戚，都是生活的情状。这仿佛在伦理上的君子小人，也因此有了分别。以前所举的例，只是自己生活的情状；现在生活上的苦乐，却和伦理的善恶连到一块了。乐与善有关系，苦与恶也有关系。那么，设如人要不乐，就不免有做小人的可能。

（丑）孔子生活上最昭著的色彩是“乐”，最重要的观念，就是“仁”了。有人查过，《论语》内见“仁”字，凡一百零五次，专讲“仁”的，就有五十八章。从此也可看出“仁”字，是个最重要的观念了。

（寅）讷于言而敏于行。（见前）

（卯）不迁怒。

（辰）不贰过。

（巳）反对功利。如“君子放于利而行，多怨”；“君子喻于义，小人喻于利”等。

（午）礼乐。

（未）反对刑法。如“为政以德……”“道之以政，齐之以刑，民免而无耻。道之以德，齐之以礼，有耻且格”等。

（申）天命。如“不知命无以为君子”，“五十而知天命”，“乐天知命故无忧”……

（酉）孝弟。如“孝弟也者，其为仁之本与？”……

以上各项不能一一详说，不过举个例罢了。

我们要寻出一条道理来，试着去贯穿以上的各项，如能通盘串起，那么这条道理便可以说是孔子的真面目。如果寻出的道理不能完全串起，便当放下它再去寻求。循着这个方向走才能说是正当的路。至于所得的如何现下不及备说了。

十二、十一、二十五

敬答一切爱护我的朋友，我将这样地参加批孔运动

从批孔运动发动以来，好多朋友因我自称保留不同意见，而没有积极参加，为我担心，怕我犯重大错误，忠言劝勉，十分可感。今写此文，敬答厚爱。先从我没有参加运动说起，然后再说我将怎样地参加。

我个性很强，遇到问题要独立思考，以自觉自愿行之，所以初时没有随群众参加运动。个性很强，既有其生来的一面，亦有其后天环境条件造成的一面。父母钟爱幼子，我自幼行动任性。突出的例子，如我十六七岁就想出家学佛，一直不放弃此念，直到二十九岁。此一动念不是受了什么人指教，而是自己思想上认为人生只有苦恼，只有麻烦，不值得生活。虽违亲长之意而不肯改。自己寻求佛典来看，暗中摸索，看不懂，亦要看。又如清末读中学时，便参加当时的宪政运动，又转而参加辛亥革命。父亲虽教我维新爱国、救国，但于革命则不同意，然而他已无可奈何了。因父亲主张维新，所以没有叫我念四书五经。既没有受旧式传统教育，而清末新兴的学校教育，我所受到的亦很浅，仅到中学而止。因此我没有被动地灌输许多书本知识，给我头脑加重负担，而容我头脑自由活动，发挥它的活力。这是一生最幸运的事。八十年来我一生行事，总是自己主动，不是被动。一生中许多事情是独自创发，不是步人后尘。例如我搞乡村建设运动十年，虽赖许多朋友合作，渐渐得各方广泛响应，而风气总是我开的。又如民主同盟组织的出现，固然没有各方面参加赞助不会有成，但从开头发起，以至后来成立宣言和十大纲领，都是由我执笔。特别是抗日战争中。我取得蒋方军委会和延安两方同意，带领几个朋友，去华北华东游击区域视察，鼓舞抗日，共走了六

个省份，八个月之久。不是有“一不怕苦，二不怕死”的话吗？我若怕苦怕死，是不会去那个艰苦危险地带的。总之，我的一生，是主动的一生。一九五〇年“五一”节，在天安门城楼上我看见当时无党派人士联名向毛主席献旗，旗上写着：“我们永远跟着你走！”我那时心里想：从我口里是说不出这话来的。

正为我从来个性如此，所以批孔运动起来，我不理解，我不同意，但我想这是一政治运动，必然有其必要，我尊重领导，绝不能做妨碍的事。我不说话好了。同意的话在我口里说不出来。以上就是说明我所以没有参加批孔运动。

以下说明现在我将怎样地参加批孔运动。

由于好多朋友劝勉的殷切和细细想《红旗》二期短评中“这不是个学术问题而是个政治问题”的指点，我决定在原计划写《今天我们应当如何评价孔子》一文之作，另写一文来参加批孔运动[①]。前后两文写法不同。其不同如下：

前篇是站在今天立场评价孔子，一分为二，亦含有批判在内；后一篇则从当前政治上的需要，专批儒书流传在过去二千多年历史上起的不良影响，特别是在当前社会主义革命和社会主义建设上有碍作用；说话偏于一面。

前一篇为了评价孔子，就要谈到孔子当时的阶级立场问题，从而不能不涉及当时究竟是个什么社会。而这个社会发展史问题正是聚讼已久的，文中虽不能多谈，但自己有意见不能不说。因此前篇提出奴隶制社会在中国大有疑问的意见。但孔子当时是处在阶级社会是没有疑问的。是否封建社会呢？它也不同于欧洲日本的封建社会。像这样地涉及学术的研究分析，后一篇完全避开不谈。——这是前后两篇写法不同的一例。

后篇是以批判儒书中常见的许多言词为主。那些语言教训每每妨碍或缓和阶级斗争，在过去既不利于中国社会进步，在今天更为有碍，必须扫除。像所谓“中庸之道”，一般均理解为折中主义，不斗争而调和，即其一例。然而细审原书“天下国家可均也，爵禄可辞也，白刃可蹈也，中庸不可能也”和“极高明而道中庸”的话，见得中庸不是浮浅的事，不是折中调和的意思。听说陈伯达曾用辩证观点或辩证法来解释中庸，完全是附会胡说。毛主席一九五六年十二月十二日有反对折中主义一文，指出貌似辩证法的折中主义有五个特征，都是要不得的。

①今不见有此文稿；似未写出。

究竟当初儒家说的中庸何所指，我们不必管它；若细究起来，便进入学术研究去了，不属后篇的事。——如此之类，就是后篇不同于前篇之处。

顺便附带说，在前篇亦没有谈这个中庸问题。因我自己还不够谈这个问题。它所指的具体事实，是人生生活上的具体事实，不是抽象的思想，不是哲学。哲学，只是古希腊人好讲的，在古中国古印度原都没有哲学。印度哲学只是印度宗教生活的副产物。其意原不在讲哲学。中国古儒家亦不想讲哲学，而是在指点人生实践。所谓中国儒家哲学只是其道德生活的副产物。我对于儒家或佛家都还是门外汉。我只在门口向里面望一望，望见里面很深远广大，内容很丰富，却没有走进门去。就是说，我缺乏实践。我如果有实践功夫，有较深厚的涵养，那表现出来的将早不像现在这样了。我是个凡夫俗子，一个平常人，对于那“极高明而道中庸”的“中庸”，是远远不够谈它的。因此在前一篇内亦就没有谈。

成都诸葛武侯祠拜谒志感

中国历史悠久，往圣先贤曷可胜数，而吾所深爱则蜀汉诸葛公其人也。世俗传说恒在公之多谋善断，乃至种种制造之工巧，殊不知公之所大不可及者，乃在虚怀纳谏，勤求己过，唯谦唯谨，感人至深也。其事例试读公遗集不既征见一斑乎。

回忆一九三七年五月，吾初次入川，即趋成都造谒公祠堂，伏地叩拜，欣偿夙愿焉，计其时吾年四十有四，而今九十有三，追忆往事前尘，盖忽忽五十年于兹矣。

一九八六年九月梁漱溟识于北京

第五辑

求学与不老

《论语》决不可不读——蒋著《十三经概论》读后特志

从同学王星贤借得蒋伯潜著《十三经概论》翻阅至再，获益良多。我少时未曾诵习四书五经，由小学而中学，所学者一些教科书而已，唯《春秋》《左氏传》，有少许在中学时曾闻讲授。若旧日读书人所必读之《论语》《孟子》，在我只自己数取来阅览之，幸其间少艰僻文字，自己可以大致通晓，遇有某些文字虽不晓其音读，而贯串上下文亦可晓其意旨。然既未上口成诵，自己行文欲加征引恒须检索之劳。至若《诗经》《书经》则更安于不求甚解，未曾用心寻绎。我之谫陋如此，世人不知也。今得蒋著填补了我所必需的某些知识，自尔欣喜不胜。

我更须指出，蒋著实有极好极大贡献于现时的绝大多数知识分子。现时除极少数专治古籍的学者外，一般知识分子的精力要用于学外语和各科常识，其中少数或且进修某一专科学问，固皆不暇一读古书，但我以为其他古书尽可置之不读，而作为一个中国知识分子却于《论语》决不可不读，然而通用之《论语》版本又存在许多错误乃至极其荒谬处。蒋著于此，既资借前人研究，又出于他自己卓识，加以判别抉择，多有昭示，俾我们避免陷于错误，不自觉知；抑或节省了我们许多思辨之劳。我赞其为功非小者在此。

读新版李氏《焚书》《续焚书》

一九七四年中华书局新印出李卓吾《焚书》《续焚书》，顷者偶得展读，有些感想分条记之如次：

一、新版有可赞赏者两点。勤于增补，内容丰足，一也。原著多有迷信唯心主义不合时宜之言论，不为删汰，并存其真，二也。

二、李氏言论既因时势需要而被推奖，大为今时人所注意，其人才品学问如何，试以我所见一为评价，用供参考。（用供后人参考而已，无意即时发表。）

三、吾意卓吾才品自是卓越不群，古今之所稀见。第若衡论其学问则显然不足取。这里所说的学问，即彼一生所宗仰的佛、孔、老古东方三家之学。

四、卓吾之品绝高，其才绝奇。其品其才，都见出他一生表现都植根在人类生命深处——从人类生命深处发射出来的光芒。在他当时的人们虽远不及他，但究竟同样都是人，而人心有同然，他的才品自会唤起人们极大注意和同情以至心理上的共鸣。不过同时另一面因为他品高才奇偏远乎一般，又不免为俗情所不容，而受到歧视和排斥。特别是他具有革命精神，不能为统治阶级所容许。

五、因他矫然不附和儒士俗流，好像菲薄孔子，如其所云自汉代以来千数百年“咸以孔子之是非为是非，故未尝有是非”者，遂为今天革命家所欣赏。其实我们应当知道：孔子曾未示人以固定之是非——曾未以固定之是非示教于人。《论语》中所说：“子绝四：毋意，毋必，毋固，毋我。”又曰：“我则无可无不可。”孟子——善学孔子者——要人“由仁义行”而不要“行仁义”。行仁义者，规定一条是非准则而循行之，有如后儒“三纲五常”之教者，原非孔孟之所取也。五十多年前我在旧著《东西文化及其哲学》一书中讲到“孔子之不认定态度”一段话，可参看。今天不善学马克思主义者，不有所斥为教条主义、公式主义者乎？人们误落于教条主义、公式主义，马克思固不任其咎，又何可因不善学之后儒而归咎孔子耶！

毛主席曾说马克思主义并未结束真理，而要在开出了认识真理的道路（见《实践论》）；孔子亦犹是也，孔子亦只是示人以求得真理之路耳。（马克思主要在示人以求得客观事物之理，孔子则教人如何认识社会人生的情理。）

六、何以说卓吾学问不足取？此其明证颇多。例如他削发为僧，乃对人说：“今世俗子共以异端目我，我谓不如遂为异端，免彼等以虚名加我。”发菩提心出家，何等宏愿大事，乃其动念如此，岂不可叹可笑！谅他动念出家或未必由此，而实是蓄志已久者，但有此种说话便见其浅隘无学问。又例如佛、孔、老三家之学实各为一事，乃在卓吾谈来则同等齐观，模糊不明，竟若不需加以别择者，其学问所得何在耶？（参看我《儒佛异同论》）

七、古东方三家之学皆是身心性命之实学，各有其实在功夫，各有其步步深入之次第进境。今人却把它视同西洋人的哲学思想空谈，真错误之极。三家之为学不同，而莫不收变化气质之功（我写《人心与人生》曾谈及之）。宋儒大程子说过“学至气质变化方是有功”；掉转说，未见气质变化即是未曾致力真实学问之明征。人的气质莫不各有所偏，不过庸常人所偏便不大显耳。卓吾人非凡品，其气质之特偏昭然共睹，而垂老至古稀之年不见其改，终于负气自刎死；这便是他未曾有得于学问之最大明征。

八、卓吾虽无实学，却非无妙悟与深识；此于其深深佩服王龙溪、罗近溪若以不及门从学为恨者可以见之（试读其先后在闻王罗之讣时所为两篇告文可见）。王罗二公之学皆启发于阳明，而于古东方三家有所会通者；自非有相当妙悟深识不能有此佩服之诚也。

九、学问之至者，通达无碍。在学问上我之不取卓吾者，以其一言一行之多碍也。我自视在思想上是能通达无碍的，却非有实学又不异乎卓吾李老，此不可不自白之。卓吾老最不可及者在其率真无伪饰，在人品上我有愧于他而钦佩他，此又不可不自白者。衡论古人，行念自身，此言或不为赘。

一九七五年四月漱溟时年八十有三

佛家列举五十一心所有法内，既有“惭”“愧”二法，又有“无惭”“无愧”二法。往者印光法师恒自称“常惭愧僧”，见其向道修持之殷切。卓吾狎妓食肉，但知快一时意兴，却大悖佛戒；虽云率真无伪，正是无惭无愧，悍然不求实学实修，虽有妙悟，抑何足取？

右文（原文系竖写，从右至左排列，故说“右文”。——编者注）既成，又随有未尽之词，特补志之如上。

漱溟二十四日（印）

个人出自社会，社会大于个人——读书摘句及按语

他让多数人跟着他走，听他的话，为什么能如此？因他代表多数人的要求，他的所见符合客观事实，他的行动为时代社会所需要。

把伟大人物称呼为“发起人”，这个说法用得极其中肯。他所致力的活动，是这个社会必然的不自觉的进程之自觉自由的表现。他的作用全在于此，他的力量全在于此（不能更多）。但这是种莫大的作用，是种极大的力量。

个人的特点，只有在其社会关系所容许的那时候、地方和程度内才能成为其社会发展的因素。

漱按：没有单独的人，只有社会的人，任何个人总是社会历史产生出来的。创造一社会的历史新局，亦是由此一社会创造而成的，非任何个人所得居其功。当然有其中功最大最大的伟人，不容否认；却莫忘掉协同辐辏支持他的有全部社会力量在，而笼统颟顸地归到他一人份下去。

再说：个人出自社会，社会大于个人；当前一期的历史发展变化，在过去久远的历史中固有其渊源之所自来。那么成功不在个人，成功不在一时就更明白了。

风俗人情古厚今薄
——读《家庭、私有制和国家的起源》注释一则

论知识积累、智力开发，在往古虽不逮后世，而论心地感情则古人诚实笃厚又大非后世人所及。世界各方各族情况不可一概而论，但于此则大抵不相远。此亦犹之个体生命，人当幼小时天真无欺乎？风俗人情古厚今薄，万方同概。

兹录取恩格斯《家庭、私有制和国家的起源》中恩格斯所写之一注释以资参考：

在爱尔兰住了几天，我重新生动地意识到该地乡村居民还是如何深刻地在氏族时代的观念中过着生活。农民向土地所有者租地耕种，土地占有者在农民眼目中还俨然是一种为一般人利益而管理土地的氏族长；农民以租金方式向他纳贡，但在困难时应得到他的帮助。该地并认为，一切殷实的人，当他的比较贫苦的邻人有急需时，须给予帮助。这种帮助，并不是施舍，而是较富有的同族人或氏族人理应给予较贫苦的同族人的。经济学家和法学家抱怨爱尔兰农民不能接受现代资产阶级财产观念，是可以理解的；只有权利而无义务的财产概念，简直不能灌输到爱尔兰人的头脑中去。当具有这样天真的氏族制度观念的爱尔兰人突然投身到英国或美国的大城市里，落在一个道德观念和法律观念都全然不同的环境中，他们便在道德和法律问题上完全迷惑失措，失去任何立足点……（见《马克思恩格斯文选》[两卷集]第二卷，第二八四页小注二）

这段话是同《共产党宣言》指出资本社会“使人与人之间除了赤裸裸利害关系之外，除了冷酷无情的现金交易之外，再也找不出什么别的联系了”恰相印证的。从而见得：一、世界各方各族风俗人情的厚薄总是有今不如古之叹；二、同在十九世纪同在欧美而各地之间，城市与乡村之间风俗人情竟然大不相同，不容漫然不加分判。至于在东方，在中国，更有当别论者。

率直无隐以报梁任公——读《饮冰室合集》内任公一讲演有感

民国十年（一九二一年）十二月廿日梁任公在北京高等师范平民教育社讲演，载入《饮冰室合集》内文集第十三册，有如下自己知悔之言：

（上略）别人怎样议论我，我不管。我近来却发现了自己一种罪恶。罪恶的来源在哪里呢？因为我从前始终抛不掉贤人政治的旧观念，始终想凭借一种固有势力来改良这个国家，所以和那些不该共事或不愿共事的人共过几回事（似指两次入阁当政——漱注）。虽然我自信没有做坏事，多少总不免被人利用做坏事，我良心上无限痛苦，觉得简直是间接的罪恶。（下略）

在此之前有《吾今后所以报国者》一文既有悔悟之言，载入文集之第十二册。如云“吾尝自讼吾所效之劳，不足以偿所造之孽”。

任公先生是有血性的热情人，其自号“饮冰室”甚恰当，其不足负担政治重任，而徒供他人利用是决定的。其卒有悔悟是有良心不昧者，以视康有为杨度辈悍然作恶值得原恕。

情感浮动如任公者，亦是学问不能深入的人，其一生所为学问除文学方面（此方面特重感情）外都无大价值，不过于初学有启迪之用耳。

小子既尝受知于先生，先生于我多所奖掖，然于先生一生功过得失不能不明白率直言之，即此率直无隐即所以报先生也。

漱溟附识（印）

生物生命与天时节气变化息息相关

一九七六年二月廿五日北京《参考消息》转载香港一周刊一篇译文，题为“生物体内有时钟”者，阅之使我联想中医学理显然相契合。兹就其译文摘取几点如次：

“生物时钟专家”发现每一种生物，由微小的单细胞草履虫以至于人，是由一复杂的天生的生理节奏所控制。换句话说，是像有一时钟般的调节，使每一种生物保持其特别的节奏。

在一天中某一时间拔牙会比其他时间拔牙出血更多，受损更大。定出人类生理节奏周期这些一天中的高峰与低谷，可导出更好的预防医药措施。

生理节奏早在一七二九年已为法国天文学家所认识。他注意到他家中植物，每晚垂下叶子，而白天再次昂起叶子。出于好奇心，他把一株植物移进一间密闭室，并保持它在完全黑暗中。这株植物仍然有着像时钟般的规律性，按往常时间昂起叶子和垂下叶子。

但直至一九四〇年左右，生物学家才认识到这种研究是寻求一种重要的新的生物规律。

许多植物在白天昂起叶子以便最大限度地饱浴阳光，在晚上则垂下或折起叶子“睡觉”，防止重要水分的散失。

不独动物的生理活动有周期性的节奏，就是它们对痛痒的感觉、视觉、嗅觉、味觉、思想和记忆的灵敏性，对疾病、噪音、精神创伤、死亡等的敏感性亦有周期性的节奏。

例如某些酶及分泌液的生产，细胞分裂增殖的时间，某些生物化学过程发生的时间等，这些都是身体内的重要节奏。

药物在较低等动物有其最大效能时间，在人类亦然。心脏病人在上午四时对洋地黄（一种强心剂）的敏感度约大于平时四十倍。糖尿病人亦是在上午四时对胰岛素最敏感。在一天廿四小时中上午四时出生和去世的人较多。（下略）

如上摘录，约可见其大意。

宇宙实为一大生命体；盖人类和动物资于植物以生活，植物资于无生物以生活，固是浑然生生化化不可分离之一体。生息于大地之上，日星之下，因其旦暮昼夜之变化，春夏秋冬廿四节气发展之不同，而种种生物自然随之各有其生命上抑扬、起落、或张或弛之现象。此即现代生物时钟学家的研究所由产生乎？其所谓周期云，节奏云，规律云者正不外此耳。

今之科学家所引起注意研究之事理，盖早在中国古医家所悟见辨识中，而且应用之于其诊断治疗者久矣。近读友人岳美中先生《医话》之作，即著有其例，爰录取于后。

一例：昔曾治一中年妇女陈姓之痛经血漏下者，其病经过中西医多次诊治，久无效验，后就我求医，疏予止血漏的古今方数剂亦罔效。因细询其漏血之时是在昼在夜。她说只在上午，余时不见。我想白昼属阳，上午为阳中之阳；考虑病情是阳气虚，无力摄持阴血，届上午即漏下耳。因处以四物汤加炮姜炭、附子炭、肉桂。方：熟地黄炭五钱，白芍炭四钱，川芎二钱，当归三钱，附子炭二钱，炮姜炭二钱，肉桂钱半。服药三剂，经漏即止。

一例：又曾治一季姓之十岁女孩，其父抱持而来，合眼哆嗦伏在背上，四肢不自主地下垂软瘫，如无知觉之状。其父主诉孩子病已三天，每到上午午时、夜半子时上下即出现这种症状，呼之不应。但过一时许即醒起如常人。延医诊视，不辨何病，未予针药。我见病状及聆病情，亦感茫然，讶为奇症。乃深加考虑，再四思维，得出子时是一阳生之际，午时是一阴生之际，子午两时正阴阳交替之际，而此女孩于这两个时辰出现痴迷并四肢不收之病象，则治疗应于此着眼。但苦无方剂，又辗转思维，想到小柴胡汤是调和阴阳之方剂，姑投予二帖试治。不意其父隔日来告，服药二剂，已霍如恒常，明日拟即上学读书云。

又据岳先生谈，一年节气以春分、秋分、夏至、冬至（所谓二分二至）最关重要，实为病人生死决定之时机；自己行医五十年来阅历不爽。因述及早年在乡间为一友之姻亲某青年治肺结核病（俗称肺痨），当友人谓其病情见好时，却预告以某日早晨六时恐怕过不去。事情果如所料而验，友人讶以为神。实则不过因将届春分，阴阳争夺，揆度病人其势不免阳绝，所指日期时辰即春分之时刻耳。

岳先生与我此次谈话是在一九七五年十二月卅一日，随即指出新近郭子化同志（卫生部副部长）逝世，非正当廿二日冬至节乎？郭年寿八十，新经医院检查无病，方祝其可再活四十年，不意其不十数日而遽逝也。

现在要问："何以西方科学家新近觉察研究之事理，而中国古医家竟尔烛见之于数千年前？"此则西方人从来眼向外看，唯务察识物理，其所优为者各门科学技术，而中国学术则自古从反躬向内体认生命而有所成就（儒家道家皆然），东西学术分途，我在《人心与人生》第十三章既论列之矣；读者可参看。

一九七六年三月九日

谈学问

一说到学问，普通人总以为知道很多，处处显得很渊博，才算学问。其实就是渊博也不算学问。什么才是学问？学问就是能将眼前的道理、材料，系统化、深刻化。更扼要地说，就是“学问贵能得要”，能“得要”才算学问。如何才是得要？就是在自己这一方面能从许多东西中简而约之成为几个简单的要点，甚或只成功几个名词，就已够了。一切的学问家都是如此，在他口若不说时，心中只有一个或几个简单的意思；将这一个或几个意思变化起来，就让人家看着觉得无穷无尽。所以在有学问的人，没有觉得学问是复杂的，在他身上也没有觉得有什么，很轻松，真是虚如无物。如果一个人觉得他身上背了很多学问的样子，则这个人必非学问家。学问家以能得要，故觉轻松、爽适、简单。和人家讲学问亦不往难处讲，只是平常的讲，而能讲之不尽，让人家看来很多。如果不能得要，将所有的东西记下来，则你必定觉得负担很重，很为累赘，不能随意运用。所以说学问贵能得要。得要就是心得、自得！

再则学问也是我们脑筋对宇宙形形色色许多材料的吸收，消化。吸收不多是不行，消化不了更不行。在学问里面你要能自己进得去而又出得来，这就是有活的生命，而不被书本知识所压倒。若被书本知识所压倒，则所消化太少，自得太少。在佛家禅宗的书里面，叙述一个故事，讲一个大师对许多和尚说：“你们虽有一车兵器而不能用，老僧虽只寸铁，便能杀人。”这寸铁是他自己的，所以有用；别人虽然眼前摆着许多兵器，但与自己无关，运用不来；这就是在乎一自得，一不自得也。问题来了，能认识，能判断，能抓住问题的中心所在，这就是有用，就是有学问；问题来了，茫然的不能认识问题的诀窍，不能判断，不能解决，这就是无学问。

求学与不老

我常说一个人一生都有他的英雄时代，此即吾人的青年期。因青年比较有勇气，喜奔赴理想，天真未失，冲动颇强，煞是可爱也。然此不过以血气方盛，故暂得如此。及其血气渐衰，世故日深，惯于作伪，习于奸巧，则无复足取而大可哀已！往往青年时不大见锐气的，到后来亦不大变；愈是青年见英锐豪侠气的，到老来愈变化得利害，前后可判若两人。我眼中所见的许多革命家都是如此。

然则，吾人如何方能常保其可爱者而不落于可哀耶？此为可能否耶？依我说，是可能的。我们知道，每一生物，几乎是一副能自动转的机器。但按人类生命之本质言，他是能超过于此一步的“机械性”；因人有自觉，有反省，能了解自己——其他生物则不能。血气之勇的所以不可靠，正因其是机械的；这里的所谓机械，即指血气而言。说人能超机械，即谓其能超血气。所以人的神明意志不随血气之衰而衰，原有可能的——那就在增进自觉，增进对自己的了解上求之。

中国古人的学问，正是一种求能了解自己且对自己有办法的学问；与西洋学问在求了解外界而对外界有办法者，其方向正好不同。程明道先生常说“不学便老而衰”。他这里之所谓学，很明白的是让人生命力高强活泼，让人在生活上能随时去真正了解自己；如此，人自己就有意志，亦就有办法。如果想免掉“初意不错，越做越错，青年时还不错，越老越衰越错”，就得留意于此，就得求学。近几十年来的青年，的确是有许多好的；只因不知在这种学问上体会、用工夫，以致卒不能保持其可爱的精神，而不免落于可哀也。惜哉！

读厨川白村《东西之自然诗观》

余于文学艺术向不留意；此盖生性于此为远。忆昨年寓清华西院，应清华学生所组织之文学社讲演，即开首先讲“我与文学无缘”一段话，聆者大笑。人而不爱好文学艺术，岂复得为人？余尚非蠢伧，何遽不感生趣味邪？然此心竟绝不能入。尝闻诸亲长，余儿时甚笨，独个性强；此在我已不自记忆。但忆十岁前后，读书能力视同辈为差；而当十四五岁乃能自为思想，持实利主义之见甚深；菲薄古文诗词，嫉恶玄想不可捉摸之言。凡今之所谓文学哲学者，殆皆在鄙厌屏弃之列，以为无用。其后不期走入哲学路，狭隘不通之见自渐捐除；然于文学及艺术，始终不能入也。民十为“东西文化及其哲学”之讲演，于东西两方之哲学思想，政治制度，社会风习，物质生活，乃至医药之殊异，皆尝比较言之。顾于文学，于艺术，独不能置一词。盖诚无所知，缺憾实大。顷自百泉移来辉县城内，忙中忽得宽暇，随意翻书；于子和弟案头得见鲁迅先生《壁下译丛》一本。其中有厨川白村《东西之自然诗观》，读之大喜。不独余所判论东西人之分异点，于此又得印证；更喜其印证者，适在余所不能举证之文学方面也。

余往于《东西文化及其哲学》中，拈出“向前面要求”五字为西洋人根本精神所在，而以“自己调和持中”释中国人之态度；历久而弥觉此言之不可易。但自近年来，于人类之所以为人类，大有所见，深悟中国古人之学，为人类自尽其天赋才性体力之学；遂觉“自己调和持中”一语，虽可概说一般中国人之态度，而未足以尽中国古人之精神，道出中国文化之根据。故近年乃恒用“有对”“无对”字样，以为中西人之分判。无对，即中国古人所谓“仁者与物无对”之无对；有对亦即与物为对之意。盖生物进化到人类，实开一异境。一切生物，均限于“有对”之中，而人类则以“有对”超进于“无对”。——他一面还是站脚在“有对”，而实又超“有对”而进于“无对”了。西洋人于古希腊时，既著露其有对精神；迨近世来，乃更将人类的有对性，发挥得淋漓尽致。余向以“向前面要求”点明西洋人态度，亦尽足见意，而未若“有对”二字之简切。中国一般人自未足以言“无对”，而其所倾向则在此；中国数千年文化所为与西洋大异者，实由古人认识了人类之所以为人——认识了无对有以开其先，立其基。故言中国精神，必举“无对”乃得也。厨川白村所论，亦弥于余后说相切；用剪取其文备考。

十九年三月二日记

司马迁《史记》不可信

昔人不尝有“信史”之称乎？而司马迁《史记》乃多不可信。近者我撰写《今天我们应当如何评价孔子》一文，就《史记》以考孔子事迹，乃嗟讶于其荒谬有失史职。

司马迁上距孔子之时不过四五百年，虽非甚近，亦不算甚远，苟能忠于史职，则于孔子生平事迹尽力考求，应当可以就周秦间子史诸书所流传者有所订正，汰去芜乱伪误之说，或审慎存疑，不轻予记录。然而马迁竟未能也。其所为《孔子世家》滥取诸书，不加别择，似只求博闻，未计其他，以致其书内（非单指《世家》一篇之内）自相抵触谬戾者不一而足。自己且不求信，其何以取信于人？

考求孔子言论行事自必首先求之《论语》，史迁所为《孔子世家》一篇大体依据《论语》，不为不是。然《论语》一书既有不同之传本，便见得其不尽可依据，而宜掌握其他书史互相勘对考校，以求一是。《论语》多有显属错误之记事，例如《季氏篇》首章将伐颛臾，冉有季路见于孔子一事，按之史实子路为季氏宰在鲁定公世，冉有为季氏宰则在哀公世，并非同时，何得有如《论语》上那许多问答的话。又如所记公山不狃召孔子事及佛肸召孔子事，按之《春秋》《经》《传》及其他书史均错谬可笑。然而史迁竟不加核订，以讹传讹。如此之例尚多，不备举。最可怪者《更记》依孔子年龄早暮以次著其事迹，仿佛很认真，而其实乃错乱不堪。

《论语》不尽足据，其稍后于孔子之诸子百家言，更不足据。此因孔子名声广大，非独传闻辗转多有错讹，而被人虚造借喻之寓言尤多至不可胜数；《史记》于此每不加甄别，杂收滥取。其不负责任乎？抑识见不足欤！

如下两例可见其无识之一斑：

季桓子穿井得土缶，中若羊，问仲尼云“得狗”。仲尼曰：“以丘所闻，羊也。丘闻之，木石之怪夔，罔阆，水之怪龙，罔象，土之怪坟羊。”

吴伐越，堕会稽，得骨节专车。吴使使问仲尼：“骨何者最大？”仲尼曰：“禹致群神于会稽山，防风氏后至，禹杀而戮之，其节专车，此为大矣。”……于是吴客曰：“善哉圣人！”

孔子当时声誉虽高，未必广泛地被称为圣人。且人之所以为圣人，亦岂在乎其博闻强记，善能解答一些奇闻怪事。似此根本不值得载入史册之鄙陋传说而竟以入史，则迁之识见不高是肯定的了。对于吾国伟大史家说他缺乏识见，在我是于心不忍的，其奈事实之不可掩何！

末后我要指出史迁思想上之偏蔽。他是对儒家抱有偏见的一个人。《孔子世家》文内叙及孔子适周问礼于老子，记有老子的一段话；又在《老子韩非列传》内记有孔子问礼于老子，老子回答的一段话。两段话词句不同，而词旨在肆其讥诮则同。兹照录其后一段话以及孔子赞叹老子的话于左：

孔子适周，将问礼于老子。老子曰：“子所言者其人与骨皆已朽矣，独其言在耳。且君子得其时则驾，不得其时则蓬累而行。吾闻之，良贾深藏若虚，君子盛德容貌若愚。夫子之骄气与多欲，态色与淫志，是皆无益于子之身。吾所以告子，若是而已。”孔子去，谓弟子曰：“鸟，吾知其能飞；鱼，吾知其能游；兽，吾知其能走。走者可以为罔，游者可以为纶，飞者可以为矰。至于龙，吾不能知其乘风云而上天。吾今日见老子，其犹龙邪！”

孔子问礼于老子，大概曾有其事，今见于《礼记·曾子问》篇内。篇内所记与史迁所记不同，自可置之不谈，但在《史记》一书之内，同记此一事而竟然记出来前后不同的两段话，此岂忠实记事者之所为乎？两段说话不同，而词旨讥诮则又同，那明明是文章撰作者的把戏了！结尾是孔子赞叹老子犹龙，一抑一扬，史迁之意昭然若揭。

史迁所以如此者，是有其由来的。试检《太史公自序》，一读迁父司马谈之论“六家要旨”便不难明白。原文不长而于阴阳家、儒家、墨家、名家、法家、道德家各有论断。在论断中总是一分为二，有所肯定，有所否定。对于儒家虽亦有其肯定之一，却一上来就说：“橘者博而寡要，劳而少功，是以其事难从……。”

对于道家却称赞为融合了所有各家之长的；如原文：

道家使人精神专一，动合无形，赡足万物。其为术也，因阴阳之大顺，采儒墨之善，撮名法之要，与时迁移，应物变化，立俗施事，无所不宜，指约而易操，事少而功多。

原文临末又就“形”“神”二字，发挥道家学旨，说：

凡人所生者神也，所托者形也。神大用则竭，形大劳则敝，形神离则死。死者不可复生，离者不可复反，故圣人重之。由是观之；神者生之本也，形者生之具也。不先定其神，而曰“我有以治天下”何由哉？

这不是明白地崇道家而贬儒家吗？司马迁正是一秉其老父的思想而写书；我说他思想上有所偏蔽，即指此。他在《老子韩非列传》中便点出了两学派的矛盾斗争：

世之学老子者则绌儒学，儒学亦绌老子。

“道不同不相为谋”，岂谓是邪？

然则《史记》之为书，尊老子，抑孔子，史迁固不自隐讳。

附言：儒家之学，道家之学，同传自远古，皆是早熟的中国文化产物，各有其不可磨灭的学术价值，方将在人类未来文化中得到讲求，我在《东方学术概论》一书中略有阐明，可参看。

补记：

适从崔著《补上古考信录》中得见其转录宋欧阳修《帝王世次图序》一文，

有如下的两句话：

(上略)至有博学好奇之士务多闻以为胜者，于是尽集诸说而论次，初无所择而唯恐遗之也，如司马迁《史记》是已。

此其评断史迁与我的话不若合符节乎。其言早在千年之前，惜我乃未之知也。欧阳尝撰有《新五代史》传于世，固属一史学者。

一九七四年十月三十日属草

学问贵能“得要”

一说到学问，普通人总以为知道很多，处处显得很渊博，才算学问。其实就是渊博也不算学问。什么才是学问？学问就是能将眼前的道理、材料，系统化、深刻化。更扼要的说，就是“学问贵能得要”，能“得要”才算学问。如何才是得要？就是在自己这一方面能从许多东西中简而约之成为几个简单的要点，甚或只成为几个名词，就已够了。一切的学问家都是如此，在他口若不说时，心中只有一个或几个简单的意思；将这一个或几个意思变化起来，就让人家看着觉得无穷无尽。所以在有学问的人，没有觉得学问是复杂的，在他身上也没有觉得有什么，很轻松，真是虚如无物。如果一个人觉得他身上背了许多学问的样子，则这个人必非学问家。学问家以能得要，故觉轻松、爽适、简单。和人家谈学问亦不往难处讲，只是平常的讲，而能讲之不尽，让人家看来很多。如果不能得要，将所有的东西记下来，则你必定觉得负担很重，很为累赘，不能随意运用。所以说学问贵能得要。得要就是心得，自得！

再则学问也是我们脑筋对宇宙形形色色许多材料的吸收、消化。吸收不多是不行，消化不了更不行。在学问里面你要能自己进得去而又出得来，这就是有活的生命，而不被书本知识所压倒。若被书本知识所压倒，则所消化太少，自得太少。在佛家禅宗的书里面。叙述一个故事，讲一个大师对许多和尚说：“你们虽有一车兵器而不能用，老僧虽只寸铁，便能杀人。”这寸铁是他自己的，所以有用；别人虽然眼前摆着许多兵器，但与自己无关，运用不来；这就是在乎一自得，一不自得也。问题来了，能认识，能判断，能抓住问题的中心所在，这就是有用，就是有学问；问题来了，茫然的不能认识问题的诀窍，不能判断，不能解决，这就是无学问。

调整自己必须亲师取友

做人必须要时时调理自己，求心智清明，思想有条理。如果大家能照此去行，简直是一生受用不尽；如果不能够注意这话，就是自暴自弃，就是自己不要自己。

但在这调理自己的上面，有什么好办法呢？前次曾说过调理自己要自觉，要反省，时刻去发现自己的毛病；比如自己的毛病在于性子太急，或在于太乱太散懈，这都须自觉地求医治。但是每人不易做到，不易自知其病，虽知病又不易去管理自家。古人云："智者不能自见其面，勇者不能自举其身。"这就是说人不易看清自己的面孔，即看清了又不易随时可以自主的调理自己。于是这时唯一的办法，就是"亲师取友"。此外别无他法。为什么呢？因为每人常会把自己忽忘了，如果不忽忘，就一切都无问题；无奈都易于忽忘，因此就得师友常常提醒你，使你不忽忘。

靠朋友之提醒以免于忽忘，这是一层；更进一层，就是靠朋友的好处，以融化感应自己的缺短而得其养，假定我的脾气是急躁的，与脾气和平者相处，可以改去急躁；我的精神不振，而得振作的朋友，我处于其中，也自然会于无形中振作起来。

所以如果我们有意去调理自己，则亲师取友，潜移默化，受其影响而得其养，是一个最好的办法。说得再广泛一些，如果要想调理自己，就得找一个好的环境。所谓好的环境，就是说朋友团体，求友要求有真志趣的朋友；好的朋友多，自然向上走了。如果在一块的人是不好的，那就很危险，不知不觉地就会日趋于下流。

再则，朋友彼此帮忙时所应注意的，就是:以同情为根本，以了解为前提。我们对朋友如果是爱护他的，自然要留意他的毛病短处，而顶要紧的，还是要对于他的毛病短处，须有一种原谅的意思。我们指点他的毛病短处的时候，应当是出于一个好的感情，应当是一个领导他帮助他的意思。是要给他以调理，不是只给他一个刺激就算完了。自然，有时候一个严重的刺激，也是不可少。即是说有时候有给他一个痛责的必要。但大体上说，你不要只给他一个刺激就算完，必须得给他一种调治。如果爱惜他的意思不够，说话就不会发生效力。

认真读书改造世界观

毛主席说过世界上怕就怕“认真”二字，共产党就最讲“认真”。说读书要认真，其意不同于努力读书。努力谈书、下劲读书是主观一面的事，而读书认真不认真则涵有客观的意义。我以为其意义正应该本着《实践论》和《人的正确思想是从哪里来的》去寻求去了解。读书而不认真，就不能改造世界观，改造思想。

照我看，认真读书的这个认真可以分为三层或三点意思。第一，先说书是什么？书上有许多文字符号，它代表着人的语言、说话。人说话不是平白无故的，总是在解答什么问题，叫人明白一件事物或明白一个道理。既然书上所写亦即所说的都在解答问题，解决从不知到知的矛盾，所以第一是要带着问题学，不要泛泛地读书，要为解决一个什么问题而读书。这样读书就读得进去，读得入，就不会书是书，你是你。就会在你的世界观起影响。

我可以我一生的生活经验来说明。我只不过是一个中学生，没进大学，更没有去东西洋留学。中学里没有哲学一门课，而且当我念中学时还没有听见“哲学一名词；哲学这名词是从外国输入的，旧书中没有。我原不知道什么是哲学，也从来没有想过哲学。但后来却到大学里讲哲学了。为何能如此？就为我十几岁就对人生抱疑问，从人生的怀疑、烦闷，不知不觉有些思想见解。当我对人讲说时，人家告诉我说：“你讲的是哲学。”问题在先，道理在后，有问题才有道理。否则不切实，不真懂。毛主席说陆军大学毕业的不如黄埔毕业的会打仗。

赵奢之子赵括的故事。毛主席没有学过军事，从战争学战争，从游泳中学游泳。此即一定要实践，从实践中得经验，才有所谓感性认识、理性认识那些。是否我们就去实践好了，不必读书呢？这不好，这没有借用前人的经验。一切都从头来，就一个人说太费力气，就社会说将没有进步。物理化学上的学理都是前人的发明、发现、创造，留给后人，这一代一代愈来愈进步。书上所记的都是前人认识出来，告诉你，你也可以作些物理化学的实验，也就能得到许多学理，不必再从头来过。读书的必要在此，进学校的必要在此。因此后来人的知识多过前人。但要利用前人的经验，须要多少实践一下，把书本中所说的话还原到事实上去。没有抓到事实，那不过是空话，或者是一种猜想。赵括善读父书，不会打仗，正是没有还原到事实，停留在抽象道理上，只会说不会做。所以第二就是要做还原功夫，还到所代表的原来那种事实上去。

再以我的读书为例来说明以上的话。我没有读旧书“四书五经”，更没有看过《朱子集注》,《论语》上孔子自己说：“吾十有五而志于学，三十而立，四十而不惑，五十而知天命，六十而耳顺，七十而从心所欲，不逾矩。”前人皆于此有其解释，因为你并不知道孔子所说话的内容事实，孔子当他三十岁时也还不知道他四十岁的事情，当四十岁时不知道他五十岁的事，六十七十皆如此。你不是孔子，又没有六七十岁，你何能知道？你不过从字面上去猜想，这不行。那么，是否我们完全不知道这章书所说的是什么呢？也还可以知道一点。那就是孔子所志之学不是物理化学，不是植物学动物学乃至一切科学都不是，也非政治经济学或其他社会科学，亦不是哲学、文学、史学……所有今天大学里各门学科都不是，而是他自己生命上生活上一种学问，自少年时代以至老年有所进步。孔子的学问是人生生活之学。此可以孔子称赞他最好的学生的话来作证明。“有颜回者好学，不迁怒，不贰过，今也则亡。何谓“不迁怒，不贰过”？前人都加讲解，其实都猜想得不对。不过我们知道他所好的学问不是别的学问，而是孔子到老所致力的那种人生生活之学（此可以产生哲学，但非即哲学)。——以上说明读书要作还原功夫，就是还归到事实上，不要停留在名词概念上。

可惜我读书不总是十分认真的；有时候不够认真。过去对于马克思主义的书就没有认真读它。马克思学说传入中国，主要在莫斯科一声炮响之后，即在“五四”运动时期。那时介绍它的是陈独秀，传播它的是北京大学。毛主席也是在那时候接触到马克思主义的，我那时正在北大。不是没有看到马克思主义的书，特别是到1927年前后即国共合作，国民革命军北伐，马克思主义在思想界势力很大。我是一个抱着中国问题求答案的人，怎能不注意呢？这里正好附带声明一句：我从来不是为求学问当一个学者而读书。只为自己有两大问题在逼迫我，才找书来看的，看书是为解答自己的问题。自己的问题除了一个人生问题引我进入哲学之门外，中国的衰弱快灭亡则引我去留心政治经济这一类社会科学各书。这样亦就不知不觉学得些这方面的知识，仍然常带着问题学的。例如当时有康梁的立宪派，有孙黄的革命派，我开头就是留心两派的言论，再引入去看比较专门的政治经济学的书。我也有共产党的朋友如李大钊。虽然当时马克思主义的书还不多，翻译的不够好，但由于我不重视它，粗心大意地以为它不适合于中国之用。当时恰好马氏学说中又有“亚细亚生产方式”一说法，把东方社会的发展史另眼看待。再加以1928年后连续几年的中国社会史论战，到今天也还不能把中国秦汉以后的中国社会性质搞清楚，这些都是我对马学不深求。特别毛主席出人意外地发展了马克思主义——农村包围城市，他不是根据书本，不是从教条公式出发而是活学活用，[这]才真是善于读书，即读书认真而成功的。古人说：“尽信书不如无书。”

因此，认真读书的第三条就是领会书中的意思而活用于解决实际问题上，如列宁所再三说的“马克思主义是行动的指南”。（同见于斯大林语言学一书末尾的话）

如何成为今天的我

在座各位，今天承中山大学哲学会请我来演讲；中山大学是华南最高的研究学问的地方，我在此地演讲，很是荣幸，大家的欢迎却不敢当。

今天预备讲的题目很寻常，讲出来深恐有负大家的一番盛意。本来题目就不好定，因为这题目要用的字面很难确当。我想说的话是说明我从前如何求学，但求学这两个字也不十分恰当，不如说是来说明如何成功今天的我的好——大概我想说的话就是这些。

为什么我要讲这样的一个题目呢？我讲这个题目有两点意义：

第一点，初次和大家见面，很想把自己介绍于诸位。如果诸位从来不曾听过有我梁某这个人，我就用不着介绍。我们重新认识就好了。但是诸位已经听见人家讲过我；所听的话，大都是些传说，不足信的，所以大家对于我的观念，多半是出于误会。我因为不想大家有由误会生出来对于我的一种我所不愿意接受的观念，所以我想要说明我自己，解释这些误会，使大家能够知道我的内容真相。

第二点，今天是哲学系的同学请我讲演；并且这边哲学系曾经要我来担任功课之意甚殷，这个意思很不敢当，也很感谢。我今天想趁这个机会把我心里认为最要紧的话，对大家来讲一讲，算是对哲学系的同学一点贡献。

一、我想先就第一点再申说几句：我所说大家对于我的误会，是不知道为什么把我看做一个国学家，一个佛学家，一个哲学家；不知道为什么会有这许多的徽号，这许多想象和这许多猜测！这许多的高等名堂，我殊不敢受。我老实对大家讲一句：我根本不是学问家！并且简直不是讲学问的人，我亦没有法子讲学问！大家不要说我是什么学问家！我是什么都没有的人，实在无从讲学问。不论是讲哪种学问，总要有一种求学问的工具：要西文通晓畅达才能求现代的学问；而研究现代的学问，又非有科学根柢不行。我只能勉强读些西文书；科学的根柢更没有。到现在我才只是一个中学毕业生！说到国学，严格地说来，我中国字还没认好。除了只费十几天的功夫很匆率地翻阅一过《段注说文》之外，对于文字学并无研究，所以在国学方面，求学的工具和根柢也没有。中国的古书我通通没有念过；大家以为我对于中国古书都很熟，其实我一句也没有念，所以一句也不能背诵。如果我想引用一句古书，必定要翻书才行。从七八岁起即习ABC，但到现在也没学好；至于中国的古书到了十几岁时才找出来像看杂志般的看过一回。所以，我实在不能讲学问，不管是新的或旧的，而且连讲学问的工具也没有；那末，不单是不会讲学问，简直是没有法子讲学问。

但是，为什么缘故，不知不觉地竟让大家误会了以我为一个学问家呢？此即今天我想向大家解释的。我想必要解释这误会，因为学问家是假的，而误会已经真有了！所以今天向大家自白，让大家能明白我是怎样的人，真是再好不过。这是申说第一点意义的。

二、（这是对哲学系的同学讲的）在我看，一个大学里开一个哲学系，招学生学哲学，三年五年毕业，天下最糟，无过于是！哲学系实在是误人子弟！记得民国6年或7年（记不清是6年还是7年，总之是十年以前的话），我在北京大学教书时，哲学系第一届（或第二届）毕业生因为快要毕业，所以请了校长文科学长教员等开一个茶会。那时，文科学长陈独秀先生曾说："我很替诸位毕业的同学发愁。因为国文系的同学毕业，我可以替他们写介绍信，说某君国文很好请你用他；或如英文系的同学毕业时，我可以写介绍信说某君英文很好请你可以用他；但哲学系毕业的却怎么样办呢？所以我很替大家发愁！"大学的学生原是在乎深造于学问的，本来不在乎社会的应用的，他的话一半是说笑话，自不很对；但有一点，就是学哲学一定没有结果，这一点是真的！学了几年之后还是莫名其妙是真的！所以我也不能不替哲学系的同学发愁！

哲学是个极奇怪的东西：一方面是尽人应该学之学，而在他一方面却又不是尽人可学之学；虽说人人都应当学一点，然而又不是人人所能够学得的。换句话讲，就是没有哲学天才的人，便不配学哲学；如果他要勉强去学，就学一辈子，也得不到一点结果。所以哲学这项学问，可以说是只少数人所能享的一种权利；是和艺术一样全要靠天才才能成功，却与科学完全殊途。因为学科学的人，只要肯用功，多学点时候，总可学个大致不差；譬如工程学，算是不易的功课，然而除非是个傻子或者有神经病的人，就没有办法；不然，学上八年十年，总可以做个工程师。哲学就不像这样，不仅要有天才，并且还要下功夫，才有成功的希望；没有天才，纵然肯下功夫，是不能做到，即算有天才不肯下工夫，也是不能成功。

如果大家问哲学何以如此特别，为什么既是尽人应学之学，同时又不是尽人可学之学，这就因为哲学所研究的问题，最近在眼前，却又是远在极处——最究竟。北冰洋离我们远，他比北冰洋更远。如宇宙人生的问题，说他深远，却明明是近在眼前。这些问题又最普遍，可以说是寻常到处遇得着；但是却又极特殊，因其最究竟。因其眼前普遍，所以人人都要问这问题，亦不可不问；但为其深远究竟，人人无法能问，实亦问不出结果。甚至一般人简直无法去学哲学。大概宇宙人生本是巧妙之极，而一般人却是愚笨之极；各在极端，当然两不相遇。既然根本没有法子见面，又何能了解呢？你不巧妙，无论你怎样想法子，一辈子也休想得到那个巧妙；所以我说哲学不是尽人可学的学问。有人以为宇宙人生是神秘不可解，其实非也。有天才便可解，没有天才便不可解。你有巧妙的头脑，自然与宇宙的巧妙相契无言，莫逆于心；亦不以为什么神秘超绝。如果你〔没〕有巧妙的头脑，你就用不着去想要懂他，因为你够不上去解决他的问题。不像旁的学问，可以一天天求进步，只要有积累的工夫，对于那方面的知识，总可以增加；譬如生理卫生、物理、化学、天文、地质各种科学，今天懂得一个问题，明天就可以去求解决一个新问题；而昨天的问题，今天就用不着再要去解决了。(不过愈解决问题，就也愈发现问题。)其他各种学问，大概都是只要去求解决后来的问题，不必再去研究从前已经解决了的问题；在哲学就不然，自始至终，总是在那些老问题上盘旋。周、秦、希腊几千年前所研究的问题，到现在还来研究。如果说某种科学里面也是要解决老问题的，那一定就是种很接近哲学的问题；不然，就决不会有这种事。以此，有人说各种科学都有进步，独哲学自古迄今不见进步。实则哲学上问题亦非总未得解决。不过科学上问题的解决可以摆出外面与人以共见；哲学问题的解决每存于个人主观，不能与人以共见。古之人早都解决，而后之人不能不从头追问起；古之人未尝自闷其所得，而后之人不能资之以共喻；遂若总未解决耳。进步亦是有的，但不存于正面，而在负面，即指示“此路不通”是也。问题之正面解答，虽迄无定论；而其不可作如是观，不可以是求之，则逐渐昭示于人。故哲学界里，无成而有成，前人功夫卒不白费。

这样一来，使哲学系的同学就为难了：哲学既是学不得的学问，而诸位却已经上了这个当，进了哲学系，退不出来，又将怎么办呢？所以我就想来替大家想个方法补救。法子对不对，我不敢断定，我只是想贡献诸位这一点意思；诸位照我这个办法去学哲学，虽或亦不容易成功，但也许成功。这个方法，就是我从前求学走的那条路，我讲出来让大家去看是不是一条路，可不可以走得。

不过我在最初并没有想要学哲学，连哲学这个名词，还不晓得；更何从知道有治哲学的好方法？我但于不知不觉间走进这条路去的。我在《东西文化及其哲学》自序中说：“我完全没有想学哲学，但常常好用心思；等到后来向人家说起，他们方告诉我这便是哲学……”实是真话。我不但从来未曾有一天动念想研究哲学，而且我根本未曾有一天动念想求学问。刚才已经很老实地说我不是学问家，并且我没有法子讲学问。现在更说明我从开头起始终没有想讲学问。我从十四岁以后，心里抱有一种意见（此意见自不十分对）。甚么意见呢？就是鄙薄学问，很看不起有学问的人；因我当时很热心想作事救国。那时是前清光绪年间，外国人要瓜分中国，我们要有亡国灭种的危险一类的话听得很多；所以一心要救国，而以学问为不急之务。不但视学问为不急，并且认定学问与事功截然两途。讲学问便妨碍了作事，越有学问的人越没用。这意见非常的坚决。实在当时之学问亦确是有此情形；甚么八股词章、汉学、宋学……于国计民生的确有何用呢？又由我父亲给我的影响亦甚大。先父最看得读书人无用，虽他自己亦尝读书中举。他常常说，一个人如果读书中了举人，便快要成无用的人；更若中进士点翰林大概什九是废物无能了。他是个太过尚实认真的人，差不多是个狭隘的实用主义者；每以有用无用，有益无益，衡量一切。我受了此种影响，光绪末年在北京的中学念书的时候，对于教师教我的唐宋八家的古文顶不愿意听；讲庄子《齐物论》《逍遥游》……那末更头痛。不但觉得无用无聊之讨厌，更痛恨他卖弄聪明，故示玄妙，完全是骗人误人的东西！当时尚未闻“文学”，“艺术”，“哲学”一类的名堂；然而于这一类东西则大概都非常不喜欢。一直到十九、二十岁还是这样。于哲学尤其嫌恶，却不料后来自己竟被人指目为哲学家！

由此以后，这种错误观念才渐渐以纠正而消没了。但又觉不得空闲讲学问；一直到今天犹且如此。所谓不得空闲讲学问，是什么意思呢？因为我心里的问题太多，解决不了。凡聪明人于宇宙事物大抵均好生疑问，好致推究，但我的问题之多尚非此之谓。我的问题背后多半有较强厚的感情相督迫，亦可说我的问题多偏乎实际（此我所以不是哲学家乃至不是学问家的根本原因）；而问题是相引无穷的，心理不免紧张而无暇豫。有时亦未尝不想在优游恬静中，从容的研究一点学问，却完全不能做到了。虽说今日我亦颇知尊重学问家，可惜我自己做不来。

从前薄学问而不为，后来文不暇治学问，而到今天竟然成功一个被人误会为学问家的我。此中并无何奇巧，我只是在无意中走上一条路；走上了，就走不下来，只得一直走去；如是就走到这个易滋误会（误会是个学问家)的地方。其实亦只易滋误会罢了；认真说，这便是做学问的方法吗？我不敢答，然而真学问的成功必有资于此，殆不妄乎。现在我就要来说明我这条路，做一点对于哲学系同学的贡献。

我无意中走上的路是怎么样一条路呢？就是我不知为何特别好用心思。我不知为什么便爱留心问题，——问题不知如何走上我心来，请他出去，他亦不出去。大约从我十四岁就好用心思，到现在二十多年这期间内，总有问题占据在我的心里。虽问题有转变而前后非一，但半生中一时期都有一个问题没有摆脱，由此问题移入彼问题，由前一时期进到后一时期。从起初到今天，常常在研究解决问题，而解决不完，心思之用亦欲罢不能，只好由它如此。这就是我二十余年来所走的一条路。

如果大家要问为什么好用心思？为什么会有问题？这是我很容易感觉到事理之矛盾，很容易感觉到没有道理，或有两个以上的道理。当我觉出有两个道理的时候，我即失了主见，便不知要那样才好。眼前若有了两个道理或多的道理，心中便没了道理，很是不安，却又丢不开，如是就占住了脑海。我自己回想当初为甚么好用心思，大概就是由于我易有这样感觉吧。如果大家想做哲学家，似乎便应该有这种感觉才得有希望。更放宽范围说，或者许多学问都需要这个为起点呢。

以下分八层来说明我走的一条路：

（一）因为肯用心思所以有主见　对一个问题肯用心思，便对这问题自然有了主见，亦即是在自家有判别。记得有名的哲学家詹母士（James）仿佛曾说过一句这样的话："哲学上的外行，总不是极端派。"这是说胸无主见的人无论对于什么议论都点头；人家这样说他承认不错，人家那样说他亦相信有理。因他脑里原是许多杂乱矛盾未经整理的东西。两边的话冲突不相容亦麻糊不觉，凡其人于哲学是外行的，一定如此。哲学家一定是极端的！甚么是哲学的道理？就是偏见！有所见便想把这所见贯通于一切，而使成普遍的道理。因执于其所见而极端地排斥旁人的意见，不承认有二或二以上的道理。美其名曰主见亦可，斥之曰偏见亦可。实在岂但哲学家刻此！何谓学问！有主见就是学问！遇一个问题到眼前来而茫然的便是没有学问！学问不学问，却不在读书之多少。哲学系的同学，生在今日，可以说是不幸。因为前头的东洋西洋上古近代的哲学家太多了；那些读不完的书，研寻不了的道理，很沉重地积压在我们头肩上，不敢有丝毫的大胆量，不敢稍有主见。那末就劝大家不要为前头的哲学家吓住，不要怕主见之不对而致不要主见。我们的主见也许是很浅薄，浅薄亦好，要知虽浅薄也还是我的。许多哲学家的哲学也很浅，就因为浅便行了。James的哲学很浅，浅所以就行了！胡适之先生的更浅，亦很行。因为这是他自己的，纵然不高深，却是心得，而亲切有味。所以说出来便能够动人；能动人就行了！他就能成他一派。大家不行，就是因为大家连浅薄的都没有。

（二）有主见乃感觉出旁人意见与我两样　要自己有了主见，才得有自己；有自己，才得有旁人——才得发觉得前后左右都有种种与我意见不同的人在。这个时候，你才感觉到种种冲突，种种矛盾，种种没有道理，又种种都是道理。于是就不得不有第二步的用心思。

学问是什么？学问就是学着认识问题。没有学问的人并非肚里没有道理，脑里没有理论，而是心里没有问题。要知必先看见问题，其次乃是求解答；问题且无，解决问题更何能说到。然而非能解决问题，不算有学问。我为现在哲学系同学诸君所最发愁的，便是将古今中外的哲学都学了；道理有了一大堆，问题却没有一个。简直成了莫可奈何的绝物。要求救治之方，只有自己先有主见，感觉出旁人意见与我两样，而触处皆是问题；憬然于道理之难言，既不甘随便跟着人家说，尤不敢轻易自信；求学问的生机才有了。

（三）此后看书听话乃能得益大约自此以后乃可算会读书了。前人的主张，今人的言论，皆不致轻易放过，稍有与自己不同处，便知注意。而凡于其自己所见愈亲切者，于旁人意见所在愈隔膜。不同，非求解决归一不可；隔膜，非求了解他不可。于是古人今人所曾用过的心思，我乃能发见而得到，以融取而收归于自己。所以最初的一点主见便是以后大学问的萌芽。从这点萌芽才可以吸收滋养料；而亦随在都有滋养料可得。有此萌芽向上才可以生枝发叶，向下才可以人土生根。待得上边枝叶扶疏，下边根深蒂固，学问便成了。总之，必如此才会用心，会用心才会读书；不然读书也没中用处。现在可以告诉大家一个看人会读书不会读书的方法：会读书的人说话时，他要说他自己的话，不堆砌名词，亦无事旁征博引。反之，一篇文里引书越多的一定越不会读书。

（四）学然后知不足 古人说“学然后知不足”，真是不错，只怕你不用心，用心之后就自知虚心了。自己当初一点见解之浮浅不足以解决问题，到此时才知道了。问题之不可轻谈，前人所看之高过我，天地间事理为我未及知者之尽多，乃打下了一向的粗心浮气。所以学问之进，不独见解有进境，逐有修正，逐有锻炼；而心思头脑亦锻炼得精密了，心气态度亦锻炼得谦虚了。而每度头脑态度之锻炼又皆还而于其见解之长进有至大关系。换言之，心虚思密实是求学的必要条件。学哲学最不好的毛病是说自家都懂。问你，柏拉图懂吗？懂。佛家懂吗？懂。儒家懂吗？懂。老子、阳明也懂；康德、罗素、柏格森……全懂得。说起来都像自家熟人一般。一按其实，则他还是他未经锻炼的思想见地；虽读书，未曾受益。凡前人心思曲折，经验积累，所以遗我后人者乃一无所承领，而贫薄如初。遇着问题，打起仗来，于前人轻致反对者固属隔膜可笑，而自谓宗主前人者亦初无所窥。此我们于那年科学与人生观的论战，所以有大家太不爱读书，太不会读书之叹也。而病源都在不虚心，自以为没什么不懂得的。殊不知，你若当真懂得柏拉图，你就等于柏拉图。若自柏拉图、佛、孔以迄罗素、柏格森数理生物之学都懂而兼通了；那末，一定更要高过一切古今中外的大哲了！所以我劝同学诸君，对于前人之学总要存一我不懂之意。人问柏拉图你懂吗？不懂。柏格森懂吗？不懂。阳明懂吗？不懂。这样就好了。从自己觉得不懂，就可以除去一切浮见，完全虚心先求了解他；这样，书一定被你读到了。

我们翻开《科学与人生观之论战》一看，可以觉到一种毛病；甚么毛病呢？

科学派说反科学派所持见解不过如何如何；其实并不如此。因为他们自己头脑简单，却说人家头脑简单；人家并不如此粗浅，如此不通，而他看成人是这样。他以为你们总不出乎此。于是他就从这里来下批评攻击。可以说是有意无意的栽赃。我从来的脾气与此相反。从来遇着不同的意见思想，我总疑心他比我高。疑心他必有为我所未及的见闻在；不然，他何以不和我作同样判断呢？疑心他必有精思深悟过乎我；不然，何我所见如此而他乃如彼？我原是闻见最不广，知识最不够的人。聪明颖悟，自己看是在中人以上；然以视前人则远不逮，并世中高过我者亦尽多。与其说我是心虚，不如说我胆虚较为近实。然由此不敢轻量人。而人乃莫不资我益。因此我有两句话希望大家常常存记在心。第一，"担心他的出乎我之外"；第二，"担心我的出乎他之下"。有这担心，一定可以学得上进。《东西文化及其哲学》这本书就为了上面我那两句话而产生的。我二十岁的时候，先走入佛家的思想，后来又走到儒家的思想。因为自己非常担心的缘故，不但人家对佛家儒家的批评不能当做不看见；并且自己留心去寻看有多少对我的批评。总不敢自以为高明，而生恐怕是人家的道理对。因此要想方法了解西洋的道理，探求到根本，而谋一个解决。迨自己得到解决，便想把自己如何解决的拿出来给大家看，此即写那本书之由也。

（五）由浅入深便能以简御繁归纳起第一、第二、第三、第四四点，就是常常要有主见，常常看出问题，常常虚心求解决。这样一步一步的牵涉越多，范围越广，辨察愈密，追究愈深。这时候零碎的知识，段片的见解都没有了；在心里全是一贯的系统，整个的组织。如此，就可以算成功了。到了这时候，才能以简御繁，才可以学问多而不觉得多。凡有系统的思想，在心里都很简单，仿佛只有一两句话。凡是大哲学家皆没有许多话说，总不过一两句。很复杂很沉重的宇宙，在他手心里是异常轻松的——所谓举重若轻。学问家如说肩背上负着多沉重的学问，那是不对的；如说当初觉得有什么，现在才晓得原来没有什么，那就对了。其实，直仿佛没话可讲。对于道理越看得明透越觉得无甚话可说，还是一点不说的好。心里明白，口里讲不出来。反过来说，学问浅的人说话愈多，思想不清楚的人名词越多。把一个没有学问的人看见真要被他吓坏！其实道理明透了，名词便可用，可不用，或随意拾用。

（六）是真学问便有受用，有受用没受用仍就在能不能解决问题。这时对于一切异说杂见都没有摇惑，而身心通泰，怡然有以自得。如果外面或里面还有摆着解决不了的问题，那学问必是没到家。所以没有问题，因为他学问已经通了。因其有得于己，故学问可以完全归自己运用。假学问的人，学问在他的手里完全不会用。比方学武术的十八般武艺都学会了，表演起来五花八门很像个样。等到打仗对敌，叫他抡刀上阵，却拿出来的不是那个，而是一些幼稚的拙笨的，甚至本能的反射运动。或应付不了，跑回来搬请老师。这种情形在学术界里，多可看见。可惜一套武艺都白学了。

（七）旁人得失长短一望而知、这时候学问过程里面的甘苦都尝过了；再看旁人的见解主张，其中得失长短都能够看出来。这个浅薄，那个到家，这个是什么分数，那个是什么程度，都知道得很清楚；因为自己从前皆曾翻过身来，一切的深浅精粗的层次都经过。

（八）自己说出话来精巧透辟每一句话都非常的晶亮透辟，因为这时心里没有一点不透的了。此思精理熟之像也。

现在把上面的话结束起来。如果大家按照我的方法去做工夫，虽天分较低的人，也不致于全无结果。盖学至于高明之域，诚不能不赖有高明之资。然但得心思到切事理，而循此以求，不急不懈，持之以恒者，则祛俗解蔽，未尝不可积渐以进。而所谓高明正无奥义可言，亦不过俗祛蔽解之真到家者耳。此理，前人早开掘出以遗我，第苦后人不能领取。诚循此路，必能取益；能取益古人则亦庶几矣。

至于我个人，于学问实说不上。上述八层，前四层诚然是我用功的路径；后四层，往最好里说，亦不过庶几望见之耳——只是望见，非能实有诸己。少时妄想作事立功而菲薄学问；二三十岁稍有深思，亦殊草率；近年问题益转入实际的具体的国家社会问题上来。心思之用又别有在，若不如是不得心安者。后此不知如何，终恐草草负此生耳。

末了，我要向诸位郑重声明的：我始终不是学问中人，也不是事功中人；我想了许久，我是什么人？我大概是问题中人！

第六辑

寄语与思亲

思亲记

十四年（一九二五年）春，漱溟既自曹州还京师，客清华园，始谢绝外务，出先公遗稿校理而纂次之。事既，又成年谱一卷，并付印，敬以布之当世；其去公之捐生遂志，盖已七年矣。呜呼！漱溟之不肖负罪，顾胜言哉！顾胜言哉！每于理稿次，辄手遗稿俯思而痛，作思亲记。呜呼！漱溟之负罪吾亲也，独在今日哉？吾亲肫爱人也。孝于其亲，慈于其子，胞与乎天下，靡在不致其肫肫款款；则儿子之仰被顾复，其奚待于申说区数？吾亲又周匝谨细人也。每事无在不运以神思，躬其琐屑。吾兄弟姐妹四人，盖一一长于公之手。溟生而瘠弱，又多罹灾病，公之育之也，独难矣！六岁踬于石阶，洞其额骨，绝焉，既苏，养息之。公为多列玩具枕前，引与嬉笑。此景思之常在目。十岁生疖疡，在额，在臂，在股，在足，隆起如枣大者七数。不得坐，不得立，并不得卧，日夜啼。公煮白米粥哺之半年。此景思之常在目。呜呼！公之育之也，为独难矣！公之于少子，又所深爱焉。溟年十四五以迄十八九间，留心时事，向志事功，读新会梁氏所为《新民说》《德育鉴》，辄为日记，以自勉励。读广智书局印行《三名臣书牍》《三星使书牍》，独慕胡文忠、郭筠仙，每称道其语。公喜曰："是何其肖我少年时所为也！"为书以嘉之，锡字曰"肖吾"（是己酉春间事。时漱溟年十七、肄业顺天中学，寄宿校中），爱之至矣。然语四子之侍亲，则至悖无状者漱溟也。噫！痛已！方公幼失怙，受吾祖母刘太恭人教，礼法綦严。恒终日侍立，不敢发一语。有不庄，诃谪扑责无少贷。由是持躬立品，植其基础，然天机才慧亦以是不无窒损。其后公有省于此，念之而自惜。既壮有子，则一意宽放之，亦入于新教育家言，不加扑责。溟兹追忆从前，盖竟不得遭扑挟者一事也。然因是儿辈无复知有悚惕敬礼。迨晚年，尝一日饭罢燕谈，儿辈或转在上座，而公在下。公乃太息曰："我昔不以礼相督，不图尔曹遂亡知如此！"呜呼！儿子平日之无状可知已！公尤好与儿辈共语，恣之言，一无禁。吾兄既早就外傅，及长又出国游。两妹则女儿稚弱，健言者，唯漱溟。公固关怀国家，溟亦好论时事，于是所语者什九在大局政治，新旧风教之间。始在光宣间，父子并嗜读新会梁氏书。溟日手《新民丛报》若《国风报》一本，肆为议论，顾皆能得公旨。洎人民国，渐以生乖。公厌薄党人，而溟故袒之。公痛嫉议员并疑其制度，而溟力护国会，语必致迕。诸类于是，不可枚举。时局多事，倏忽日变，则亦日夕相争，每致公不欢而罢。然意不解，则旋复理前语。理前语，则又相持。当午或为之废食，入夜或致晏寝。既寝矣，或又就榻前语不休。其间词气暴慢，至于喧声达户外者有之。悖逆无人子礼。呜呼！痛已！儿子之罪不可赎已！而溟自元年以来，谬慕释氏，语及人生大道，必归宗天竺，策数世间治理，则矜尚远西，于祖国风教大原，先民德礼之化，顾不知留意，尤大伤公之心。读公晚年笔墨，暨辞世遗言，恒觉有抑郁孤怀，一世不得同心，无可诉语者。以漱溟日夕趋侍于公，向尝得公欢，而卒昧谬不率教，不能得公之心也。呜呼！痛已！儿子之罪，罪弥天地已！逮后始复有寤于故土文化之微，而有志焉；又狂妄轻率言之，无有一当。则公之见背既三年矣，顾可赎哉？顾可赎哉？溟又以慕释氏故，辄从其戒条，茹素不婚，以出世自励。于时吾兄既成室十年而无子；公垂老，又怀决然遗世之隐志，终不得见嗣续之延。虽曾无一语示督责，而于邑含忍在衷者从可想。儿子之罪，不益以重耶！后三年纳妇，庙见，率新妇拜公遗像而哭。呜呼！是乌可赎哉！始在宣统间，溟年十七八，辄不愿有室。时先妣久病，自知不起，挽儿手而泣，开喻叮咛，情词甚切。儿重违母意。请如教，而有难色。公旁坐独无语。明日以书示之曰："汝母昨日之教，以衰语私情，堕吾儿远志；失于柔纤委靡，大非吾意。汝既不愿有室，且从后议。不娶殆非宜，迟早所不必拘耳。"盖公于子女一身前途，但有自度于其衷者，则发虑陈情无弗纳。其或未可，则公固自有意向，隐然诏示，力持不移，俾之旋省平思，潜移默转，而不欲强其相从，大都类是。释氏之教，公所不喜也。溟年二十，日诵其言，公未尝一言止之。其时溟才卒业中学耳，学业半途无成，竟不更为升学计，公未尝一言督之。然而公之所以为教者至已！其卒不率教者，则儿子乖谬，不能承公志耳！吾国礼教之极弊，既于子女诎抑过当，致拳曲无以自立其人格。家庭间或外观仪雅，而内各茹痛于隐，隔阂不仁。比及挽岁，又被欧风，篡乱旧俗，亲子之分际至难已。公之为教，独使情余于礼，意得自通，而教之有道，其间分际斟酌，盖有足为一世法者。世其无以漱溟之负教不才，而没公之楷则焉，则儿子之罪或少纾耶？戊午十月，公既不惜以一死寤世人，遗言诸稿皆心血所在，纂辑之责溟既引之于己。顾迟之七年而后辑印行世，是岂可以人事羁牵相诿谢耶？盖不能以公之心为心，于公之精诚未云有喻。喻矣，于公精诚之所诣未能澈达无间，则犹未喻也。故虽时时在念，终赴之不急。而谬博时名，外缘日以缠绕；所与接者既在彼而不在此，故虽念之辄怀疚，而旋念旋忘。七年之间，卒卒役役，诚不知其所为者何事，竟置此一大事于不顾！呜呼！公在天其不瞑目矣！儿子之不肖负罪极矣！即欲自诛自责，诚不识当作何语。每于理稿次，辄俯思而痛；虽百死其安赎也！虽然，往事不可追，敢不知勉于今。窃自循省，起年十四五知有思想以来，尝数变其宗旨，顾二十年间，实未尝敢一妄自菲薄，然一向以浅衷矜气行之。盖无往而不负罪抱疚矣。去岁之冬，赖朋友之力，寤其昔非，始一一有悔心焉。公在天之灵其相之矣！既谢外务读公书，日夕回环，所得有在二十年趋庭侍膝之外者。或者自今其始为奉吾亲之教耶？呜呼！天下溺矣！公之志苦矣！饥溺恻怛，精诚之所诣，终启儿子矣！儿子虽劣，自今以往，其敢忘吾亲之志？不孝漱溟记于勉仁斋。

先父所给予我的帮助

我从小学起一直到现在，回想一下，似乎不论在什么地方，都是主动的；无论思想学问做事行为，都像不是承受于人的，都是自己在那里瞎撞。几乎想不出一个积极的最大的能给我帮助的人来。我想到对我帮助最大的最有好处的，恐怕还是先父。

先父给我的帮助是消极的，不是积极的。我在《思亲记》上曾说到这意思。我很奇怪，在几十年前那样礼教空气中，为父亲的对儿子能毫不干涉。除了先父之外，我没有看见旁人的父亲对他的儿子能这样的信任或放任。恐怕我对于我自己的儿子，也将做不到。先父对我的不干涉，最显著的有三点。

（一）我在中学将要毕业的时候，一面考毕业试验，一面革起命来。本来在未毕业时，已与革命党人相通，毕业后便跟着跑革命。到第二年民国成立，照普通说，这时应当去升学，不应当去干没有名堂的把戏——我们那时的革命，虽也弄什么手枪炸弹，但等于小孩子的玩意儿，很不应如此。而我不想去升学，先父完全不督促，不勉强我。先父的人生思想是向上的，有他的要求主张，可是他能容纳我的意思而不干涉。何以能如此？我现在还完全想不到。

（二）后来我由政治革命，由社会主义转到佛家，自己整天东买一本佛书，西买一本佛书，暗中自去摸索——这也是主动的瞎撞，一直瞎撞若干年——先父也不干涉。先父有他的思想，他自以为是儒家的，可是照我的分析，先父的思想与墨家相近，可说表面是儒家而里面是墨家的精神，对于佛学很不喜欢。我既转向佛家，我就要出家，茹素，不娶妻，先父只将他的意思使我知道，而完全不干涉我。这就成就我太大。那时我虽明白先父不愿的意思，但我始终固执，世界上恐怕找不出像我这样固执的人来。

（三）就是不娶妻。这事在他人非干涉不可。我是两弟兄，我哥结婚十年，没有儿子。照普通说，老人都很盼望有孙，尤其先父自民国元年至民国七年间，始终抱殉道之念——不愿苟活之意，自己存心要死，又当晚年没看见孙，有后无后将不知道：在普通人情，一定要责备我。可是先父半句责备的话都没说。就是我母亲在临终之前，告诉我不要固执己见，应该要娶亲；而先父背后告诉我说：虽然母亲意思如此，可不一定依照，还是以自己意思为主。民国七年先父在要殉节的时候，仍无半句话责成我要结婚，他是完全不干涉。这个信任或放任——这放任非不管，另有他的意思，即于放任中有信任——给我的好处帮助太大，完全从这消极的大的帮助，让我有后来的一切。大概在先父看到这一点：这孩子虽然是执拗错误，但自己颇有自爱要强的意思，现在虽错，将来可"对"，这"对"可容他去找，现在不要干涉。先父的意思，恐怕就是这样。

纪念先妻黄靖贤

先妻黄氏靖贤一九三五年八月二十日病故于邹平，我曾有悼亡之文，今不存。但记得我于靖贤之为人尝以刚爽二字表出之，盖纪实也。据闻其年少之时，身体健壮，气概一如男儿，绝无女儿羞怯态，有“小山东”之称（距今七十年前，北京市民都饮用井水，率由山东壮汉担送来家。——作者注）。又尝闻靖贤自言，平素夜晚就睡，或侧身向左而卧，或侧身向右而卧，其姿势直至次晨睡起一无改动，从未有辗转反侧之事。是殆其胸襟坦荡，无系着，无扰动之证乎。又言对于男女婚姻问题虽自己年龄加长，从未萦心在念，唯临到二十八岁那一年忽尔映现脑际，而即于是年与我结婚云。

我们结婚之年，靖贤廿八岁，我廿九岁，伍庸伯先生实为媒介。一九二一年夏，我应山东教育厅之邀，为暑期讲演于济南，讲题即为“东西文化及其哲学”。讲毕回京写完讲稿准备付印，正在闭户孜孜而伍先生忽往顾我家，愿以其妻妹介绍于我，征询我的要求条件如何。我答：我殆无条件之可言，一则不从相貌如何上计较；二则不从年龄大小上计较；三则不从学历如何上计较，虽不识字者亦且无妨；四则更不需要核对年庚八字（旧俗议婚两方互换庚帖，庚帖上载有生辰八字。——作者注）。当然，亦非尽人可妻。我心目中悬想得一宽厚和平之人；但其人或宽厚和平矣，而无超俗之意趣，抑何足取？必意趣超俗者乃与我合得来。意趣超俗矣，而魄力不足以副之，势将与流俗杆格而自苦；故而要有魄力才行。我设想以求者如是如是。伍先生笑曰，你原说无条件，你这样的条件又太高了。然而我要为你介绍之人却约略有些相近。其实我一心在完成手中著作，未暇谈婚事；且询知伍先生娶于旗籍人家，虽属汉军旗而袭染满洲人习俗，我夙所不喜，当下辞谢其介绍之好意。

其后既卒于订婚而成婚，成婚之夜我为靖贤谈及上面说的宽厚、超俗、魄力三点。她不晓得魄力一词，问此二字怎样写，正为其读书不多，超俗云，魄力云，非所习闻也。

于此，宜一谈伍先生的婚姻。满汉通婚，清初有禁。入民国后，满人或冠汉姓，满汉分别渐渐泯忘。然一个广东人的伍先生而缔姻北京旗籍人家，亦有其缘由。先是靖贤及其胞姊敬如女士——即后来的伍夫人——同学于某一蚕桑学校，而伍先生陆军大学同学友张国元之妻适亦就学其间。张妻来自粤省西南隅（似是合浦县）之偏僻农村，其人既拙笨复憨态可掬，同学欺侮戏弄之以取笑。靖贤姊妹见其受窘，恒卫护之，以是相亲昵。课余既有往来，经国元之父张翁为媒，而伍先生与敬如的婚姻得成就焉。

靖贤少于其姊两岁，而婚姻成就差迟七年。论面貌、体态、神情，姊氏转而显得年少，其各自禀赋不同而随之以时运不同乎。靖以一九二一年归于我，一九三五年去世，相处十四年间，深知其生性淡泊寡求。七情六欲固人所同具，而靖贤之表现恒于质直中见消极。例如亲友见面或分手之时，都有许多虚情客套语，而靖独以木讷出之，巧言令色所不屑为也。然其赋性消极则年寿不永之征。

昔人有云“中年丧偶大不幸”，我于靖贤之逝乃始有味乎其言。假使人当三十岁前后遭遇乎此，虽然悲伤乃至痛悼，却亦易于渐渐浑忘。若在暮年老朽时，则此属意中之事或亦无其凄惨。唯独在中年有难于忘怀者。

我之不忘靖贤者，靖贤为我留下两个好儿子。两儿失母之年，培宽十一岁，培恕八岁。我既已致力社会运动，奔走四方，不遑宁处，两儿唯赖靖贤抚育成长。两儿虽无过人之资，却亦各有才品，四十年来在社会培植下各有专业，为国服务。最难得的其兄弟友爱之情自童稚至于今而弥笃。各自成家后，妯娌以至诸孙雍睦无间，使我耄耋得此，独非靖贤之赐乎。

然而莫设想我们家庭生活总是和乐融融的。靖之为人既秉消极气氛，而我较之通常人则有些乖僻，又往往态度生硬。所幸我常常不在家，别时多于聚时，避免了冲突不和。我今回顾往事，记得靖贤曾一次郑重其事地指摘我如下三点：第一，说我好反复。说我每每初时点头同意之事，又翻悔不同意。这确有之。因为她遇事明决，不多思考审量，而当她征问我的意见时，我每先附和之，旋加考虑不免又更改。此盖两人头脑不同，性格不同也。第二，说我气量窄小，似乎厚道，又不真厚道，似乎大方，又不真大方。第三点记不明确，大约是说我心狠，对人的同情心不足。……这些批评出自至亲至近之人，大值得反躬自省。纪念先妻之文即截止于此。

一九七七年六月十一日着笔，十八日写完

寄宽恕两儿

宽恕两儿：

前自西安、洛阳所发之信当收到。我们在此已多日，因黄河北岸敌人甚多，不能通过，等候机会，等了很久。

在此等候之中，我们到洛阳附近游玩。先到“关帝冢”，离洛十五里，是关公的头经孙权送给曹操，操埋葬在此。前面是大庙，后面是坟，殿堂树木都很好，我们向坟前行最敬礼。

从关冢再过去十五里便到伊阙龙门。伊是“伊水”，阙是大山中间断开一个门，伊水从中间流通过来。龙门就是西边的山。山崖有唐代刻的佛像，小的很小，有好几千，大的很大，有九尊。我在释迦佛前照一相，是张云川先生照的，佛高于我的身约二十倍。佛像甚好看。

我们明天要走了，是从洛阳到襄城，换船经郾城、周家口，到阜阳，随于学忠军队同行，何时到山东，不能知道。

父手字

三月十七日

香港脱险寄宽恕两儿

一　离港

我已于一月二十六日到达梧州，现在可以将从香港脱险的经过告诉你们。

香港战事于十二月二十五日结束，我同几个朋友隐蔽在西环一间小学的教室里，且觇日军动静如何，准备走出香港。但急切间得不到什么好办法，直至一月十日始得离港北来。

这是起身头一天方决定的。承一位朋友的好意通知我们，说是有一只小帆船明天开往澳门，船主曾向日军行过贿，或可避免查问。船费每人港币六十元，此友已预订五个人的位子。我们当下付过钱，约定次日天明于某处见面，有人领我们下船，并嘱咐我们改换装束，少带行李。

我们同行朋友计五人：陈君、陆君、范君夫妇和我。五人皆改成工人或小商贩的装束，自携行李（都是小件的），随着引路人，自中环急步，向香港仔下船。这是一段约二十华里的路程，在久不走路的我，竟感到异常吃力，周身是汗，两脚生痛，走到末了，一跛一拐，几乎不能再走。路上还承友人相助，代携行李，方勉强到达。不过还好的是我气不喘，心不慌。

船甚小，宽约一丈，长约三丈二尺，却有三挂帆。我真没想到这样小船可以航海。由香港仔驶出时，从海面看见有被凿沉的轮舰十数艘堵塞海口，如其不是这小船怕亦驶出不得呢！

二　到澳门

船行全赖风帆之力。风若不顺，或无风，那便走不动。所以一时风力好，则船上人都色然而喜；一时无风，便人心沉闷，都说今天到不了澳门。大体上那一天早晚都有风的，但不十分顺风，所以晕船的人颇多。而中间亦有一段没风的沉闷期。同行友人或则呕吐，或则眩晕难支，频频服止呕药。只有我一个人不感觉什么，一切如常。范君等皆以为讶。

在途中曾遇有敌机盘旋而过，又有敌艇自远驶来，好似追我们的。船上水手和客人均慌起来，各自将珍贵财物掩藏。实则始终没有碰到敌人，或伪军土匪。我们一路无事，于夜晚十时，便在澳门登陆。

澳门政权属于葡萄牙，而此时则全在敌军控制之下。我们登岸入旅馆，便见很多说日本话的朝鲜人，且传说敌军将接收澳门的警察权。我们到澳门还希望有轮船去广州湾，但轮船皆被敌人扣住不许开。有一次日本领事签字许开了，而他们海军方面又不许，到底不得开。我们因旅馆耳目太多，且不好久居，承澳门朋友冯、柯两先生帮忙，移居到一间空房内，慢慢设法离澳。

此时澳门已甚恐慌。粮食来源不足。米、盐、油、糖四项皆政府公卖，非有居民证不能买。（所以我们皆靠冯祝万先生送来米吃。）各商家皆预备结束，市民多半要走。而香港跑来澳门的人亦一天比一天多，都是要再走的。这样多的人要走，而可走的路却不多。第一是没有轮船，只有渔船或使帆的小货船；而海上多盗，谁亦不敢走。只有循石岐向内地走的一法。那却要经过敌人几道检查，才得通过。首先要在澳门的敌人机关缴相片，领取通行证、良民证，手续甚繁。澳门市民多走此路。香港来的人走此路者亦不少。我们几个朋友则不愿办这些手续，亦不愿经过沿路检查，只得另想办法。

最后想的办法，还是小船漂海，直奔自由中国的都斛（属台山县）。此路因海上多盗，无人敢走。但我们则因有友人介绍得识海上豪杰吴发君。他逞豪海上多年，人称“吴发仔”的便是。他的势力范围在三灶岛、横琴岛、大小榄一带等处。抗战以来，敌人要夺取三灶岛为空军根据地，他便与敌人抗拒，苦战多次，曾受政府收编，担任游击工作。因为他本人即是三灶岛上的人，家族亲故皆在岛上。岛上居民共一万二三千人，全被敌人屠杀赶走，失去生活依据。所以他与敌人是永不妥协的。直到现在，还有几千义民跟随他在澳门附近荒岛野山上砍柴为生，我们皆曾眼见。至于他们的抗日战绩，前一二年的香港澳门报纸亦不少揭载的。此番他知道我们是文化界的人要返国，他愿护送我们到都斛。同时托我们将他抗日的赤诚、部队的苦况、义民的流离，向政府代为申请，请求设法接济和救济。

三　再度漂海

在十七日的下午，吴发仔派人引我们乘渡船先到路环——这是距澳门不远的一个地方。三灶岛的义民逃难在此的便不少。而吴的部下实际亦都是他们的族中子弟，他们都称呼他“发叔”。部队并没省政府发的饷项，要靠护航为生。就是将内地所需货物如汽油棉纱等包运到都斛，收到护运之费。这种生意每个月亦只有阴历二十五至初五的十天内能做。因为这十天没有月亮，在漆黑的夜间才得避免被敌人发现。白天和月光下都是不方便的。一月十七日这天正好是阴历十二月初一，就乘他们运棉纱的便船送我们走。

黄昏时候，吃完晚饭。大家下船，船共五只，虽有大有小，亦差不甚多。记得我乘的一只，约六尺宽，三丈长，无篷，一挂帆而已。原说我们五人分乘五船。因为船太窄小，而驶船的人一船却有八九个，还不时往来行动。所以只能在满载的棉纱包上面近舵之一端，侧身卧一客人，再多，便不免妨碍驶船。后来因为范太太觉得黑夜孤身一个害怕，许他们夫妇同船。我及陈、陆二君则各人一船。已经分别开行了，忽然陆君一船向我船赶来，说是他们发觉我不能粤语，怕途中万一有事不好应付，特地要我与善粤语的陈君同一船。迁换既定，扬帆各去，昏暗中彼此皆看不见了。

此夜风向甚顺，我们仰卧着看天上星斗，船在静静中如箭一般地驶去。不意后半夜风向忽变，风浪甚大，小船颠荡欲覆，浪水直泼向船内，溅入鼻口；衣服尽湿更不待说了。好在船行多在群岛之间，所以不久便依泊于一小荒岛上。候至天明日出，将衣服曝在太阳下，人亦烧柴取暖。船上带有米粮菜蔬，但遍觅岛上无淡水可得，只好用海水煮饭。我素有耐饥本领，啜一小碗而已。饭罢，就仰卧沙滩之上，阳光之下。除海潮声外，寂无所闻。直待到天色昏暗，方又扬帆而去。——此为十八日事。

船行顺利，是夜便到都斛。但还不是都斛市镇，是其海口，地名东滘口。耳闻隔船语声，知范君夫妇已先到。彼此问讯，知他的船在途中，被劫两次。棉花劫去数十包，幸无他失。而其余三只同来的船，竟不见来到。候至天明，总无消息，为陆君悬心不已。

四 由都斛到台山城

我们船到东滘口之时，岸上的警察派出所便有警察持手电筒上船来查问。我们直以从香港逃出告之。他回派出所后，他们的警察长非要我们上岸问话不可，而从船到岸还有几十丈必须涉水而过。正在后半夜极其寒冷，又仅有星光，不辨脚下深浅。跣足涉水，真有些为难，我们向他商量，请至天明再问话不迟。他执意不允，大声威吓起来。我身边恰尚有名片，就托范、陈二君辛苦上岸，对警察长说明。

经说明后，他态度倒还好。天明就招待我们上岸洗脸饮茶，用电话向镇上喊来轿子，送我们到镇上。大约他已报告上司，而得到指示了。

在镇上饮茶时，棉纱货主亦由镇上来东滘口收取他的货物。乃知吴发仔包运他的纱货共有十六只小船之多，先后分三批开行。第一批六只船，第二批五只船，第三批又五只——就是我们搭乘的这一次。第一批有五船失踪，只到一只，亦被劫光。第二批五只船都不见到。第三批到了我同范君两船，余三只未到。总算起，共失去十三条船，到达的仅只三船而已！如此看来，我们此行真太危险了。而到达的三船，一船被劫精光，一船被劫两次，其得安全无事者独我与陈君一船，真又太幸运了！

原来当十七日晚，船已开行，我与陆君忽又换船之时，我心中早为之一动：莫非我这船要出危险吗！因为从来的经验，我是碰不到凶险事情的。我在某处，某处便无凶险事；只有在我未到之前，或离去之后发生。这种事例太多了。二十八年（一九三九年）我在敌后游击区出没之时，最为清楚显明。就以此番香港战事而言，我离开黄泥涌道不久，敌军便占了黄泥涌道；我迁离轩鲤诗道黄家，并将衣服取走之一天，黄家便被匪劫。亦有一串事例可举。这样就暗示给我一种自信：我总是平安的。所以当忽然换船之时，我不免心中一动了。哪晓得它果然出事呢！

照此情形，我们只有函托吴发仔于寻到他的船时，设法营救陆君。我们久候于都斛亦属无益，十九日宿一夜，二十日就赴台山县城。

赴台山，我和范夫人各乘一轿，范、陈二君各骑一单车（脚踏车）。车轿都是警察所代雇的。警官甄君招待甚周，并设酒饭在他所内款待我们。因为我的名字一传到都斛，就被当地几个旧日广州第一中学的学生朱元凯、朱灵均、李元五等晓得了，马上来欢迎我。而警察所朱所长正是他们一家弟兄。所以可以说一入国境，便遇到熟人了（我于民国十七年[一九二八年]任第一中学校长）。

朱等立刻写信告知台山城内的同学陈炳贤。陈任县政府粮政科长，他又报告给县长陈灿章。所以我们一到城内，陈同学和陈县长又都来欢迎了。陈县长是我的朋友刘裁甫先生的学生。十七年我在广州时，他任民政厅秘书，曾经见过面的。于是随着当地的新闻记者和县党部书记长亦都来看我。他们皆以为我是文化界从香港脱险到内地最早的一人。——此是一月二十日的事。

五　经过三埠

照我们的路线，到台山后，应经三埠去开平肇庆。所以二十日宿一晚，二十一日晚发电报给重庆后，即决定去三埠。电报是打给国民参政会的。其文曰：

重庆国民参政会主席团蒋、张、左暨王秘书钧鉴：顷已从香港脱险返回，请代披露报端，告慰各方知好。梁漱溟祃。

可喜的是当我们起身赴三埠时，陆君忽然赶到台山，直入我们旅馆中。问他所遭遇的事，知道被赤溪方面的海盗掳去。吴发仔的十三条船皆被集中在一处，货物和旅客一同在那里。船货要交七万五千元才可以领回。旅客则每人要交港币一千元保护费才可出来。陆君本与其他客人同一待遇，后来因为他颇知江湖人物心理，几番说话居然说动他们，将掠去的衣物还他，且派船送他一人登陆。他赶至都斛，经警察所的指示，又通电话于县政府，所以就寻得我们了。于是原来同行五人，又复会齐出发。

经一程旱路，一程水路，二十一日下午我们到了三埠。“三埠”，原是三个埠头：长沙、荻海、新昌。这好像武昌、汉阳、汉口三镇的一样。市面繁盛，有广东第一区行政专员兼保安司令驻此。先得知专员是旧日相熟的李磊夫先生，一到便送名片通知他。他立刻来看我，欢然道故。次日又约彭指挥林生和一些军政长官以及中央、中国、中农三银行经理为我设宴。并且派一个队长带了弟兄，于宴罢护送我们一行去肇庆。

此地中国农民银行经理吴尚势君，在席上向我谈他是广州第一中学的老教员，虽然他人一中是霍校长请去的，我早离开。然而我在一中的措施，已奠定好的基础，养成好的学风。他们后来的人，从我遗留下的规模和同学口碑之间，虽未谋一面，却完全清楚我的为人了。——不料随处都遇到对我有好感的人呢！

六　经开平到肇庆

二十二日午后起身，当晚抵开平县城。县政府陈科长伟宗先迓于中途，林县长开远又到旅馆来看我们。据他说亦是十七年在广州会过面的。他随你们姨父伍庸伯先生做过事，所以常听伍先生说起我。——那么又算是一个熟人了。

二十三日黎明，县政府雇来五乘轿，林县长又亲来送行，当晚宿田村。次日继续前进，午后二时便到新桥，在新桥换小船，傍晚就到肇庆了。

肇庆是府名，县名高要。此处为广东第三区行政专员兼保安司令驻在地，专员为王仁宇先生。他收到李专员磊夫的电报，又经护送我们的队长通知他，所以当下便同他夫人来看我们。我以为这王专员是不认识的生客了，哪里晓得我虽不认得他，他却又熟悉我呢！

原来广州西村有两间学校，一是第一中学，一是工业专科（后改工厂）。王先生曾主持工校的事，因为同处西郊，一中的校况学风他很清楚。几乎我们的一举一动都在他心目中。最近他任连县县长三年，刚从连县调任此地专员不久。在连县时，王夫人和你们大姨（伍庸伯夫人）往来亲密得很。王夫人对我说，虽未会面，早从相片上认识了我和你们两兄弟，并且还看见恕儿寄给大姨母的绘画和木刻呢！

王专员告诉我，伍先生领导之游击队的根据地就在三水县境内，而三水和高要是接境的。可惜我与同行诸友要赶路，不及去访看老而益壮的伍先生。

是晚（二十四日晚），我们宿肇庆大旅店。次日天明王专员和他的夫人又来旅店，引我们出城去避空袭。这天明避空袭是肇庆近月以来的规矩。全城人都走出城外，过午才回城。王专员就在城外一书院旧址办公。我们便在他办公室休息和吃早饭。他夫妇又引我们游公园、游郊外树林，再吃午饭。傍晚又送我上船去梧州。——此为二十五日事。

七　搭船上梧州

二十五日傍晚，王专员夫妇和一位管理西江航政的唐姓军官亲自送我上船。这是以前航行广州的拖渡大船。船老板表示客气，将特舱位让给我们，而且坚持不收船价。

我们一路上船轿车脚等费，以及宿食等项，大都有人招待，或特别客气相让，所以从澳门冯祝万先生借得国币一千元，又代换五百元，共不过一千五百元，五个人用到此地尚余大半。因此李专员、彭指挥、王专员先后赠我路费，皆没有再接受。实在沿途承受朋友们的好意已经很多了。

王、唐诸公道别去后，船快要开，忽然在我铺位旁边坐了刚上来的一位客人，短装如工商界人，以帽压额，虽在灯影恍惚之下，我却已看出是久柄广东政权、威名赫赫的陈济棠。我们在港皆确知他陷在港没出得来，而在澳门以及沿路皆听说他被敌人拉去广州，并传说已到南京出任军委会副委员长。他能脱险回内地，不独他个人之幸，亦是国家之福。我忙指给身边的陈君看，低声问他是不是陈济棠。陈君看了，亦说像他。但我和陈济棠原相熟的，此时我看他，他却不打招呼。我不看他时，他又偷眼看我。这明明是他无疑了。不过他既不愿人知，自不便和他搭话。

入夜，他又迁了舱位，不再看见。次日上午船上账房来向我说“陈老总”相请。果然是他，请我去谈话。他说：昨夜原已看见你，现在梧州快到了，再无问题，我们可以谈谈罢。据谈，他因未得乘飞机出港，即于战事中改装隐蔽。战事休止，一月十二日离港到大澳，虽家人部属亦不知。从大澳经朋友护送走中山、顺德、新会、鹤山、高明各县的乡间，不经过任何埠口而达肇庆的。由肇来梧之前，却已托人致电梧州梁专员朝玑，请其派船迎接。

不一时，果见梁专员乘了电船来接。他便邀请我和陈君等同上电船，很迅速地到了梧州码头。梁专员招待我们在司令部内休息用饭，并马上打电话报告桂林李主任（济深）、黄主席（旭初）。他自己亦与李、黄二公通话，说明一时尚不来桂林。我亦就便与李、黄二公通话，说我不久可以到桂林。

陈公（指济棠）确乎有病，从形容上完全可以看出。他自己说“百病俱发”，虽言之或许太过，但不休息不调养不行了。他摆脱政务（他是中央党部常委兼农林部长），决计去茂名（广东高州）静养，我认为是一明智之举。当晚（二十六日晚）他留于梧州，而我们询悉有开上水的船，即托梁专员代订船位，饭后上船赶程西进了。

八　脱险后感想

以上所述，到一月二十六日梧州事为止，是在贵县朴园休息期间写记下的。本来脱离港澳已算脱险，说得宽一点，则说到广东接近敌人的区域，如肇庆（距敌七十华里，仍不时打炮）便可。到梧州就无险可言，故梧州以后不必详叙。

梧州以后，大略言之：二十七日晚抵桂平，即刻换船；二十八日下午抵贵县。以同行友人陈君是贵县人，即借他亲戚家的朴园小住数日，此时同行他友均已分手。二月三日同陈君搭汽车到宾阳，四日到柳州，当晚搭湘桂铁路夜车，五日天明就到桂林了。这一段路同样地亦到处得朋友帮忙，招待、欢送，不要我自己费一点事。

至此再无可述，要述我自己的感想给你们。

第一个感想，自然是：我太幸运！在香港炮火中，敌军和盗匪遍地行劫中，我安然无事。冒险偷渡出港、出澳，一路上安然无事，始终没碰到一个敌兵、伪军或土匪。不但没有危险，即辛苦亦只往香港仔下船时不足二十华里的平路，哪算得辛苦呢！损失亦没有什么损失。人家或被劫若干次（走东江一路的人最多，被劫亦最苦），我不独没有遇劫，而且自己弃于香港的一箱春夏衣服，还意想不到有朋友给我带送到桂林。所以和人家谈起来，任何人亦没有我这般幸运！

第二个感想便是：到处得朋友帮忙，人人都对我太好。譬如遗弃衣物偏有人同我带来，不是一例吗？如上所述，从头到尾的经过，不全是这种例证吗？同我在香港的只有张先生（云川）是你们熟悉的。其余多数你们都不认得，即在我亦是新交。离港前夕，张先生以未得同行照料我，颇不放心。我即说：你尽放心，天下人识与不识都会帮忙我的。尽我身边，一无家人，二无亲戚，三无故旧，却以人人对我好的缘故，正与家人亲故同处无二，此番脱险更加证明了我的自信。

第三个感想：便是尽一分心，收一分效果。这是从我和广州第一中学的关系而发生的感想。一中学生多是两广人，在两广每每遇到人便谈及我在一中的一段事。（最近又遇到坪石中大农学院一位赵教授，他开口便说：你到坪石来，我们那边一中同学甚多，他们会欢迎你的。）好像我和一中有很深很久的关系一样。其实我任一中校长只半年而已。不过，我却曾为一中尽了一番心。我于十七年（一九二八年）七月接任校长，那时的一中腐败不堪。但亦难怪。因为从十五年（一九二六年）六月起，两年内更换了七个校长，平均每任不过三个月多点。我接任后，逐渐整顿，在十二月提出全部改造方案，转年（十八年）实行，到实行时，我便离粤了，但全盘教职员则一个不动，由黄先生（艮庸）继任校长以代我。一切事情都是黄先生、张先生（俶知）、徐先生（铭鸿）主持。自十七年经十八年、十九年一直维持到二十年夏秋间，这一班朋友才离开。改造方案（原文见《漱溟卅后文录》）得以执行，而且稳定下去，所以便能建立根基，遗留于后来。然而就我自己讲，实不曾用许多心血精力其间。不能不令我叹息，尽一分心，居然亦收一分效果了。

九　处险境中我的心理

最后要说我处险境中的心理。我不只是一个从外面遭遇来说，最安然无事的人；同时亦是从内心来说，最坦然无事的人。外面得安全，固是幸福，自家心境坦然，乃是更大的幸福。——试问一个人尽外面幸得安全，而他心境常是忧急恐慌的，其幸福又有几何呢？

二十八年（一九三九年）我去华北华东各战地，出入于敌后者八个月，随行诸友如黄先生（艮庸）等无不说我胆子大。因为不论当前情势如何险恶，我总是神色自若，如同无事。旁人都有慌张的时候，我总没有慌过。此番在香港炮火中，以至冒险出港，凡与我同处的朋友亦无不看见的。所以同行范君等，一路上就禁不住称叹：梁先生真奇怪，若无其事！梁先生了不起，若无其事！“若无其事”这一句话，我记得他不知说了几次呢！

范君叹我“若无其事”，亦是兼指我身体好，修养好，耐得辛苦忧劳。其实我原是心强而身并不强的人，不过由心理上安然，生理上自然如常耳。你若是忧愁，或是恼怒，或是害怕，或有什么困难辛苦在心，则由心理马上影响生理（如呼吸、循环、消化等各系统机能）而起变化，而形见于体貌，乃至一切疾病亦最易招来。所以心中坦然安定，是第一要事。

我心中何以能这样坦定呢？当然这其间亦有一种天分的，而主要还由于我有一种自喻和自信。自喻，就是自己晓得。我晓得我的安危，不是一个人的问题，而是关系太大的一件事。我相信我的安危自有天命，不用担心。试分别解说一下。

假如我所作所为，只求一个人享乐，那么，我的安危只是我一人之事而已。又若我做事只顾一家人的生活安享，那么，我的安危亦不过关系一家而已。但我不谋衣食，不谋家室，人所共见。你们年纪虽小，亦可看出。我恓恓惶惶究为何事，朋友国人，或深或浅，多有知之者。而晓得最清楚的，当然是我自己。

又假如我虽用心在大问题上，而并无所得，自信不及，那亦就没有何等关系。但我自有知识以来（约十四岁后），便不知不觉萦心于一个人生问题，一个社会问题（或中国问题），至今年近五十，积年所得，似将成熟一样。这成熟的果实是：

一是基于人类生命的认识，而对孔孟之学和中国文化有所领会，并自信能为之说明。

一是基于中国社会的认识，而对于解决当前大局问题，以至复兴民族的途径，确有所见，信其为事实之所不易。

前者必待《人心与人生》《孔学绎旨》《中国文化要义》三本书写定完成，乃为尽了我的任务。后者虽有《中国民族自救运动之最后觉悟》、《乡村建设理论》（一名《中国民族之前途》）、《我努力的是什么》（最近在香港发表）三书出版，已见大意，仍有待发挥和奔走努力，以求其实现。

孔孟之学，现在晦涩不明。或许有人能明白其旨趣，却无人能深见其系基于人类生命的认识而来，并为之先建立他的心理学而后乃阐明其伦理思想。此事唯我能做。又必于人类生命有认识，乃有眼光可以判明中国文化在人类文化史上的位置，而指证其得失。此除我外，当世亦无人能做。前人云："为往圣继绝学，为万世开太平"，此正是我一生的使命。《人心与人生》等三本书要写成，我乃可以死得；现在则不能死。又今后的中国大局以至建国工作，亦正需要我；我不能死。我若死，天地将为之变色，历史将为之改辙，那是不可想象的，万不会有的事！

一班朋友在港，时刻感到生命的受威胁，不独为炮火无情，更怕敌人搜捕抗日分子。所以我们偷渡出来，到达澳门旅馆的一夜，同行友人都色然而喜，相庆更生。然我只报以微笑，口里却答不出话来。因为我心泰然，虽疑虑的阴影亦不起，故亦无欢喜可言也。又我身上的名片，始终未曾毁弃，到都斛时，随手便取出应用。正为我绝不虑到遭遇敌人搜查的事。

我相信我的安危自有天命。何谓天命？孟子说得明白："莫之为而为者，天也；莫之致而至者，命也。"凡事都不是谁要它如此，而事实推移（时间的），机缘凑合（空间的），不期而然。察机缘之凑合，来自四面八方；寻事实之推移，更渊源远至无穷。这其间没有偶然，没有乱碰，于是就说作"天命"。而事之关系重大者，其推移似尤难得恰好，机缘尤难凑拢，一旦或成或毁，就格外说它是天命而非偶然了。

我说"我的安危自有天命"，包含有两层意思。头一层是自信我一定平安的意思。假如我是一寻常穿衣吃食之人，世界多我一个或少我一个皆没关系，则是安是危，便无从推想，说不定了；但今天的我，将可能完成一非常重大的使命，而且没有第二人代得。从天命上说（从推移凑合上说），有一今天的我，真好不容易；大概想去前途应当没有问题（没有中变了）。——这一自信，完全为确见我所负使命重大而来。

再一层是：万一有危险，我完全接受的意思。前一层偏乎人的要求（主观），未必合于天的事实（客观）。事实结果如何，谁亦不能包办得来。万一推移凑合者不在此，而别有在，那么，便是天命活该大局解决民族复兴再延迟下去，中国文化孔孟之学再晦涩下去。我亦无法，只接受命运就是了。或者我完全看错了。民族复兴，并不延宕，文化阐明，别有其人。那怪我自己糊涂，亦无所怨。——这一意思是宾，是对前一自信的让步而来。

总之，我把我的安危一付之于天，不为过分地计虑（自力所不及，而偏斤斤计虑即为过分）。我尽我分（例如尽力设法离险），其余则尽他去，心中自尔坦然。在此中（在坦然任天之中），我有我的自喻和自信，极明且强，虽泰山崩于前，亦可泰然不动；区区日寇，不足以扰我也。

我处险境中的心理，大致如是。若看了不甚了解，待他日长进，再去理会。

后记

此文原系家书，其中有些话不足为外人道（指“处险境中我的心理”一段）。但既然被友人拿去在桂林《文化杂志》上发表了，亦不须再闷。其中狂妄的话，希望读者不必介意，就好了。

一九四三年七月漱溟

寄晓青甥

青：

你不够了解我！我这里没有旁的念头，只有一个念头：责任。譬如我文内说：“抗战中奔走团结，胜利后争取和平，逐逐八年，不敢惜力；一旦料知和平无望，即拔脚走开，三年不出；要无非自行其所信，一贯而不移。”其所行如此而不如彼者，自是其所知所信如此；而其所以能坚持乎此，力行乎此，不怠不懈者，那就是责任心了。在我这里虽不能无人情，却不许有俗肠。像小资产阶级的向上爬心理，可说自幼没有。像小资产阶级的逐求趣味心理，像革命党人的仇恨反抗情绪，在我这里如不能说完全没有，亦只是洪炉点雪。我的生命就寄于责任一念。处处皆有责任，而我总是把最大的问题摆在心上。所谓最大的问题即所谓中国问题。而我亦没有把中国问题只作中国问题。不过作为一个中国人要来对世界人类尽其责任，就不能不从解决中国问题入手。在最大的问题中，我又选择最要紧的事来做。例如：抗战之时，莫要于团结，就致力于团结；当建国之时，莫要于和平，就致力于和平。一旦和平似乎有成（一九四六年一月底）而事情有比参加政府更要紧的，马上就转移其致力之点。又一旦料知和平无望（一九四六年十月底），而事情有比武装反蒋更要紧的，同时自己又不赞成武装斗争，亦就马上转移其致力之点。总之，从来不做第二等事。由于总在最大问题中追求其最要紧的事情，久而久之，我所关心的，旁人往往不如我关心；我所能做的，旁人往往不如我能做；好像责任集中于我一身。既有“四顾无人”之慨，不免有“舍我其谁”之感。像这样数千年悠久历史之下，像这样数万万广大人群之中，而“认识老中国，建设新中国”这句话，只有我一个人最亲切；责任演到这步岂是偶然？固然没有什么“天”降之命，而正有其莫之为而为、莫之至而至者在。是事实如此，不是我自负。自然如你所云“背了包袱”是要不得的，但你如其离开这个有特殊任务在身之念，又怎能了解我！

这是不免于自大的，这样说话是难免引起人家反感的。然而我的生命正在此。我在危难中所以不怕死，就是觉得我不会死。特别是像香港脱险之时，那时《中国文化要义》还没有写出来，万无就死之理的。现在虽然不同那时，然而亦还有没有完的事（非我做不可的事）。这话不对旁人说，但对你却希望你了解，而不怕你说我说大话。

漱溟

十月二十一日

怀念熊十力先生

一九一九年我任北京大学讲席时，忽接得熊先生从天津南开中学寄来一明信片，略云：你《东方杂志》上发表的《究元决疑论》一文，我见到了，其中骂我的话却不错，希望有机会晤面仔细谈谈。不久，各学校放暑假，先生到京，借居广济寺内，遂得把握快谈——此便是彼此结交端始。

事情的缘起，是民国初年梁任公先生主编的《庸言》杂志某期，刊出熊先生写的札记内有指斥佛家的话。他说佛家谈空，使人流荡失守，而我在《究元决疑论》中则评议古今中外诸子百家，独推崇佛法，而指明说：此士凡夫熊升恒……愚昧无知云云。

因此，见面交谈，一入手便是讨论佛氏之教，其结果便是我劝他研究佛学，而得他同意首肯。不多日，熊先生即出京回德安去了。

一九二〇年暑期我访问南京支那内学院，向欧阳竟无大师求教，同时介绍熊先生入院求学，熊先生的佛学研究由此开端。他便是从江西德安到南京的。附带说，此次或翌年，我还先后介绍了王恩洋、朱谦之两人求学内院。朱未久留即去；王则留下深造，大有成就，后此曾名扬海外南洋云。

我入北大开讲印度哲学始于一九一七年，后来增讲佛家唯识之学，写出《唯识述义》第一、第二两小册。因顾虑自己有无识妄谈之处，未敢续出第三册。夙仰内学院擅讲法相唯识之学，征得蔡校长同意，我特赴内学院要延聘一位讲师北来。初意在聘请吕秋逸（澄）君，惜欧阳先生以吕为他最得力助手而不肯放。此时熊先生住内学院约计首尾有三年（一九二〇年至一九二二年），度必饫闻此学，我遂改计邀熊先生来北大主讲唯识。

岂知我设想者完全错了！错在我对熊先生缺乏认识。我自己小心谨慎，唯恐讲错了古人学问，乃去聘请内行专家；不料想熊先生是才气横溢的豪杰，虽从学于内学院而思想却不因袭之。一到北大讲课就标出《新唯识论》来，不守故常，恰恰大反乎我的本意。事情到此地步，我束手无计。好在蔡校长从来是兼容并包的，亦就相安下去。

熊先生此时与南京支那内学院通信中，竟然揭陈他的新论，立刻遭到驳斥。彼此论辩往复颇久，这里不加叙述。我自审无真知灼见，从来不敢赞一词。

计从一九二二年熊先生北来后，与从游于我的黄艮庸、王平叔等多人，朝夕同处者历有多年。一九二四年夏我辞北大，应邀去山东曹州讲学，先生亦辞北大同往；翌年我偕诸友回京，先生也是同回的。居处每有转移，先生与我等均相从不离，其事例不必悉数。然而踪迹上四十年间虽少有别离，但由于先生与我彼此性格不同，虽同一倾心东方古人之学，而在治学谈学上却难契合无间。先生著作甚富，每出一书我必先睹。我读之，曾深深叹服，摘录为《熊著选粹》一册以示后学。但读后，心有不谓然者复甚多，感受殊不同。于是写出《读熊著各书书后》一文甚长，缕缕陈其所见！

如我所见，熊先生精力壮盛时，不少传世之作。比及暮年则意气自雄，时有差错，藐视一切，不惜诋斥昔贤。例如《体用论》《明心篇》《乾坤演》，即其著笔行文的拖拉冗复，不即征见出思想意识的混乱支离乎。吾在《书后》一文中，分别地或致其诚服崇敬，又或指摘之，而慨叹其荒唐，要皆忠于学术也。学术天下之公器，忠于学术即吾所以忠于先生。吾不敢有负于四十年交谊也。

一九八三年四月二十三日于北京

略谈胡适之

1917年，我与胡适前后相差两个月到北京大学。那年胡适二十六岁，我二十五岁，他长我一岁。当时他正是才华最盛的时候。他最早开始用白话文写文章，提出《文学改良刍议》八项主张，倡议用语体文，这是开创性的。从前一讲学问，写文章，都用文言文，他打破了这一点，这是他的功劳。当时很多人表示反对，其中有两个知名人物，一个是林琴南，再一个是章士钊。但不久，使用白话文的人还是越来越多了。蔡元培先生在北大的办学方针是开放的，不受任何拘束，一般都称赞他执行的兼容并包办学方针，这个态度好，能够广罗人才，我就是被他"兼容并包"的一个人。我进北大讲的是冷门，没有人讲，我讲的是印度哲学。印度是东方古老文明之国，佛教在印度是后起的一个教派，但它在印度的消失也很早。中国有名的玄奘法师虽然赶上，但已是接近尾声。佛教传到中国来，玄奘起了很积极的作用，他一生艰苦卓绝。我很喜欢钻研佛教，也算是玄奘这一派。

刚才我讲了，胡适先生功劳很大，提倡语体文，促进新文化运动，这是他的功劳。他的才能是擅长写文章，讲演浅而明，对社会很有启发性。他的缺陷是不能深入；他写的《中国哲学史大纲》只有上卷，下卷就写不出来。因为他对佛教找不见门径，对佛教的禅宗就更无法动笔，只得做一些考证；他想研究佛法，但著名的六祖慧能不识字，在寺里砍柴舂米，是个卖力气的人，禅宗不立语言文字，胡先生对此就无办法。

胡适喜欢谈墨子，梁启超同样也喜欢谈。墨子很了不起，他的书有《经上》

《经下》，墨子书保存有古代科学内容，许多是自然科学。人们开始不懂，后来才慢慢明白他说的是什么。墨子的书传下来却是放在道藏中。《韩非子》的《显学篇》讲到，儒分为八，墨分为三，后来大都失传了。儒家传下来的只是《荀子》和《孟子》。

胡适为人有个弱点，就是怕共产党。五四时期，北大出现陈独秀、李大钊，还有顾孟余等人，他们都讲社会主义学说，有好几派，有人讲英国的基尔特主义，有人讲法国的工团主义。学生中的思想也有很多派，有很多出名人物，如傅斯年、许德珩等等。毛泽东那时也在北大，他是旁听生。傅斯年创办的刊物是《新潮》，还有个刊物是《国故》。"国故派"里就有名教授黄侃。北大还有"三沈"（沈兼士、沈尹默、沈士远），"二马"（马叙伦、马裕藻），"二周"（周树人、周作人）等等。当时人才济济，因为蔡先生爱才，奖励后进。我现在已是九十四岁，离那时很远了，但是对当时经常讲的那几个字——兼容并包，至今记忆犹新。

一九八七年四月十二日

悼念陶行知先生

陶先生之死，人人都以热泪痛悼他，人人都抱无限悼念的话要说。这里，我说一些我的话。

陶先生是一个一往直前，奔赴真理的人。他心目中，有他对于社会的理想要求。就在这里，他好便真好，恶便真恶，好恶真切分明，虽然有时不形于色。大家谁都佩服陶先生是一个力行的人。但须晓得，他所以表著出来如此者，正为他内心好恶简捷有力。当今天这个“好话说尽”的世界，一切只见说不见做，越显得陶先生朴勇卓绝，任何人都落在他后边。你只见众人随着他走，受他感动鼓舞而向前；不是吗？他不惟勇往，而且踏实沉毅。因此，勇于奔赴理想的人尽还有，而终不及他。我在此等处，最折服陶先生。我简直要五体投地向他膜拜。

陶先生又是一个富有创造力，遇事能独出心裁的人。反之，“人云亦云”，“蹈袭故常”，在他是绝没有的。陶先生既从事教育，所以在他事业里面无处不具有一段新意趣、新作风，乃至完全新的一套。你看，早的如“晓庄师范”，后来的如“山海工学团”，末后如合川草街子的“育才学校”，不都是如此吗？他心思用在实际问题上，总要寻个诀窍来解决问题。因此，他手到之处便见光彩。这又是我极端佩服的。中国今天最不能因袭，但可怜这老民族竟乏创新之力。对当前的政治问题经济问题，大家总在几种外国模型中转来转去，不能自出机杼。我很可惜中国政治上经济上没有陶先生其人，只有多出几个陶先生，中国才能得救，这是莫有疑问的。

陶先生一生的美德懿行，谁都能数出好多点来。陶先生在教育上的创造，更须写几本书来叙述。我只就其根本处提一提而已。上面所云，是不足尽之的。

末了，我却据实声明，我和陶先生彼此感情虽好，而在思想见解上很有距离。陶先生的言论主张，我常常要保留，而不能马上赞成。每次见面，我总喜欢他，衷心敬爱他。但从没有作过长谈、深谈、畅谈。我自信能了解陶先生，但陶先生尚不十分了解我。

我所知道的王国维与陈寅恪

王国维先生字静安，我先于1920年在上海张孟劬、张东荪昆仲家中见到一面。他头顶有小发辫，如前清时那样，说话时乡土音很重，而且神情静敛寡言。我虽夙仰大名，读过他的著作，却未敢向他请教，亦因我于他的学问全然一个外行也。

后来1925年清华大学增设国学研究院，延聘梁任公、陈寅恪、赵元任和静安先生四位先生为导师，而我适亦借居清华园内，从而有机会再见到他，且曾因我编订先父年谱，在体例上有所请教，谈过一些话，其神情一如上海见到时。梁任公住家天津，而讲学则在京，故尔，每每往来京津两地。某日从天津回研究院，向人谈及他风闻红色的国民革命军北伐进军途中如何侮慢知识分子的一些传说。这消息大大刺激了静安先生。他立即留下“五十之年不堪再辱”的遗笔，直奔颐和园，在鱼藻轩前投水自沉。我闻讯赶往目睹之下，追怀我先父昔年自沉于积水潭后，有知交致挽联云：“忠于清，所以忠于世；惜吾道，不敢惜吾身。”恰可移用来哀挽静安先生。

我与陈先生迭有晤会机缘，先在桂林；后在南京俞大维家。在俞家一面则陈方从英国回来，双目失明矣。（其去英国即为求医，医治无效而归。）

怀黄远庸

1912年我任天津《民国报》驻京记者，这是我步入社会的第一个职业，时年十九。此时黄远庸（名为基，字远庸，以笔名远生行世）于新闻事业已卓有成就，作为同行的后辈对他颇为仰慕，但无缘结识。不意在离开《民国报》后却因一法律问题登门求教于他并由此而缔交。因他又是一位著名律师。

黄远生江西九江人，极富才思和才情，年仅十九即中进士，此后东渡日本习法律，归国后常在《少年中国周刊》《论衡杂志》和《东方杂志》发表论文，又为上海《申报》等拥有众多读者的大报撰写新闻通讯，深受社会人士注目。因他在上层社会广交游，善于从言谈中获悉政治内幕，于字里行间予以透露，在舆论界的影响仅次于梁启超、章太炎诸先辈。

梁启超曾以《中国三少年》为题对民国初年三个有为的年轻人表示赞赏，第一人即为黄远生，余二人为张君劢和蓝公武。三人中我于黄相识最早，彼此深具好感，不幸三年后他遇害身亡。君劢后为国家社会党主席，抗日战争时期与我往还甚多，有一段时间几乎天天见面。君劢与我同属同盟发起人。蓝公武民初曾在北京办《民国公报》，也很有名望，似乎不曾晤过面。

我与黄远生前后仅三次见面而甚相契，是因彼此肯定对方的为人。1912年家兄先往西京大学（今西北大学）任教，不久家妹亦受聘于西安某女校，时年仅十七，由我送她去西安。其时京汉路已通车，自郑州往西则须以骡车代步。此时我正倾心佛法，有意剃度，我茹素至今七十余年，正是始于此时。在西安逗留期间常去卧龙寺盘桓，某日与寺僧交谈得知康有为尝来此寺将珍藏于寺中的部分佛典径自取去据为己有。康有为海内知名，寺僧敢怒而不敢言。我闻知此事深敢不平，返京后逐为此往访黄远生，以依据法律维护卧龙寺权益问题请他给予指点。当时黄远生作为名律师、名记者，居处考究，但对我这身着竹布长衫的青年无轻慢之意，接谈得极为恳切，对我提出的各项问题，答复甚仔细，指点得很耐心。接谈时间虽不长，彼此却似有一种相互理解并由此而产生信任感。这便是我与远生先生的首次见面。

次年，我编纂了一册类似《古文观止》的范文文选，取名《晚周汉魏文钞》。自清季以来，世人多推崇桐城派古文，桐城方苞、姚鼐一派的古文注重气韵乃至追求读之音调铿锵。我颇以此为病，认为文章重在说理，应以表达思想为第一要务。这便是我编这一文选的动机。书成后，我登门陈述了自己的意见，如他同意我的意见即烦作序，蒙他慨然允诺。序文中他有如下的话："……梁君漱溟病古文辞之毗于美术，不适于著述学术。以为适用文字，唯晚周汉魏为近，因辑此抄且谓此非教科书，聊为世人破古文辞之迷执而已。"（见《远生遗著》杂著第四）表达了他对青年后生嘉许鼓励之意，令人至今难忘。

民国初创，政局极不稳定，全国貌似统一，实际上孙中山先生的革命势力只限于东南沿海一带，华北为袁世凯系统的军人所盘踞，其余边远各省则又分属地方势力。而国际上，列强又胁迫民国政府以出卖重大权益作为承认民国合法地位的交换条件。此时的中国，可谓内忧外患无时或已。但对国家危害最大者乃是袁世凯。袁之策划废除共和，阴谋称帝方在酝酿时，黄远生即以《京华通讯》的栏目在上海《申报》陆续刊出新闻报道，揭露袁及其党羽的某些阴谋活动。这些通讯引起关心国事者的注意，这自然也便是日后袁世凯运用种种手段必欲迫黄远生变节为其所用的原因。

及至民国四年，袁世凯谋行帝制的活动日益露骨，为制造舆论计，乃收买、贿赂知名人士为之鼓吹，且包括所谓"中国通"的外国人。记得日本法学博士有贺长雄、美国教授古德诺都曾发表文章，诡称行帝制最宜于中国国情。于国内人士，袁必欲加以利用者，首推对当时舆论大有影响的梁启超，企图以二十万元换得梁任公赞成帝制的一篇文章，得到的却是一篇宏文《异哉所谓国体问题者》，明确表示反对改变国体。梁启超国内外闻名，袁世凯固莫可奈何。不久，我见报端刊出黄远生的文章，就国体问题两面立论，语意模糊，态度似模棱两可，既不言反对帝制亦未见拥护，读后且有顾左右而言他之感。为此我投书章士钊所主编《甲寅》杂志（当时最重要的政治论坛，在日本出版），表示迷惑不解。信中主要谈了两个意思，即：或许是黄远生于国体问题另有主张，盛传袁世凯在上海拟出版《亚细亚报》，黄已受聘主持其事，而我终觉其操行可信，当不至如此。

待黄远生读到《甲寅》杂志上我的投书时，他已脱离袁世凯控制下的北京，只身潜抵上海。他两次投书《甲寅》杂志，一为致士钊先生信，一为就我所投书的复信。在这两封信中他始得直言不讳地申明自己的政治见解，痛陈衷曲，公布袁氏见逼之情状。两信皆表示渴望得到海内人士的谅解，承认那篇论国体问题的文章是一篇“不通之文字”，虽有一些东拉西扯的话，但“劈头便言此事（国体问题）在法律上不得讨论”，即虽有违心之处，仍坚持了不得改变国体的大原则，可说“主旨尚未过于没却良心”。至于我误认他已同意为袁世凯主办《亚细亚报》，他表示“决不敢谓足下所疑之过情，且深感足下即见疑矣，乃不以为不可教，且誉其操行可信，远诚不知何修而得此于足下”。“足下试询与远雅近者，即知远之对于兹事始末用心之可哀。”这时我才知道，黄在北京已处于袁世凯党羽包围之下，身家性命有不保之虞，读此两次投书，不仅解除了我的疑惑，且使我理解到他处境极为艰险，袁及其党羽不容黄不屈服，及胁迫之亟。黄事后以“图穷匕见”形容当时的情况。

说到黄的离京出走，须提到编纂《远生遗著》的林志钧（宰平）先生。林志钧福建闽侯人，久居北京，是民初极有清望的知识分子。林、黄同是留日习法律的，林归国后曾在司法部任职，他们的相识并成为知交，大约与此有关。我认识林先生并成毕生挚友是在黄远生遇害之次年。宰平先生亲口对我讲，黄习于晚睡晏起，一日清晨突然来访，以袁氏见逼的情况相告。林先生促他即刻离京，“这是你的生死关头，决不可再事迁延。就从我这里直接去火车站，连家都不要回。”黄远生抵上海后立即在《申报》刊登广告，声明绝对反对帝制，与袁氏出资强要他主持的《亚细亚报》自始至终没有半点关系。言词愤慨凄苦，足见当时见逼之甚。在其致宰平先生信中有“去都以还，心襟开拓，自由之乐，不可言也”的话，表达了获得政治自由，可直抒己见的愉快心情。

黄远生抵上海不久即筹划赴美。其动机不是远离是非之地寻求个人安全，而是经过一番沉思为自己立下新的生活目标。在致《甲寅》公开信中，他表示“此后将努力求学，专求自立为人之道”，“期于恢复人类之价值于一二”。在给我的信中谈到在北京时，“日思湔拔”，“无日不在痛苦之中”。这和我与他接触中所得印象是相符的。黄远生所与交游者虽颇混杂，然我彼时即有一种感觉：他没有把自己的真面目拿出来，他是有良知的人，常在痛恨自己，是在内心矛盾中生活的人。这种感觉在他给我的最后一信中得到证实，自言“其或有一二疑似之迹、一二俳优应答之作，皆东坡所谓此故我非真我也”。

黄远生的自责十分痛切而真实，他正准备有一新的开始，不意抵旧金山数日后便死于非命。当时盛传系因旅美华侨误认黄为袁党，属误杀；后经证实远生之死与袁世凯无涉，却是丧生于国民党枪口之下。初闻似颇费解，但细读《远生遗著》的论说、通讯诸卷中的文字，便可看出，他实是受民初党争之害。远生屡屡痛责民初各敌党不以国脉民命为念，但知为一党之私而争夺，“如古部落人争据城堡”。认为当时政党的作用只是误国，如《铸党论》中曾谓“破坏共和之罪谁尸之，则今之所谓政党者尸之矣”。他深知此种直率的言论遭人忌恨，因而有“然自问发愿作此文时，胸中眼底，无冤无亲，技肝沥血，翼吾国人之一悟，区区此诚天地可鉴也”的话。其于国民党也颇有指责，这便招致了惨祸。

黄远生决心“探求人生之学”，不是极宜寄予同情和期望的吗？执迷于党争者竟仍忍心下毒手结束了这一大有厚望的生命。故我于远生之死于无妄痛心之极，深憾没有来得及把我刚找到的真理贡献给他。此真理即指佛家对人生的认识。以是之故，我遂有《究元决疑论》之作（发表于《东方杂志》）。结束语便是：“余欲造新发心论而未就，比见黄君远生《想影录》悲心愤涌不能自胜，亟草此篇，原为世间拔诸疑惑苦恼，惜远生不及见矣！”

袁世凯为人狡诈，是国家的罪人。无论革命派、维新派、保守派都厌恶他。但民国成立之初，却流行着稳定大局“非袁不可”的看法。对此种似是矛盾的现象的解释无他，即承认现实。孙中山先生就任临时大总统旋即让位于袁，即是承认此一现实。清室退位以前袁之势力已成，清室退位之后中国几无全国政府可言，涣散、混乱达于极地。凡以国事为念者无不希望出现一全国政府、出现一可以维持大局不致更趋恶化的人物。国人望治，而袁世凯不仅窃取权力还包藏着更大的祸心，事先谁何能料想得到呢？1912年，我作为《民国报》记者，出席了袁大总统就职的仪式。记得袁在众人簇拥下从我右肩擦身而过，瞥见出席此一庄严大典的袁世凯竟未理发剃须，着半旧军装，漫然步入庭中照相。我对袁向无好感，及见这般表现印象自更恶劣。当时不明其故，事后则不难理解在袁心中何尝有民国？当时中国人中属望于袁者不可谓无，但确可谓甚少。姑且信任之，期待局势逐渐向好的方面转变者居绝大多数。黄远生在其文章中曾谓袁“并非不可与为善之人”，还举出袁的“五点长处”，此即当时大多数善良中国人的认识和心理。稍后便感到袁“乃善日少而恶日多”。作为密切注视局势的政治记者，黄远生对袁世凯时时在观察中并最后得出结论：“政局之日趋于险恶者，非他人为之，乃袁总统自为之也。”敢于在报端直指袁应对政局恶化负责，在当时实属不易了。

女孙梁彤读《远生遗著》遇不解处以述往事为请，念此为七十余年之往事，与远生先生有旧者皆谢世，而对当时种种情事近人多不熟知，因据所述整理成文，题曰《怀黄远庸》。

九四叟漱溟识

我的朋友郭人麟和甄元熙

自学条件，书报资料固然重要，而朋友亦是重要的。在当时，我有两个朋友，必须说一说。

一是郭人麟（一作仁林），字晓峰，河北乐亭县人。他年纪长于我二岁，而班级则次于我。并且他们一班是学法文的，我们则学英文。因此虽为一校同学，朝夕相见，却无往来。郭君颜貌如好女子，见者无不惊其美艳，而气敛神肃，眉宇间若有沉忧；我则平素自以为是，亦复神情孤峭。彼此一直到第二年方始交谈。但经一度交谈之后，竟使我思想上发生极大变化。

我那时自负要救国救世，建立功业，论胸襟气概似极其不凡，实则在人生思想上，是很浅陋的。对于人生许多较深问题，根本未曾理会到。对于哲人高明一些的思想，不但未加理会，并且拒理会之，盖受先父影响，抱一种狭隘的功利见解，重事功而轻学问。具有实用价值的学问还知注意，若文学，若哲学，则直认为误人骗人的东西而排斥它。对于人格修养的学问，感受《德育鉴》之启发，固然留意，他意念中却认为"要做大事必须存人格修养才行"，竟以人格修养作方法手段罢了。似此偏激无当，浅薄无根的思想，早应当被推翻。无如一般人多半连这点偏激浅薄的思想亦没有。尽管他们不同意我，乃至驳斥我，其力量却不足以动摇我之自信。恰遇郭君，天资绝高，思想超脱，虽年不过十八九而学问几如老宿。他于老、庄、易经、佛典皆有心得，而最喜欢谭嗣同的"仁学"。其思想高于我，其精神亦足以笼罩我。他的谈话有时嗤笑我，使我茫然如失；有时顺应我要做大事业的心理而诱进我，使我心悦诚服。我崇拜之极，尊之为郭师，课暇就去请教，记录他的谈话订成一巨册，题曰“郭师语录”。一般同学多半讥笑我们，号之为“梁贤人，郭圣人”。

自与郭君接近后，我一向狭隘的功利见解为之打破，对哲学始知尊重。在我的思想上，实为一绝大转进。那同时还有一位同学陈子方，年纪较我们都大，班级亦在前，与郭君为至好。我亦因郭而亲近之。他的思想见解，精神气魄，在当时亦是高于我的，我亦同受其影响。现在两君都不在人世了。

另一朋友是甄元熙，字亮甫，广东台山县人。他年纪约长我一二岁，与我为同班，却是末后插班进来的。本来陈与郭在中国问题上皆倾向革命，但非甚积极。甄君是1910年从广州、上海来北京的，似先已与革命派有关系。我们彼此同是对时局积极的，不久成了很好的朋友。但彼此政见不大相同。甄君当然是一革命派。我只热心政治改造，而不同情排满。在政治改造上，我又以英国式政治为理想，否认君主国体、民主国体在政治改造上有什么等差不同。转而指责民主国，无论为法国式（内阁制），抑美国式（总统制），皆不如英国政治之善。此即后来辛亥革命中，康有为所唱“虚君共和论”。在政治改造运动上，我认为可以用种种手段，而莫妙于俄国虚无党人的暗杀办法。这一面是很有效的，一面又破坏不大，免遭国际干涉。这些理论和主张，不待言是从立宪派得来的，然一点一滴皆经过我的往复思考，并非一种学舌。我和甄君时常以此作笔战，亦仿佛梁（任公）汪（精卫）之所为，不过他们在海外是公开的，我们则不敢让人知道。

后来清廷一天天失去人心，许多立宪派人皆转而为革命派，我亦是这样。中学毕业期近，而武昌起义。到处人心奋动，我们在学堂里更呆不住。其时北京的和天津的、保定的学生界秘密互有联络，而头绪不一。适清廷释放汪精卫。汪一面倡和议，一面与李石曾、魏宸组、赵铁桥等暗中组织京津同盟会。甄君同我即参加其中，是为北方革命团体之最大者。所有刺良弼、刺袁世凯和在天津暴动的事皆出于此一组织。